Cara Lindon

Cornwall-Träume im kleinen Katzencafé

Holly hat alles auf eine Karte gesetzt und ist nach New York gezogen, um dort Karriere als Architektin zu machen. Aber ihr Leben ist nicht, wie sie es sich erträumt hat. Sie steckt im Job fest, ihr Freund hat nie Zeit und die teure Wohnung frisst ihr Geld. Da kommt ihr ein Brief aus Cornwall gelegen. Hollys Großtante hat ihr ein Cottage vererbt – allerdings unter einer Bedingung: Holly soll ein Katzencafé aufbauen. Dabei kann sie weder kochen noch backen und mit Katzen hat sie auch nichts am Hut.

Gut, dass es den Surfer Cooper gibt, der Holly gegen den brummigen Handwerker Nicholas beisteht. Oder verbirgt sich hinter Nicholas' grimmiger Fassade doch der Richtige?

Cara Lindon ist das Pseudonym der Autorin Christiane Lind, die bei den Verlagen Knaur, Rowohlt und Aufbau sowie im Selbstverlag veröffentlicht hat.

In Cornwall verliebte sie sich Hals über Kopf, als sie für die Recherche zu einem Roman an einem verregneten Tag im Mai dort ankam und sich sofort heimisch fühlte.

Cornwall ist ihr Sehnsuchtsort, den sie mindestens einmal im Jahr besuchen muss, damit Land und Meer ihre Seele streicheln. Cara hat ihren Seelenverwandten bereits gefunden und lebt mit ihm, drei Katern und einer schüchternen Katze in einer kleinen Stadt, leider nicht in Cornwall.

www.cara-lindon.de
www.facebook.com/CaraLindonAutorin
www.instagram.com/cara.lindon/

Cornwall-Träume im kleinen Katzencafé

Sehnsucht nach Cornwall 1

Cara Lindon

Impressum

Copyright © der deutschsprachigen Ausgabe Juni 2022
AIKA Consulting GmbH, Berliner Straße 52, 34292 Ahnatal

Covergestaltung: www.BookCoverStore.com
Lektorat: Julia K. Rodeit
Korrektorat: Regina Merkel
Katzengrafik: Depositphotos.com/nebojsa78/2574836

ISBN: 978-3-98595-334-9

Herstellung und Druck:
Mazowieckie Centrum Poligrafii
Mikołaja Ciurlionisa Strasse 4
05-270 Marki, Polen

KAPITEL 1

Zum siebten Mal in fünf Minuten sah Holly auf ihre Armbanduhr. Selbst die Skyline von New York vor ihrem Fenster konnte sie nicht ablenken. Heute war ihr großer Tag. Noch blieb ihr eine Viertelstunde bis zu dem Meeting, auf das sie ihre ganzen Hoffnungen setzte. Sie lehnte sich in ihrem Stuhl zurück und schloss die Augen. Es kam ihr vor, als wäre sie erst vor wenigen Wochen und nicht bereits vor vier Jahren nach New York gezogen, um ihr Glück als Architektin bei *Metropolitan Architecture Studio* zu machen. Damals hatte sie nicht geahnt, was das für sie bedeutete: Arbeit rund um die Uhr. Wenn Holly nicht im Büro vor dem Computer saß, nahm sie Unterlagen mit nach Hause und ihre Wochenenden verbrachte sie häufig mit Bauzeichnungen. Kein Wunder, dass sie kaum Menschen in New York kannte.

»Kommst du?« Ihre Kollegin Chen streckte den Kopf zur Tür herein. »Du willst nicht zu spät zu *deinem* Meeting kommen.«

»Selbstverständlich.«

Holly sprang auf, schnappte sich ihr Notebook und eilte Chen nach.

»Du wirkst nervös.« Ihre Kollegin sah sie prüfend an. »Dabei musst du dir wirklich keine Gedanken machen. Schließlich hat dein letztes Projekt einen Preis gewonnen.«

»Beschwöre es nicht.« Holly suchte nach Holz, um darauf zu klopfen, aber in dem modernen Bürogebäude gab es nur Glas und Stahl. Also klopfte sie sich an den Kopf, wie sie es von ihrer Großtante Linda gelernt hatte.

Inzwischen waren Chen und sie vor dem großen Konferenzzimmer angekommen und traten gemeinsam ein. Alle Architekten von *Metropolitan Architecture Studio* waren versammelt. Oben am Tisch thronten die fünf Partner, an den Seiten des langen schwarzen Tisches saßen diejenigen, die hofften, es irgendwann einmal zu dieser Ehre zu bringen. Die Plätze waren gestaffelt nach der Zahl der Jahre, die man im Büro arbeitete. Holly und Chen gingen zu ihren Sesseln, die ziemlich weit von vorn standen. Das musste ein gutes Omen sein, dachte Holly.

Sie nickte als Begrüßung, öffnete ihr Notebook, so wie alle anderen auch, und sah dann erwartungsvoll ihren Chef an. Gary Gallagher setzte zu einer seiner gefürchteten Reden an, die endlos lang waren und eine Mischung aus Motivationssprüchen und Selbstbeweihräucherung enthielten. Holly bemühte sich um ein aufmerksames Gesicht, obwohl ihre Gedanken immer wieder forderten: Jetzt soll er endlich ankündigen, dass du die Auserwählte bist.

Doch vorher waren etliche Tagesordnungspunkte abzuarbeiten.

Holly ertappte sich dabei, dass ihre Aufmerksamkeit abschweifte. Das wurde gefährlich, denn die meisten ihrer Kollegen ähnelten Haifischen und witterten Schwäche wie Blut im Wasser. Daher konzentrierte sie sich und schrieb mit.

Endlich, endlich kamen sie zu dem Tagesordnungspunkt, auf den sie alle warteten. Gary blickte einmal in die Runde und lächelte Holly an, bevor er in bedeutungsschwangerem Tonfall verkündete:»Nun kommen wir zu unserem letzten und wichtigsten Thema.«

Holly sah sich um. Die meisten ihrer Kollegen wirkten nicht interessiert, denn sie wussten, ihre Chancen waren gering.

»Wir haben lange überlegt, wen wir in unsere Reihen aufnehmen. Die Wahl ist uns nicht leichtgefallen. Herzlichen Glückwunsch, Dylan.«

Holly, die sich bereits halb erhoben hatte, um ihre Dankesrede zu halten, ließ sich auf den Stuhl zurücksinken. Das hatte Gary nicht wirklich gesagt, oder? Dylan! Kaum einer der Kollegen mochte ihn, denn Dylan war das Urbild eines Schmarotzers. Er hängte sich an Projekte, die vielversprechend erschienen und halste den jüngeren Architekten die Arbeit auf, während er selber nur in den Vordergrund trat, wenn man die Ergebnisse präsentierte. Das mussten die Chefs doch durchschauen.

Holly ballte unter dem Tisch die Hände zu Fäusten und atmete tief ein und aus. Sie wollte aufspringen und fordern, dass ihr die Beförderung zustand. Stattdessen hörte sie zu, wie Dylan sich bedankte und in Lobhudeleien über die Erfolge der letzten Jahre ausbrach. Seine Erfolge, die er auf dem Rücken der jüngeren Kollegen erworben hatte.

Endlich endete das Meeting und Holly erhob sich, um in ihr Büro zu gehen oder besser, auf die Damentoilette, damit sie dort in Ruhe heulen konnte. Aber Gary ließ sie nicht so einfach davonkommen.

»Holly, einen Moment bitte.«

»Ja?« Sie drehte sich um, um ein Lächeln bemüht, aber die Enttäuschung saß zu tief. Immerhin konnte sie auf ihren Chef herabsehen, denn Gary war nur einen Meter siebzig groß. Normalerweise rollte Holly die Schultern nach vorn und ging etwas in die Knie, damit er nicht zu ihr aufsehen musste. Heute jedoch reckte sie sich zu ihrer vollen Größe.

»Ich kann mir denken, dass du überrascht warst, als ich Dylans Namen genannt habe.« Ihr Chef blickte zu ihr auf. »Aber ich gehe davon aus, dass du ein Teamplayer bist und ihn unterstützen wirst.«

Erst wollte Holly abwehren, aber dann entschloss sie sich, die Wahrheit zu sagen: »Ja, da hast du recht. Ich habe es verdient. Seitdem ich angefangen habe, besteht mein Leben fast nur noch aus Arbeit.« Ihre Stimme zitterte, aber sie sprach weiter. »Ich habe viele Erfolge erzielt. Das weißt du.«

Auf seine Frage, ob sie ihren Konkurrenten unterstützen würde, ging sie besser nicht ein, um die Fassung nicht zu verlieren.

»Deshalb gehörst du ja auch zu unseren wertgeschätzten Kollegen.« Blick und Tonfall sagten ihr deutlich, dass sie dafür gefälligst dankbar zu sein hatte. »Im nächsten Jahr hast du eine neue Gelegenheit, Partnerin zu werden.«

Ein weiteres Jahr voller Arbeit und Hoffnungen. Nein, danke! Sie fühlte sich immer noch, als hätte er ihr in den Bauch geboxt. Warum konnte Gary sie nicht in Ruhe lassen?

»Vielleicht will ich das im nächsten Jahr ja gar nicht mehr.«

Obwohl sie wusste, es wäre klüger, den Mund zu halten, platzte sie heraus:»Warum ausgerechnet Dylan?«

»Es war ein knappes Rennen zwischen ihm und dir, aber er hat im vergangenen Jahr einfach mehr geschafft.«

Da reichte es Holly.»Mehr geschafft? Selbst du musst mitbekommen haben, dass Dylan ein fauler Kerl ist, der sich auf dem Rücken von anderen ausruht. Nur wenn es darum geht, die Erfolge zu präsentieren, steht er an erster …«

»Holly, ich kann verstehen, dass du enttäuscht bist, aber das ist kein Grund, so einen Aufstand zu machen.«

»Einen Aufstand? Ich zeige dir, was ein Aufstand ist!«, brüllte Holly. Auf einmal war es ihr egal, was Gary von ihr hielt. Nach der Enttäuschung wollte sie nicht in einer Firma weiterarbeiten, die einen Schleimer wie Dylan förderte, während ihre Arbeit nicht wertgeschätzt wurde.»Weißt du was, ich kündige. Such dir eine andere Frau, die dumm genug ist, viel zu viel zu arbeiten und zuzusehen, dass jemand wie Dylan zum Partner gemacht wird!«

Sie drehte sich um, stolzierte hinaus und knallte die Tür hinter sich zu. Es wäre ein grandioser Abgang gewesen, hätte die Tür sich zuknallen lassen und wäre Holly nicht auf den verdammten High Heels gestolpert. Zum Glück ging sie nur in die Knie und fiel nicht auf die Nase. Eilig rappelte sie sich wieder auf und marschierte mit großen Schritten in ihr Büro. Dort raffte sie ihre wenigen Privatsachen zusammen und verließ die Firma, bevor jemand sie aufhalten könnte.

Im Fahrstuhl kamen ihr die Tränen. Sie lehnte sich an die kühle Wand, die vergangenen Jahre zogen an ihr vorbei. War es das wirklich wert gewesen? Hatte Holly überreagiert, wie ihre Mum es nannte? Mit ihrem Abgang hatte sie sich die Zukunft bei *Metropolitan Architecture Studio* endgültig verbaut. Als der Fahrstuhl das Erdgeschoss erreicht hatte, hatte Holly Schluckauf vor lauter Schluchzen. Mit tränenblinden Augen stolperte sie hinaus, die Kiste mit ihren wenigen persönlichen Sachen unter den Arm geklemmt.

Der New Yorker Tag war ebenso grau wie ihre Stimmung. Sie fühlte sich wie benommen, alles kam ihr unwirklich vor, wie in einem Film. Um sie herum hasteten Menschen, zumeist in Anzügen und Kostümen, auf dem Weg zur Arbeit oder von der Arbeit, alle mit ernsten Mienen. Niemand in New York schien Spaß zu haben, jedenfalls nicht tagsüber. Holly winkte eines der gelben Taxis heran, stieg ein und nannte ihre Adresse. Die Tränen versiegten, aber der Schluckauf blieb.

»Was für ein mieses Wetter.« Der Taxifahrer warf einen Blick in den Rückspiegel, während er Small Talk versuchte.

»Entschuldigung, aber mir ist nicht nach Reden zumute«, murmelte Holly und hielt die Luft an, um den Schluckauf zu besiegen.

Als wäre ihre Lage nicht schon schlimm genug, gerieten sie in einen der typischen New Yorker Staus. Holly hätte die U-Bahn nehmen sollen, aber heute könnte sie die vielen Menschen und das Gedränge nicht ertragen. Sie starrte aus dem Fenster, sah die Geschäfte der Fifth Avenue an sich vorbeiziehen, deren Namen jeder kannte.

Als sie noch in Wolverhampton in England gelebt hatte, hatte sie sich nichts Größeres vorstellen können, als nach New York zu ziehen und über die Prachtstraße zu bummeln. Vor allem hatte sie sich gewünscht, vor den Schaufenstern von *Tiffany's* zu stehen, in einem kleinen Schwarzen, mit einem Kaffee in der Hand. Denn ihre Mutter hatte sie nach Holly Golightly benannt. Leider hatte Mum nicht über prophetische Gaben verfügt, man konnte sich kaum eine Frau vorstellen, die Audrey Hepburn in *Frühstück bei Tiffany* weniger ähnelte als Holly. Sie war mindestens zwei Köpfe und vier Kleidergrößen größer als Audrey Hepburn, und das bereits seit ihrer Teenagerzeit. Holly hatte alle Diäten ausprobiert, ohne Erfolg. Selbst die viele Arbeit hatte sie keine Kilos gekostet, denn sie gehörte zu den Menschen, die Stress mit Schokolade zu kompensieren versuchten, was sich unweigerlich auf den Hüften niederschlug. Also hatte sie sich damit abgefunden, eine Amazone zu sein. Eine Frau, die nicht nur die meisten Frauen überragte, sondern auch viele Männer.

Apropos Männer. Sie zog ihr Smartphone aus der Tasche und tippte eine Nachricht an Christopher ein: *Habe gekündigt. Bin also zuhause. Hast du Zeit?*

Zum Glück gab es Christopher. Den Holly, erstaunlicherweise, nicht am Arbeitsplatz kennengelernt hatte, sondern an einem der seltenen Abende, an denen sie ausgegangen war. Natürlich mit Kollegen. Christopher hatte sie angesprochen, auch er war Brite, der in New York arbeitete, sie hatten sich unterhalten, waren ein paar Mal miteinander ausgegangen und dann wurden sie ein Paar. Holly fand es ausgesprochen ironisch, dass Christopher als Bauleiter arbeitete – es schien für sie kein Leben neben der Welt der Baustellen zu geben.

Zwischen Christopher und ihr war es nicht die wirklich große Liebe oder Leidenschaft, aber sie unterstützten sich gegenseitig, wenn sie die Amerikaner wieder einmal nicht verstanden, und gingen gemeinsam aus. Ein modernes amerikanisches Paar.

Endlich löste der Stau sich zu langsam fließendem Verkehr auf. Wie sollte es nun weitergehen, fragte sich Holly, während sie sich ihrer Wohnung in der Lexington Avenue näherten. »Halt! Halten Sie hier an!«, rief sie und erschreckte den Taxifahrer, der sich auf den Verkehr konzentrierte. »Entschuldigung.«

Sie suchte in ihrer Handtasche nach dem Portmonee, bezahlte den Fahrer und stieg aus. Ihre Stimmung hob sich, als sie auf die *Friendly Neighborhood Bakery* zuging. Ja, heute war ein Tag für den einzigartigen *Lemon Blueberry Scone*, für den diese Bäckerei berühmt war, ebenso wie für ihre wunderbaren Muffins. Kaum hatte Holly die Tür geöffnet, erschnupperte sie den Duft von Zimt und Zucker, von gebackenen Äpfeln und geschmolzener Schokolade.

Holly stand vor der Theke, das Wasser lief ihr im Mund zusammen und sie war froh, dass die Verkäuferinnen beschäftigt waren. So konnte sie sich in Ruhe überlegen, was sie sich heute gönnen wollte.

»Was kann ich für Sie tun?«, fragte die Verkäuferin, eine schlanke Blondine, die wahrscheinlich nie der Verführung eines Kuchens unterlag.

»Ich hätte gern einen *Coconut Pecan Chewie* und ein Stück vom *Amy Cake* und einen *Cinnamon Chocolate Chip Muffin*.« Holly sah zu, wie die Verkäuferin die Gebäckstücke auf eine Pappe drapierte. Da war noch Platz. »Dann hätte ich gern noch einen *Brookie*.«

Sie deutete auf die appetitlich aussehenden Plätzchen, eine Mischung aus *Brownies* und *Cookies*. Sie zahlte, nahm die hübsch verpackten Leckereien entgegen und stellte sie sanft in die Kiste mit ihren Utensilien aus dem Büro. Vorsichtig balancierte sie auf ihren hohen Schuhen die paar Schritte bis zu ihrer Wohnung. Dort angekommen, schleuderte sie die unbequemen Teile von sich, stellte den Karton ab, schlüpfte in ihre bequemste Hose und bereitete sich Cappuccino zu. Während die Maschine brummte, überlegte sie, wie ihr Leben jetzt weitergehen würde. Hoffentlich konnte sie einfach so von einem Tag auf den anderen kündigen. Nicht dass ihr Chef ihr Steine in den Weg legte und sie weiterhin für *Metropolitan Architecture Studio* arbeiten musste. Aber das würde er so wenig wollen wie sie. Sie trank einen Schluck Cappuccino.

Ihr Smartphone klingelte; Holly schaute auf das Display. Es war Chen. Einen Moment lang überlegte sie, nicht zu antworten, aber das hatte ihre Freundin nicht verdient.

»Du hast wirklich gekündigt? Ich bewundere deinen Mut.«

»Es war nicht mutig«, musste Holly zugeben. »Ich war einfach so sauer, ich habe nicht nachgedacht.«

»Du wirst etwas Neues finden. Hier in New York. Schließlich hast du einige Erfolge vorzuweisen.«

»Aber erst mal kein Zeugnis«, sagte Holly mit bitterem Lachen, »und die Wirtschaftslage ist auch nicht rosig. Ganz zu schweigen davon, dass ich Britin bin.«

»Was hat das damit zu tun?«

»Ich sage nur: *America first*.«

»Das ist glücklicherweise vorbei. Holly, wenn du willst, hör ich mich um.«

»Danke, aber ich glaube, ich gönne mir vierzehn Tage oder drei Wochen frei.«

»Wenn du jemanden zum Reden brauchst oder um Schokolade zu essen, ich bin für dich da.«

»Danke dir, ich schaue mal.«

Holly musste auflegen, weil ihr erneut die Tränen kamen. Sie schnäuzte sich die Nase, nahm einen großen Teller, auf den sie die vier Gebäckstücke legte, holte den Cappuccino, fügte etwas Milch hinzu und zog sich in ihr Schlafzimmer zurück. Es war winzig, dominiert von dem breiten Holzbett. Das war Hollys Reich, alles andere hatte sie von ihrem Vormieter übernommen, das Schlafzimmer hatte sie nach ihren Wünschen eingerichtet. Der Raum war bunt und gemütlich, ein Bücherregal voller Liebesromane stand an der einen Wand, eines gefüllt mit dunklen Buchrücken der Thriller und Krimis an der anderen, daneben ein Kleiderschrank und dazwischen das Bett, das nur einen schmalen Streifen Abstand zu den anderen Möbeln hatte. Aber das störte sie nicht. Holly warf sich sowieso meist von der Tür aus aufs Bett.

Heute allerdings stellte sie den Kuchenteller vorsichtig auf der Matratze ab, stellte die Tasse ins Bücherregal und kuschelte sich in die Kissen. Verdammt, sie hatte die Kuchengabel vergessen. Also musste sie wieder aufstehen und das Besteck aus der Küche holen. Ihr Smartphone blinkte, sie hatte eine Nachricht. Von *Metropolitan Architecture Studio*. Holly nahm das Telefon und stellte es aus. Sie würde sich den Nachmittag nicht verderben lassen. Voller Vorfreude biss sie in den Keks.

Obwohl der *Brookie* unglaublich schokoladig und lecker schmeckte, fühlte er sich pappig in ihrem Mund an. Was hatte sie nur geritten, vier Jahre Arbeit wegen eines Ausbruchs hinzuwerfen? Sollte sie ihren Chef anrufen und um Verzeihung bitten? Nein, eher fror die Hölle zu! Aber was blieb ihr nun? Sie war fast 30 und musste einen Neuanfang wagen. Denn zurück zu ihren Eltern in die West Midlands zu gehen, kam nicht infrage.

KAPITEL 2

»Sag doch etwas«, forderte Holly Christopher auf, der sie ungläubig anstarrte. »Ich schütte dir mein Herz aus und du schweigst.«

Am liebsten hätte sie ihn geschüttelt, aber sie blieb auf dem Sessel sitzen, dessen Grau ein bisschen dunkler war als das des Teppichs. Ihr Vormieter war wohl kein Freund von fröhlichen Farben gewesen. Holly hatte versucht, über Kunstdrucke und Fotos etwas mehr Leben in den Raum zu bringen, aber heute erschlug die triste Farbe sie beinahe. In den vergangenen Tagen war ihre Stimmung ebenso düster wie das Wohnzimmer geworden. Von ihrem Freund hatte sie sich erhofft, er würde sie in die Arme nehmen und trösten. Stattdessen herrschte Schweigen. Endlich holte er tief Luft.

»Du hast ihn beschimpft?« Christopher blickte Holly mit so entsetzter Miene an, als hätte sie ihm gestanden, die Kronjuwelen aus dem Londoner Tower gestohlen zu haben. »Holly, er ist Gary Gallagher.«

»Das weiß ich selber«, entgegnete sie scharf. »Chris, ich wäre die erste Frau als Juniorpartnerin gewesen. Und wieder haben sie einen schlechteren Mann befördert.«

Da Christopher sich drei Tage Zeit gelassen hatte, auf ihre Nachricht zu reagieren, hatte Holly viel nachdenken können. Es hätte ihr auffallen müssen, dass die Partner und Junior-Partner von *Metropolitan Architecture Studio* allesamt Männer waren. In den fünfzehn Jahren seit der Gründung des Büros hatte es nicht eine Frau geschafft, in die oberen Ränge aufzusteigen.

»Ach, Holly, jetzt komm mir nicht mit der Frauenkarte.« Christopher stand vom dunkelgrauen Sofa auf und tigerte vor ihr auf und ab, was Holly nervös machte. »Dylan ist einfach besser darin, sich zu verkaufen.«

»Er hat die Erfolge des Teams als seine ausgegeben.« Noch immer ärgerte sie sich darüber, dass Gary Gallagher auf diese Masche hereingefallen war. »Niemand will mit Dylan zusammenarbeiten.«

»Holly, so läuft es nun einmal. Wenn man nicht für sich selbst trommelt, wird es auch kein anderer tun.«

Leider musste sie zugeben, dass Christopher wohl recht damit hatte. Aber das bedeutete ja nicht, dass sie sich damit abfinden oder es sogar für gut befinden musste.

»So will ich nicht arbeiten. Ich möchte für meine Leistung befördert werden und nicht dafür, dass ich immer wieder betone, wie großartig ich bin. Das liegt mir einfach nicht.«

Obwohl ihr Freund sich bemühte, verständnisvoll zu schauen, bemerkte Holly, wie er die Augen verdrehte. Es fehlte nur noch, dass er sagte, sie sollte sich nicht so anstellen.

»Holly, *Metropolitan Architecture Studio* ist eine der besten Adressen für Architekten in New York. Nein, sogar auf der ganzen Welt. Das wirft man nicht einfach so weg.«

Wenn er noch einmal einen Satz mit ihrem Namen begann, würde sie anfangen zu schreien.

»Ich habe es nicht weggeworfen.« Hollys Stimme stieg in immer schrillere Höhen, was sie selbst hasste. Aber sie konnte es nicht verhindern. Zu tief traf sie Christophers Verhalten: Sie hatte sich von ihm Unterstützung und Verständnis erhofft, keine Predigt.

»Du musst zugeben, es war eine spontane, vollkommen übereilte Entscheidung.« Endlich blieb Christopher stehen und sah sie wieder an. »Du musst jetzt in den sauren Apfel beißen und vor Gary zu Kreuze kriechen.«

»Das ist eine ziemliche Vermischung von Metaphern«, antwortete Holly, während sie die Unterlippe mit den Zähnen knetete. Nur nicht heulen, dachte sie, nur nicht heulen. »Ich will dort nicht mehr arbeiten.«

»Warum nicht? Du hattest wirklich spannende Projekte in den letzten Jahren.«

»Mein Leben bestand nur aus Arbeit.« Nun stiegen Holly doch Tränen in ihren Augen auf. Sie bohrte ihre Fingernägel in die Handflächen, um sich davon abzulenken. »Und wofür das alles? Für hässliche Bürogebäude, in denen kein Mensch gerne arbeitet.«

»Holly, ich muss dir hoffentlich nicht erklären, dass die moderne Architektur nun einmal so aussieht. Wir bauen halt keine Kathedralen mehr.«

»Ich habe Architektur studiert, um etwas zu entwerfen, in dem Menschen leben und glücklich sein können.« Holly hatte kaum ausgesprochen, da erkannte sie, wie unsinnig ihre Worte sich für ihn anhören mussten. Christopher würde nie verstehen, was sie damit meinte. Ihm gefielen diese Bauwerke, die nur funktional waren. Ihm war die Karriere wichtig. Für ihn war es von Bedeutung, in einer Firma zu arbeiten, die einen Namen hatte. Warum hatte sie vorher nicht bemerkt, wie unterschiedlich ihre Lebensvorstellungen waren? Traf sie wieder eine übereilte Entscheidung oder eine, die schon lange fällig war?

Holly holte tief Luft. »Chris, lass uns eine Auszeit nehmen.« Jetzt hatte sie seine volle Aufmerksamkeit.

»Was soll das denn? Es läuft doch gut mit uns.«

»Du meinst, ich arbeite genauso viel wie du und stelle kaum Ansprüche an dich?« Holly drängte die Tränen zurück. »Was wäre, wenn ich sage, ich möchte dich heiraten und Kinder mit dir. Ich will gar nicht mehr arbeiten.«

Er sah so entsetzt aus, dass sie trotz aller Traurigkeit lachen musste.

»Keine Sorge, Chris, den Vorschlag werde ich nicht machen. Ich habe eingesehen, dass du nicht der Mann bist, den ich heiraten will.«

»Soll das heißen, es ist vorbei?« Er runzelte die Stirn. »Bist du nicht zu jung für die Wechseljahre? Sind es die Hormone?«

Sie zählte langsam bis zwanzig, bevor sie ihm antwortete. »Christopher, es ist besser für uns beide. Ich packe deine Sachen zusammen und du kannst sie irgendwann abholen.«

Fast bedauerte sie es, wie wenig sie der Gedanke bedrückte, ihn aus ihrem Leben zu streichen. Er stand vor ihr wie ein kleiner Junge, der zum Direktor musste, um sich für ein Fehlverhalten zu rechtfertigen. Dann verengte er die Augen, musterte sie von oben bis unten, bevor er zischte: »Meinetwegen. Meine Freunde fanden dich sowieso alle zu fett.«

Nach diesem Abschiedssatz drehte er sich um und stolzierte zur Tür, die er hinter sich zuknallte. Holly starrte ihm nach, fassungslos über seine Worte. Sie spürte einen Kloß im Hals und ballte die Hände zu Fäusten. Nur nicht weinen, Tränen hatte Christopher nicht verdient. Warum hatte sie ihm nur erzählt, wie sehr sie als Teenager darunter gelitten hatte, mollig zu sein? Holly hob ihre Hand zum Mund und biss sich in die Fingerknöchel, aber es half nichts. Das Zimmer verschwamm vor ihren Augen und ihr wurde übel. Sie stand auf und stolperte in die Küche, um sich einen Cappuccino zu machen.

Nachdem sie einen Schluck getrunken hatte, atmete sie tief durch. Zorn wallte auf und verdrängte die Traurigkeit. Was für ein Idiot! Wie hatte Holly es nur so lange mit ihm ausgehalten? Diese Frage hatte sie sich schon für ihren Job gestellt und erkennen müssen, dass sie alles so genommen hatte, wie es kam. Weil sie ihren Traum lebte – jedenfalls hatte sie sich das immer eingeredet.

Und wenn die Leere sie überwältigt hatte, gab es die *Friendly Neighborhood Bakery* oder andere wunderbare Bäckereien und Restaurants, deren leckere Kekse, *Cronuts* und Sandwiches reichten, ihr über den Kummer hinwegzuhelfen. Und Christopher, mit dem sie ausgehen konnte, um nicht weiter über ihr Leben nachdenken zu müssen.

Obwohl sie ihm keine Träne nachweinen wollte, schluchzte Holly auf. Sicher, sie hatte die Entscheidungen getroffen und sich von *Metropolitan Architecture Studio* und von Christopher getrennt – und beides aus guten Gründen. Aber trotzdem fühlte es sich an, als hätte sie sich selbst den Boden unter den Füßen weggezogen.

Sie stellte den Cappuccino ab, stolperte in ihr Schlafzimmer und warf sich bäuchlings aufs Bett. Die Tränen flossen, Schluchzer schüttelten sie, und sie schniefte. Mit der Hand tastete sie im Bücherregal nach der Packung Taschentücher, fand sie und schnaubte sich die Nase.

Nachdem sie ausgiebig geweint hatte, setzte sie sich auf,

nahm ihr Notebook und schrieb eine to-do-Liste:
- ✓ Neuen Job suchen
- ✓ Überlegen, was mir wichtig ist
- ✓ Überlegen, ob ich in New York bleiben will
- ✓ Überlegen, ob ich Architektin bleiben will
- ✓ Was wird aus meiner Wohnung?

Eigentlich war das keine to-do-Liste, sondern eine Anweisung, darüber nachzudenken, was ihre Ziele im Leben waren. Das ging nur mit Hilfe von Salted Caramel Eis und einem wunderbaren Schwarz-Weiß-Film. Holly schwankte zwischen *Das Appartement* und *Frühstück bei Tiffany* und entschied sich schließlich für Audrey Hepburn und George Peppard.

Sie schaufelte das Eis in sich hinein, starrte auf den Fernseher und fragte sich, wie es dazu kommen konnte, dass ihr Leben so aus den Fugen geriet. Es war immer ihr Wunsch gewesen, in einer großen Stadt zu leben. Nicht in irgendeiner Großstadt, sondern in der größten und coolsten, in New York, New York. Als schüchterner Teenager hatte New York für sie die Welt bedeutet. Sie hatte amerikanische Filme verschlungen; hatte romantische Komödien, die in New York spielten, zehn- oder zwanzigmal gesehen und sich ausgemalt, hier ihr Glück zu finden. Frank Sinatras Song war ihre Hymne gewesen.

Wenn man es hier schaffte, schaffte man es überall.

Daher war es Holly wie ein Wunder vorgekommen, als sie vor vier Jahren in die Stadt gekommen war und gleich einen Job in einer renommierten Firma bekommen hatte. Deshalb hatte sie gearbeitet und gearbeitet und gearbeitet, um allen zu beweisen, dass diese Entscheidung für eine junge, unbekannte Britin die richtige gewesen war. Und sie hatte so viel Zeit mit ihren Projekten und auf den Baustellen verbracht, dass sie gar nicht bemerkt hatte, wie unglücklich sie geworden war.

Drei Wochen später saß Holly in der winzigen Küche und starrte in ihr Notebook, jedoch ohne große Hoffnung. Selbst der

Duft des frischgebrühten Kaffees und der *Cronuts* konnten ihre Stimmung nicht verbessern. Ungeduldig rutschte sie auf dem harten Stuhl hin und her, während sie darauf wartete, dass die Seite mit den Stellenanzeigen sich aufbaute. Schon wieder nichts. Es schien keine Jobs in New York mehr zu geben. Ihr Kontostand näherte sich bedenklich der Nulllinie und auf einen Kredit durfte sie im Moment nicht hoffen. Sie blickte wieder in die Datei, in der sie ihre Ausgaben aufgelistet hatte. Dann seufzte sie. Selbst wenn sie von sprichwörtlichem Wasser und Brot leben würde, könnte sie sich das Leben in dieser Stadt nicht lange leisten. Die Wohnung fraß alles auf, was Holly an Reserven angelegt hatte. Und das war einfach nicht viel.

Lohnte es sich überhaupt, aus dem Bett zu steigen? Anstatt jeden Morgen zu joggen, hatte sie die vergangenen Wochen in ihrer Bequemhose vor dem Fernseher verbracht, Christopher verflucht und ab und zu eine Bewerbung geschrieben. Sie hatte sich nur dann geduscht und angekleidet, wenn ihre Lebensmittelvorräte zur Neige gingen. Anrufe der Kollegen hatte sie ignoriert und sich in ihrem Leid eingeigelt.

Vorgestern war Holly so verzweifelt gewesen, dass sie ihren Eltern eine Mail geschickt hatte, ob sie in ihr altes Kinderzimmer zurückziehen konnte. Die Antwort war postwendend gekommen.

Darling, wir würden nichts lieber haben als dich zu Hause, hatte ihre Mutter geschrieben, *aber wir haben dein Zimmer an einen Studenten vermietet und Tim ist wirklich sehr nett. Selbstverständlich würden wir ihn deinetwegen raussetzen, aber er hat drei Monate Kündigungsfrist. Daran müssen wir uns halten.*

Wenn sie nicht als Architektin arbeiten konnte, musste sie sich eben etwas anderes suchen, um die Miete und ihr Leben zu finanzieren. Holly nahm die Zeitung und schaute sich die Stellenanzeigen an. Die meisten Jobs, die angeboten wurden, setzten eine Berufsausbildung voraus, oder sie waren so schlecht bezahlt, dass Holly drei davon brauchen würde, nur um die verdammte Miete zu bezahlen. Sie schloss kurz die Augen und massierte sich mit Daumen und Zeigefinger die schweren Lider. *Du kannst natürlich die Couch im Wohnzimmer haben*, hatte ihre Mutter geschrieben. *Das bekommen wir schon hin.*

Ging es überhaupt noch schlimmer? Holly war kurz vor der 30, ohne Job, ohne Partner, ohne Freundinnen, aber mit einer Wohnung, die sie liebte, aber sich nicht leisten konnte, und würde demnächst auf der Couch im Wohnzimmer ihrer Eltern nächtigen. Das hatte sie sich nicht vorgestellt, als sie nach New York gekommen war.

Egal, was war, sie musste weitermachen und nach vorne schauen. Ein Blick auf die Uhr zeigte ihr, dass es Zeit war, nach der Post zu schauen. Obwohl sie die Bewerbungen per Mail schrieb, waren die Absagen, die sie erhalten hatte, als Brief gekommen. Vielleicht dachten diejenigen, die Absagen schrieben, Papier wirkte freundlicher als eine E-Mail. Man machte schließlich auch nur nicht per SMS Schluss, jedenfalls nicht, wenn man so erzogen war wie sie.

Mit dem Fahrstuhl fuhr sie nach unten, öffnete ihren Postkasten und holte einen großen Stapel Umschläge heraus. Sie fuhr wieder in den sechsten Stock und warf sich aufs Sofa. Hastig blätterte sie durch den Stapel: Werbung, Werbung, Werbung, ein Brief, der verdächtig nach einer Mahnung aussah, Werbung, eine Postkarte von Chen, die Urlaub auf Hawaii machte, und ein Brief mit einem schwarzen Rand. Ihr Name war mit der Hand geschrieben, was gegen Werbung sprach.

Holly sucht nach dem Absender und entdeckte einen ihr unbekannten Namen aus Porthlynn. Ihr Herz schien einen Schlag auszusetzen. Himmel, war etwas mit ihrer Großtante? Das schlechte Gewissen schlug zu. Wann hatte Holly sich das letzte Mal bei Linda gemeldet? Verflucht, war das wirklich fast ein Jahr her? Irgendwie kam es ihr vor, als liefe die Zeit von Jahr zu Jahr schneller, und sie würde mit ihren to-do-Listen und guten Vorsätzen immer hinterherrennen und sowieso scheitern.

Wenn Linda krank wäre, hätte ihre Mutter sich bestimmt gemeldet. Oder nicht, überlegte Holly. Allerdings hatten sich

Linda und Hollys Mum nie besonders verstanden; sie waren einfach zu unterschiedlich vom Typ her. Mum legte großen Wert auf Etikette und das, was die Nachbarn wohl dachten, während Linda immer nur das gemacht hatte, was sie wollte. Ihre Großtante war überzeugter Single und hatte eine steile Karriere in einer Bank gemacht. Nachdem sie, wie Linda es nannte, unverschämt viel Geld verdient hatte, hatte sie sich ein Cottage in Porthlynn in Cornwall gekauft, wo sie glücklich lebte und ein wichtiges Mitglied der Gemeinde war. Jedenfalls war es Holly so vorgekommen, wenn sie ihre Großtante besucht hatte.

Genug darüber nachgedacht, sie konnte das Öffnen der Nachricht nicht länger aufschieben. Holly atmete tief durch und wappnete sich für das Schlimmste, bevor sie den Briefumschlag vorsichtig aufschlitzte.

Sehr geehrte Miss Nancarrow,
wir bedauern, Ihnen mitteilen zu müssen, dass Mrs Linda Teague vor einer Woche verstorben ist. Mrs Teague hat ausdrücklich verlangt, dass wir Sie nicht vorher über ihre Krankheit informieren. Wir würden uns freuen, wenn Sie es ermöglichen könnten, nach der Beerdigung einen Termin bei uns wahrzunehmen, um die Modalitäten des Testamentes zu besprechen.

Holly schluchzte auf, die Schrift verschwamm und sie legte den Brief auf den Tisch. Tränenblind stolperte sie durch die Küche, suchte nach den Taschentüchern, die sich nicht fand. Also musste sie mit Küchenpapier vorliebnehmen. Während sie sich die Nase schnaubte, kreisten ihre Gedanken. Warum hatten ihre Eltern sie nicht informiert, dass Linda gestorben war?

Sicher, Holly hatte nicht mehr viel Kontakt zu ihrer Großtante gehabt, aber sie hatte Linda geliebt und hätte sie gerne noch einmal gesehen, ein letztes Mal. Warum hatte ihre Großtante nicht gewollt, dass Holly sie im Krankenhaus besuchte? Was hatte es mit dem Testament auf sich?

Ach was, das war vollkommen gleichgültig. Wichtig war nur, ob sie es schaffte, rechtzeitig zur Beerdigung nach Porthlynn zu kommen. Die sollte schon nächste Woche stattfinden. Wie sollte sie bis dahin ein Ticket bekommen, wie sollte sie ihre Sachen hier in Ordnung bringen? So vieles musste sie klären, bevor sie abreiste. Ihr Herz schlug schneller, der Herzschlag dröhnte in ihren Ohren. Tief durchatmen, sagte sie sich, aber die Panik wollte nicht verschwinden.

Als sie sich hastig auf den Stuhl fallen ließ, fegte sie mit einer Handbewegung den Umschlag auf den Boden. Weitere Papiere fielen heraus. Holly bückte sich, blinzelte gegen die Tränen an und hob die Unterlagen auf. Es waren ein Flugticket von New York nach London sowie ein Zugticket, denn Linda wusste nur zu gut, wie ungern Holly Auto fuhr.

Das hatte sicher alles ihre Großtante geplant. So war Linda gewesen: Vorausschauend, zupackend und organisiert. Hollys Tränen flossen wieder. Es war unvorstellbar, nicht mehr an Geburtstagen und Weihnachten mit ihrer Großtante zu telefonieren, nicht mehr von deren Plänen zu hören, die meist etwas zu tun hatten mit Tierschutz oder der Verschönerung ihres geliebten Cottage. Was war das letzte Projekt, das Linda angefangen hatte, überlegte Holly. Irgendetwas mit Katzen. Holly hatte nicht so genau zugehört, denn sie konnte mit den Tieren nichts anfangen und war sicher gewesen, dass Linda sich das noch anders überlegen würde.

Mit zitternden Fingern suchte sie nach einem Kugelschreiber und schrieb eine to-do-Liste auf den Umschlag aus Porthlynn:
- ✓ Mum und Dad anrufen
- ✓ Chen benachrichtigen
- ✓ Nachbarin bitten, die Blume zu gießen
- ✓ Neue Schuhe kaufen? Habe nur Baustellenstiefel, Joggingschuhe und High Heels

Sicher gab es noch mehr zu tun, aber die Trauer überwältigte Holly und sie suchte nach ihrem Smartphone, um die tröstende Stimme ihres Vaters zu hören. Hoffentlich ging nicht Mum ans Telefon.

KAPITEL 3

Ich hasse Beerdigungen, dachte Nicholas, während er sich in den schwarzen Anzug zwängte, den er nur für diese Anlässe besaß. Kam es ihm nur so vor oder hatte er ihn im letzten Jahr häufiger getragen als in den Jahren zuvor? Er seufzte. Beerdigungen an sich waren schlimm, aber diese traf ihn besonders. Linda Teague war so aktiv gewesen und er hatte es sich nicht vorstellen können, dass sie sterben würde. Porthlynn ohne Linda wäre nicht mehr dasselbe. Sie war so ein wichtiger Mensch für den Ort gewesen, wie sollte es hier weiterlaufen ohne sie? Obwohl Nicholas tiefe Traurigkeit spürte, glitt ein leichtes Lächeln über sein Gesicht. Linda hatte sich schon darum gekümmert, dass sie nicht so schnell vergessen wurde. Obwohl Nicholas nicht genau wusste, was in ihrem Testament stand, war er sich sicher, sie würde dafür sorgen, dass ihr gemeinsames Projekt nicht durch ihren Tod von der Agenda fiel.

Hoffentlich würden Lindas Erben es zulassen, dass Nicholas weiter an Lindas Idee arbeitete. Ach, warum machte er sich deshalb Gedanken? So wie er Linda kannte, würde sie schon dafür gesorgt haben, dass alles weiterlief wie am Schnürchen.

Nicholas ging ins Wohnzimmer. An der weißgekalkten Wand hingen seine liebsten Bilder. Auf etlichen waren Linda und er zu sehen, auf einigen Skipper und er. Die Fotos, die ihn und Jodie zeigten, hatte Nicholas schon lange abgenommen und in eine Kiste verbannt, die unter dem Bett Staub ansetzte.

Ein Blick aus dem Fenster machte deutlich, dass es klüger wäre, sich eine wetterfeste Jacke anzuziehen. Der Himmel über Porthlynn war dunkelgrau, schwere Wolken hingen über der Stadt, als warteten sie nur darauf, dass ein Mensch sich hinauswagte, um ihn mit Sturzregen zu begrüßen. Er zog die Regenjacke aus dem Schrank, sie war zwar dunkelgrün und eigentlich zu robust für eine Beerdigung, aber wer wollte es ihm schon verübeln?

Nicholas schlüpfte in die Jacke, zog die festen Stiefel an, richtete die verfluchte Krawatte gerade, die in seinen Hals einschnitt, und war bereit, sich der Beerdigung zu stellen.

Als Nicholas sich dem Friedhof näherte, stellte er zu seinem Schrecken fest, dass er viel zu spät dran war. Es gab keine Parkplätze mehr; fast alle Einwohner schienen Linda das letzte Geleit geben zu wollen. Nachdem Nicholas durch die Gassen um den Friedhof gekreist war, stellte er sein Auto schließlich in zweiter Reihe in Friedhofsnähe ab. Es war egal, wen er blockierte, derjenige war gewiss auch auf Lindas Beerdigung.

Die Glocken der kleinen Kapelle läuteten, als wollten sie ihn auffordern, sich zu beeilen. Verdammt! Es gab nichts Peinlicheres, als zu spät zu einer Trauerfeier zu kommen. Möglicherweise wäre es noch peinlicher, zu seiner eigenen Hochzeit zu spät zu kommen, aber das sollte Nicholas wohl nicht mehr erfahren.

Er sprang aus dem Auto und eilte im Laufschritt in Richtung Friedhofstor. Dort angekommen hörte er die charakteristischen Töne des Beginns von *Stairways to Heaven*, die das Glockenläuten abgelöst hatten. Ein Lächeln trat auf sein Gesicht, als er das Musikstück vernahm. Garantiert hatte Linda das geplant. Es war typisch für sie, klare Anweisungen für ihre Beerdigung zu hinterlassen und ein Lied zu spielen, das man hier im beschaulichen Porthlynn nicht erwarten würde.

Nicholas öffnete das Friedhofstor, das wie immer quietschte, und wie jedes Mal, wenn er hier war, nahm er sich vor, beim nächsten Mal Öl mitzubringen, um das Tor zu reparieren. Und wie jedes Mal würde Nicholas es wohl wieder vergessen.

Als er sich der Kapelle näherte, konnte Nicholas nur staunen. Das kleine Gebäude war überfüllt, die Trauergäste, eine Versammlung in Schwarz, standen vor den Türen und versuchten zu verstehen, was der Trauerredner drinnen sagte. Kurz wallte Ärger in Nicholas auf, Zorn auf sich selbst, weil er zu spät losgefahren war und so die Rede verpasste. Dann jedoch sagte er sich, es wäre vollkommen gleichgültig, was der Mann von sich gab. Nicholas würde Linda so in Erinnerung behalten, wie sie gewesen war. Er brauchte keinen Trauerredner oder Pastor, der ihn daran erinnerte, was für ein wundervoller und einzigartiger Mensch gestorben war.

Trotzdem drängelte er sich rücksichtslos zwischen den Menschen durch, murmelte Grüße und Entschuldigungen nach rechts und links, aber er wollte auf jeden Fall näher an die Kapelle kommen. Nachdem der Trauerredner geendet hatte, legte der Gärtnerinnen-Verein Porthlynns einen Kranz mit englischen Primeln auf dem Sarg ab. Die charakteristischen weißen Blüten mit der gelben Mitte leuchteten vor dem schlichten hellen Eichensarg. Eine Vielzahl von Kränzen lag bereits dort, sichtbares Zeichen der Bedeutung, die Linda Teague in der Gemeinde gehabt hatte.

Nicholas' Blick suchte den Strauß Fingerhuts, Lindas Lieblingspflanzen, den er für sie hatte binden lassen. Die pinkfarbenen Blumen waren ein Farbtupfer, der Linda sicher gefallen hätte.

Die Sargträger postierten sich und hoben den Sarg auf ihre Schultern. Die wartende Menge der Trauernden teilte sich, um ihnen Platz zu machen. In dem Moment quietschte das Tor wieder und Nicholas drehte sich neugierig um, wer noch später als er zur Beerdigung gekommen war. Über den Kiesweg kam eine mollige, hochgewachsene Frau gestolpert, deren schwarzes Kleid viel zu dünn für den Frühsommer Cornwalls war. Außerdem war es zu elegant für eine Beerdigung, ebenso unpassend wie ihre High Heels. Die waren absolut ungeeignet für den Friedhof. Als wollte sie das beweisen, stürzte die Unbekannte nach vorn, fing sich im letzten Moment, bevor sie doch in die Knie ging. Nicholas sprang los, um ihr zu helfen, aber nicht nur er hatte das Missgeschick gesehen.

Zwei junge Männer eilten auf die Frau zu und halfen ihr auf. Sie hakten sich bei ihr unter und halfen ihr, sich der wartenden Trauergemeinde zu nähern. Als sie auf ihn zukam, erkannte Nicholas sie wieder, obwohl etliche Jahre seit ihrem letzten Treffen vergangen waren. Es war Holly Nancarrow, Lindas Nichte. Sie hatte Nicholas ewig nicht mehr gesehen, und er legte auch keinen großen Wert darauf, ihr heute zu begegnen. Auch wenn Linda ihn gebeten hatte, sich um Holly zu kümmern, war heute nicht der Tag, an dem er das tun würde.

Heute war ein Tag, um sich in seine Werkstatt zurückzuziehen, das Holz zu glätten und dabei seine Erinnerung an Linda zu pflegen. Ein wenig spürte Nicholas das schlechte Gewissen, denn er wusste, wie sehr sich Linda eine Party zum Abschied gewünscht hatte. Sie wollte, dass ihre Freunde und Familie das Leben feierten und nicht um sie trauerten. Doch so sehr Nicholas sich auch wünschte, ihr diesen Wunsch zu erfüllen, er fühlte sich nicht in der Lage, unter Menschen zu gehen. Er wollte allein mit seinen Erinnerungen sein; Holly könnte er morgen sprechen oder übermorgen, sie würde gewiss länger bleiben. Denn Nicholas hatte eine Ahnung, was Lindas Testament von ihr verlangen würde.

»Ich würde mich freuen, wenn du sie unterstützt«, hatte Linda zu ihm gesagt. Im Krankenhaus, als er sie besuchen durfte. Danach hatte sie keine Besucher mehr gewollt, zu sehr schwächte sie die furchtbare Krankheit.

»Ich glaube nicht, dass Holly deinen Traum zu ihrem machen wird«, hatte Nicholas geantwortet, weil er Linda immer die Wahrheit sagte, anstatt ihr eine freundliche Lüge zu erzählen.

»Ich habe schon eine Idee, wie ich sie dazu bekomme.« Linda hatte gelächelt, und für einen Moment sah sie wieder aus wie die Frau, die er kannte und liebte. »Aber du musst auf sie aufpassen; allein schafft sie das nicht. Bitte.«

»Ja, ich kümmere mich um sie«, hatte er schließlich nachgegeben. »Weil du es bist.«

Sollte er doch bleiben, um sein Versprechen zu erfüllen? Unschlüssig blickte er Holly nach, wartete, bis die jungen Männer sie zum Grab begleitet hatten. Hier nahm ein älteres Ehepaar, wohl ihre Eltern, Holly in Empfang. Also gut, dachte Nicholas, sie ist nicht allein, sondern hat ihre Familie, um sie zu trösten. Damit ging es ihr viel besser als ihm, der niemanden hatte, mit dem er seinen Kummer teilen konnte. Schnell verabschiedete er sich von ein paar Bekannten und eilte davon, durch die quietschende Tür, bis zu seinem Wagen.

Nachdem er den Ford gestartet hatte, überlegte Nicholas es sich anders. Anstatt in sein einsames Cottage zu fahren, würde er das Haus aufsuchen, das Linda und er gemeinsam umgebaut hatten. Als Nicholas *Konin Cottage* sah, wurde sein Herz schwer. Alles hier erinnerte ihn an Linda. Wie sehr hatte sie sich darauf gefreut, aus dem heruntergekommenen Häuschen ein Schmuckstück zu gestalten, in dem Menschen und Katzen zueinander finden konnten. Wie viele Tage hatten Linda und er damit zugebracht, Pläne zu entwerfen, das Holz auszusuchen und einen Namen für das Katzencafé zu finden. Nicholas kannte *Konin Cottage* noch unter seinem alten Namen *Rabbit Hole House*. Irgendwann, als die kornische Sprache hipp wurde, hatte es den Namen *Konin Cottage* erhalten, was weder Linda noch Nicholas verstanden. In all den Wochen und Monaten, die sie gemeinsam hier gewerkelt hatten, hatte sich nicht ein Kaninchen sehen lassen. Aber ein Fuchs hatte sich ihnen ab und zu genähert, wohl in der Hoffnung, hier Futter zu erbeuten.

Mit kundigem Blick sah Nicholas sich um. Die Außenarbeiten waren beendet, die Mauern aus den rotbraunen Cornwalltypischen Steinen wieder stabil, das Dach mit grauen Schindeln gedeckt. Auch Fenster und Türen waren erneuert, Nicholas hatte ein mittelbraunes Holz dafür gewählt, das mit der Zeit nachdunkeln würde und perfekt zu den Steinen passte.

Er stieg aus dem Auto aus, ging die paar Schritte bis zur Tür und schloss auf. Das Cottage roch nach Farbe und Holz, denn mitten in den Innenausbauten war Linda erkrankt und die Arbeiten waren zum Erliegen gekommen. Noch immer konnte Nicholas nicht glauben, dass Linda nicht mehr da war. Immer wieder ertappte er sich dabei, zur Tür zu schauen, in der Hoffnung, ihre rundliche Gestalt dort zu sehen.

Die Krankheit hatte Linda unverhofft getroffen, aber sie hatte sofort damit begonnen, Vorsorge zu treffen, damit ihr Traum in Erfüllung gehen konnte. So sehr Nicholas Linda auch geliebt hatte, nun fürchtete er, sie hatte eine vollkommen falsche Entscheidung getroffen. Holly Nancarrow war garantiert nicht die Richtige, um das Katzencafé zum Erfolg zu führen.

Wie konnte jemand mit High Heels und ohne Regenjacke auf eine Beerdigung in Cornwall gehen? Sicher, Holly war seit Jahren nicht mehr nach Porthlynn gekommen, aber jeder Mensch, der einmal hier gewesen war, wusste, wie schnell das Wetter wechselte. Wann hatte er Lindas Nichte das letzte Mal gesehen? Nicholas rechnete im Kopf nach, während er das Holz für die Bänke im Katzenraum auspackte. Er hatte schweres, stabiles Holz in einem warmen Goldbraun ausgewählt.

Fünfzehn Jahre musste es her sein, dass Miss Nancarrow Porthlynn mit ihrer Anwesenheit beehrt hatte. Himmel, wo die Zeit nur blieb! Kein Wunder, dass Holly ihn wohl nicht erkannt hatte. Jedenfalls hatte sie ihn nicht begrüßt, obwohl sie nah an ihm vorbeigegangen war. Hatte Nicholas sich seit damals so sehr verändert? Mehr Muskeln hatte er angesetzt, Falten um Augen und Mund bekommen und ein paar vereinzelte graue Strähnen. Nun gut, den Bart hatte er vor fünfzehn Jahren nicht gehabt, aber war er deshalb nicht mehr erkennbar?

Nur zu gut erinnerte Nicholas sich an diesen Sommer: das Wetter war – ungewöhnlich für Cornwall – sonnig und golden gewesen. Alle Jugendlichen aus Porthlynn und auch die Touristen hatten die Tage am Strand verbracht. Nicholas hatte versucht, surfen zu lernen, war aber kläglich gescheitert. Wie peinlich es ihm gewesen war, sich nicht auf dem verdammten Brett halten zu können.

Holly hatte sich immer in seiner Nähe aufgehalten, eher schüchtern und vorsichtig. Ihr vom Sonnenbrand ohnehin gerötetes Gesicht wurde noch dunkler, wenn jemand sie ansprach. Trotzdem zog es sie immer wieder an den Strand. Nicholas versuchte, sich mit ihr anzufreunden, um Lindas Willen, aber auch, weil dieses schüchterne Mädchen aus der Stadt irgendetwas an sich hatte, was ihn faszinierte. Doch dann passierte ihr das Missgeschick – und sie floh aus Porthlynn und war nie wieder zurückgekommen. Bis heute.

Aber obwohl Holly ihre Ferien nicht mehr hier verbracht hatte, hatte sie den Kontakt zu Linda gehalten. Wie glücklich war seine Freundin gewesen, wenn sie Postkarten, Briefe, Mails oder Social Media-Fotos von Holly zeigen konnte.

»Sieh nur, unsere Kleine macht Karriere.« Linda hatte ihm ein hässliches Betonbauwerk gezeigt. »Sie hat mich nach New York eingeladen.«

»Willst du sie besuchen?«

»Und wer kümmert sich um meinen Garten?« Linda hatte einen grünen Daumen besessen, der selbst in Porthlynn, wo einige der besten Gärtnerinnen des Vereinigten Königreichs lebten, seinesgleichen suchte. Wenn sie gewollt hätte, hätte sie viele Preise auf Gartenschauen gewinnen können, aber Linda hatte sich an den Pflanzen um ihrer selbst willen erfreut, nicht um Wettbewerbe zu gewinnen.

Verdammt, Nicholas' Kehle fühlte sich an wie zugeschnürt. Das Schicksal hatte ihm viel zu wenig Zeit mit Linda gelassen. Er hatte sich nicht vorstellen können, dass er sie so schnell verlieren würde. Wie wäre sein Leben wohl verlaufen, hätte sie sich nicht damals um ihn gekümmert, nachdem seine Mutter verschwunden war? Nicholas war zehn Jahre alt und auf dem besten Weg gewesen, Porthlynns jugendlicher Kleinkrimineller zu werden. Er hatte bei Harriet Tallack geklaut, die Rosen von Mrs Symons zerstört und Autos mit einem Schlüssel zerkratzt. Seinem Vater war das in der eigenen tiefen Trauer gleichgültig gewesen. Dann stand Linda eines Tages vor der Tür des Cottage, in dem sein Vater und er lebten.

»So geht das nicht weiter, Junge«, hatte sie mit ruhiger Stimme erklärt. »Du darfst wütend sein, aber mach etwas Produktives aus deiner Wut.«

Erst hatte er sie auslachen wollen, aber Linda hatte so eine ruhige Autorität ausgestrahlt, dass er sich gefügt hatte – eine der besten Entscheidungen seines Lebens. Er war ihr viel schuldig und würde sich um Holly kümmern, um Lindas Willen.

KAPITEL 4

»Holly, Darling«, sagte ihre Mum, nachdem sie sich begrüßt hatten. »Hast du keine vernünftigen Schuhe dabei? Kein Wunder, dass du fast umgefallen bist. Zum Glück waren die netten jungen Männer da, um dich zu retten. Vielleicht ist einer von ihnen Single.«

»Danke, Mum, bitte erinnere mich daran.« Holly wäre sowieso am liebsten im Erdboden versunken, als sie vor der versammelten Beerdigungsgesellschaft in die Knie gegangen war.

»Wie schön, dass du hier bist, Kleines.« Ihr Dad nahm sie in die Arme. Holly schloss kurz die Augen und genoss die Sicherheit und Liebe, die er ihr bot. Ob sie wohl je einen Mann wie ihn finden würde? Dann jedoch stellte sie die Frage, die ihr seit Tagen auf den Nägeln brannte.

»Warum habt ihr mir nicht Bescheid gesagt, dass Linda krank war?« Obwohl Holly sich bemühte, ruhig zu bleiben, klang ihr Ton vorwurfsvoll. »Ich hätte es fast nicht geschafft, rechtzeitig hier zu sein.«

»Wir haben es auch erst nach ihrem Tod erfahren. Das habe ich dir am Telefon schon erklärt.« Ihre Mutter schüttelte den Kopf, sichtlich erschüttert über dieses unkonventionelle Verhalten ihrer ohnehin unkonventionellen Verwandten. »Linda wollte wohl, dass wir sie in guter Erinnerung behalten, und nicht als schwerkrank.«

Holly konnte nicht sagen, ob sie diese Vorstellung ihrer Großtante egoistisch oder bewundernswert finden sollte. Auf jeden Fall verstärkte es ihr schlechtes Gewissen.

»Was … Was hatte sie?«

»Kleines, lass uns heute Abend darüber reden.« Ihr Vater hakte Holly unter, um sie auf dem Kiesweg zu stabilisieren. »Wir gehen jetzt erst einmal zu Lindas Abschiedsparty.«

»Dad, mir ist wirklich nicht nach vielen Leuten zumute.«

»Darling, das war Lindas Wunsch. Den werden wir also erfüllen.«

Holly war sich bei ihrer Mutter nie sicher, ob sie so handelte, weil sie es wollte, oder weil sie dachte, es wäre angemessen. Holly würde mit ihrer Familie zu dieser Party gehen müssen. Was für ein seltsamer Begriff für eine Trauerfeier!

Auf dem Weg zum Auto ihrer Eltern wurden sie von Menschen angehalten, die ihnen ihr Beileid aussprachen und die Hollys Familie alle zu kennen schienen, während Holly sich nur an wenige Gesichter erinnerte. Zu lange war es her, dass sie ihre Ferien in Porthlynn verbracht hatte. Als Kind hatte es ihr in dem Städtchen am Meer immer wunderbar gefallen, zu Besuch bei ihrer Großtante, die ein Leben gelebt hatte, wie Holly es sich wünschte.

Jedes Jahr hatte Holly es kaum erwarten können, dass die Sommer anbrachen, in denen ihre Eltern auf Kreuzfahrt gingen, während sie Holly bei Linda abluden. Das war der Höhepunkt jedes Jahres gewesen, jedenfalls bis zu diesem furchtbaren Sommer vor fünfzehn Jahren. Nein, daran wollte sie jetzt nicht denken. Heute war Lindas Tag, nicht der von Hollys schlechten Erinnerungen.

Endlich hatten sie den Wagen erreicht und Holly stieg hinten ein, während ihr Vater hinter dem Steuer Platz nahm. Sie hatte erwartet, dass der Weg sie zu Lindas Cottage am Stadtrand führte. Zu dem Häuschen, das Linda vor fünfundzwanzig Jahren gekauft hatte und restauriert hatte. Das war ihr Projekt gewesen, mit dem sie ihren Ruhestand gestalten wollte.

Holly erinnerte sich, dass Linda ihr immer alt vorgekommen war und sie sich daher nicht gewundert hatte, dass ihre Großtante in Rente war, während Mums Tanten und Onkel alle noch arbeiteten. Aber so war das ja, wenn man Teenager war: Alle, die älter als zwanzig waren, erschienen einem uralt. Heute überlegte sie, dass Linda höchstens fünfzig gewesen sein konnte, als sie in Rente ging. Sie musste wirklich gut verdient haben.

Was hatte ihre Großtante eigentlich gearbeitet? Genau genommen wusste Holly wenig über Linda, obwohl sie oft bei ihr zu Besuch gewesen war. Holly nahm sich fest vor, auf der Beerdigungsfeier mit den Menschen über Linda zu sprechen, um mehr über ihre Verwandte herauszufinden, die sie so lange nicht mehr gesehen hatte.

Statt aus der Stadt heraus fuhr Dad jedoch in das kleine Städtchen hinein und hielt schließlich vor dem *Old Admiral Pub*. Direkt am Hafen befand sich der Pub, weiß gestrichen, mit einem dunkelgrauen Dach. Auf dem Parkplatz davor standen nur zwei Autos, die Touristensaison hatte gerade erst begonnen. »Steigt ihr schon mal aus, ich parke ein.« Hollys Dad hielt an und wartete, bis Mum und sie ausgestiegen waren, bevor er den großen Caravan in die enge Parklücke bugsierte.

Es war Flut, das kleine Hafenbecken war mit graublauem Wasser gefüllt. Nur ein paar Fischerboote dümpelten hier, während die anderen trotz der Beerdigung hatten herausfahren müssen, um ihren Fang einzubringen. Holly blieb einen Moment stehen, um den Eindruck in sich aufzunehmen: Die grauen Mauern des Hafens, dahinter die viktorianischen Häuser und dahinter die grasbewachsenen Klippen, deren dunkles Grau an vielen Stellen durch das Gras hindurch stach. Ihr Blick glitt über das Meer. Immer schon hatte seine blaue Weite beruhigen können. Hier in Cornwall besonders, denn Meer und Himmel waren einander sehr nahe. Sie sah hoch in den Himmel, bevor sie sich in den Pub begab und wunderte sich, warum er so strahlend blau und nicht eine Wolke zu sehen war. Es passte gar nicht zu ihrer Stimmung. Allerdings wäre eine verregnete Beerdigung noch schlimmer als eine bei klarem Wetter.

»Komm, lass uns reingehen.« Ihre Mum bot Holly den Arm und gemeinsam marschierten sie zur Tür des Pubs. Trotz des traurigen Anlasses musste Holly lächeln, als sie die gewaltigen Blumenampeln vor dem *Old Admiral* sah. Prachtvoll blühende Geranien in Rosa und Rot hingen so tief, dass ihre Blüten über Hollys Kopf strichen, als sie darunter durchging.

Sie rechnete mit etwas Klassischem, mit Kuchen und Kaffee und Menschen in Schwarz mit traurigen Gesichtern. Doch nachdem sie durch die Eichentür in den Gastraum getreten war, blieb sie erstaunt stehen. Vor ihr erstreckten sich bunte Luftballons in allen Regenbogenfarben; an der Wand am anderen Ende des Gastraums stand eine Karaoke-Maschine, aber Holly konnte sich nicht vorstellen, dass sie wirklich heute zum Einsatz kam. An der Wand gegenüber den Fenstern war ein Kuchenbuffet aufgebaut, das seinesgleichen suchte. Trotz ihrer Traurigkeit knurrte Hollys Magen, als sie die *Scones* und *Cupcakes*, ebenfalls in Regenbogenfarben, entdeckte.

Quer über dem Raum hing eine Girlande mit den Worten »Linda hat das Leben geliebt! Feiern wir sie!«. Obwohl ihre Großtante sich das anders gewünscht hätte, wurde Hollys Herz schwer. Warum nur hatte sie sich in den letzten Jahren nicht gemeldet? Warum hatte sie es bei der obligatorischen Karte oder dem Anruf zu Weihnachten und zu Geburtstagen belassen? Ganz einfach, weil sie zu viel gearbeitet hatte – und wofür? Dafür, dass sie nun ohne Job dastand und nicht wusste, wie sie das Geld für die kommenden Mieten aufbringen sollte.

»Kleines, ich weiß, ich habe auch ein schlechtes Gewissen«, flüsterte ihr Dad, der inzwischen auch angekommen war, Holly zu. »Aber Linda hätte das nicht gewollt. Wir waren für sie wichtig, aber Porthlynn lag ihr genauso am Herzen. Sie war nicht einsam.«

»Deine Tante war eine eigene Persönlichkeit«, bemerkte Mum, die natürlich Dads Flüstern gehört hatte.

Holly nickte und steuerte auf die *Scones* zu. Sie konnte deren buttriges Aroma bereits auf ihrer Zunge schmecken, die frische Kühle der *Clotted Cream* und die Süße der Erdbeermarmelade. Doch bevor sie das Gebäck erreichte, stellte sich ihr jemand in den Weg.

»Mark, Claire, Holly. Wie schön euch zu sehen.« Die ältere Dame kam mit geöffneten Armen auf sie zu. Sie war in Trauerschwarz gekleidet, trug aber eine pinkfarbene Handtasche, die aussah wie – Holly verengte die Augen – ja, die aussah wie eine Katze, über dem Unterarm. »Wie schön, dass ihr hier seid!«

»Mrs Rosevear!«, erinnerte sich Holly. Eleanor Rosevear war die beste Freundin ihrer Großtante gewesen. Auch sie lebte schon lange in Porthlynn, war eine reiche Witwe und verbrachte ihre Zeit damit, Tiere zu retten. Jedenfalls hatte sie das damals getan. »Wie geht es Ihnen?«

Kaum hatten die Worte ihren Mund verlassen, hätte Holly sich treten können. Wie fühlte man sich schon auf einer Beerdigung? Aber die alte Dame lächelte sie an und antwortete: »Ich vermisse Linda, wie alle hier, aber ich freue mich auch, dass ich sie überhaupt gekannt habe.« Dann griff sie freundlich, aber bestimmt nach Hollys Ellenbogen und dirigierte sie in den Raum. »Komm mit, ich stelle dir ein paar der anderen Gäste vor, falls ihr sie nicht ohnehin bereits kennt.«

Holly warf den *Scones* einen sehnsüchtigen Blick zu, während ihre Eltern ans Buffet traten, und folgte der alten Dame. Ihr Herz pochte schneller, denn es gab einen Menschen, den sie unbedingt wiedersehen wollte, aber ausgerechnet er schien nicht anwesend zu sein. Sie fühlte sich hin und hergerissen zwischen dem Wunsch, Mrs Rosevear nach ihm zu fragen und der Sorge, sich wie damals zu einer Lachnummer zu machen. Wahrscheinlich war er schon lange verheiratet, hatte drei Kinder und erinnerte sich überhaupt nicht mehr an das dicke Mädchen, das ihm nachgelaufen war.

»Holly, das sind George und Lucy Wills, ihnen gehört der *Old Admiral*.« Mrs Rosevear deutete auf ein Ehepaar, an das sich Holly dunkel erinnerte. George war knochig und hochgewachsen, seine Miene stets verkniffen, als trüge er das Leid der Welt auf seinen Schultern. Im Gegensatz dazu war seine Ehefrau Lucy klein, rundlich und gut gelaunt. Sie war das Herz des Pubs und auch jetzt bildete sie den Mittelpunkt in einer Gruppe von Menschen, mit denen sie sich lautstark und fröhlich unterhielt.

Einen Moment lang war Holly irritiert, denn schließlich war es eine Beerdigung. Dann jedoch erinnerte sie sich daran, dass Linda einmal gesagt hatte, sie fände diese Trauerfeiern, auf denen alle leise sprachen und betroffen schauten, einfach furchtbar. »Wenn ich einmal tot bin, möchte ich, dass ihr mein Leben und mich feiert«, hatte sie gesagt. Und sie hatte anscheinend alles dafür getan, dass ihre Freunde das umsetzten.

»Hallo«, brachte Holly heraus. Mehr konnte sie nicht sagen,

weil die Erinnerung an Linda die Traurigkeit wieder hervorbrachte.

George Wills nickte ihr knapp zu, während Lucy Hollys rechte Hand mit beiden Händen ergriff.

»Wie schön, dich endlich einmal wieder zu sehen, Holly, auch wenn es ein trauriger Anlass ist.« Lucys Gesicht wurde bekümmert. »Linda wird uns allen sehr fehlen. Aber immerhin wird ihr Projekt uns bleiben. Oder willst du …«

Plötzlich verstummte sie, und Holly bemerkte aus dem Augenwinkel, dass Mrs Rosevear den Kopf schüttelte. Was hatte das zu bedeuten? Aber bevor sie die Frage stellen konnte, zog die alte Dame Holly weiter, zu einem kleinen Mann mit auffallenden O-Beinen. Himmel, wie war noch einmal sein Name? Holly wusste, dass ihm die kleine Reitschule gehörte, denn sie hatte einen Sommer lang versucht, Reiten zu lernen. Gut, genau genommen, war sie einmal auf ein Pony gestiegen und sofort in Panik geraten, als sich das Tier in Bewegung gesetzt hatte. Allem guten Zureden zum Trotz war sie nach fünf Minuten abgestiegen und hatte erkannt, dass *ihr* Glück der Erde nicht auf dem Rücken der Pferde lag.

Endlich fiel Holly sein Name ein. »Mr Pascoe. Wie schön, Sie zu sehen. Wie geht es Ihnen?«

»Man wird älter und kahler.« Er strich sich über die Glatze, die nur noch einen schmalen Rand grauer Haare besaß. Das war das einzige Zeichen, dass fünfzehn Jahre seit ihrem letzten Zusammentreffen vergangen waren. Denn schon damals war er klein und knorrig gewesen, mit der gebräunten Haut und den tiefen Falten eines Menschen, der viel Zeit im Freien verbrachte. »Aber solange ich noch auf einem Pferd sitzen kann, bin ich zufrieden.«

Er musterte sie von oben bis unten. »Du bist groß geworden. Vielleicht möchtest du noch einmal dein Glück mit dem Reiten probieren?«

»Auf gar keinen Fall«, platzte Holly heraus, was Mr Pascoe zum Lächeln brachte. Hektisch überlegte sie, was sie sagen könnte, um diesen Patzer wiedergutzumachen. Aber natürlich wollte ihr nichts einfallen. Zu allem Unglück knurrte ihr Magen laut und vernehmlich, während sie noch um Worte rang. Glücklicherweise rettete Mrs Rosevear sie. »Meine Güte, Liebes, was habe ich mir nur gedacht. Ich führe dich hier rum und wahrscheinlich hast du noch nichts gegessen.«

»Stimmt«, antwortete Holly aus vollem Herzen, was ihr ein weiteres Lächeln von Mr Pascoe einbrachte. »Ich könnte einen Bären essen.«

»Dann lass uns zum Buffet gehen. Dort treffen wir ohnehin alle Menschen, die hier versammelt sind.«

Holly folgte ihr zu den Verlockungen, die das Buffet anzubieten hatte. Sie ließ alles, was gesund und kalorienarm aussah, außen vor und wandte sich den Keks- und Tortenplatten zu. Sie hatte sich gerade einen Teller mit einem buttrigen, noch warmen *Scone*, einem Stück *Apple Pie* und einem Stück *Chocolate Cake* vollgeladen und ließ nun ihren Blick durch den Raum wandern, auf der Suche nach einem Sitzplatz. Und auf der Suche nach dem einen Menschen, den sie bisher noch nicht entdeckt hatte.

Konnte das wirklich sein? Vielleicht war er weggezogen. Das allerdings konnte sich Holly wiederum nicht vorstellen. Nicholas hatte Porthlynn nie verlassen wollen. Vielleicht wollte er nicht an Lindas Beerdigung teilnehmen. Nein, das konnte sie sich noch weniger vorstellen. Denn er war für Linda wie ein Sohn gewesen – und wenn sie sich zerstritten hätten, hätte Linda ihr das sicher am Telefon erzählt.

Die Neugier plagte sie, aber gleichzeitig scheute sie davor zurück, Mrs Rosevear nach ihm zu fragen. Aus heutiger Sicht war Holly bewusst, dass damals wohl das ganze Städtchen gewusst hatte, wie sehr die kleine Holly Nancarrow in Nicholas Chegwin verknallt gewesen war. Damals war sie ganz sicher, niemand hätte es bemerkt, aber inzwischen hatte sie einsehen müssen, dass sie nicht wirklich unauffällig gewesen war. Stets hatte sie seine Nähe gesucht, stets hatte sie versucht, seine Aufmerksamkeit auf sich zu ziehen.

Vor ihrem letzten Sommer in Porthlynn hatte sie sogar gehungert, um für ihn schlank zu sein. Aber selbst die verlorenen Kilos hatten sie nicht vor der Peinlichkeit bewahrt, die ihr Porthlynn verleidet hatte. Ein leises Geräusch zog sie aus ihren

Gedanken. Es war *Clotted Cream*, die geschmolzen war und von ihrem Teller auf den Fußboden tropfte. Holly sah sich erneut suchend um.

»Holly, setz dich zu mir«, erklang eine helle Stimme. Es war Harriet Tallack, die auch nur wenig älter aussah, als Holly sie in Erinnerung hatte. Ihr gehörte der kleine Lebensmittelladen in Porthlynn, den Mrs Tallack aber nicht betrieb, um damit Geld zu verdienen, sondern um auf dem Laufenden zu bleiben, was alles im Städtchen und in der Umgebung geschah.

Holly erinnerte sich gut daran, wie Linda sich darüber lustig gemacht hatte, dass es anscheinend in jeder Kleinstadt eine »Dorfzeitung« gab, bei der Tratsch und Klatsch zusammenkamen. Holly zögerte einen Augenblick. Wollte sie sich wirklich der Neugier der Klatschtante aussetzen? Andererseits wäre es sehr unhöflich gewesen, die Einladung abzulehnen. Also griff sie einen Becher mit Tee und steuerte auf den Platz zu. Sie stellte ihren Teller ab und setzte sich auf den Holzstuhl, nachdem sie Mrs Tallack begrüßt hatte.

»Schön, dass du mal wieder hier bist. Warum hast du dich so lange nicht sehen lassen?« Die Ladenbesitzerin verengte die Augen und Holly ahnte, welche Batterie an Fragen sie als nächstes abschießen würde. »Wo bist du so lange gewesen? Was hast du gemacht? Wie lange wirst du bleiben?«

Kurz fühlte Holly sich versucht, Kuchen in sich hinein zu schaufeln statt zu antworten, aber hierfür war sie zu gut erzogen. Manchmal verfluchte sie die gute Erziehung, die sie nicht gegen neugierige Frauen schützte.

»New York. Architektin. Ein oder zwei Tage«, antwortete sie schließlich und lächelte freundlich.

Mrs Tallack schwieg einen Moment, sichtlich verdattert. Sie war es wohl nicht gewohnt, dass jemand so einsilbig auf ihre Fragen antwortete. Aber, wie Holly befürchtet hatte, hielt es die Ladenbesitzerin nicht davon ab, weitere Fragen zu stellen. »So, so, New York also. Bist du deshalb nicht mehr nach Porthlynn gekommen?«

Holly machte eine Geste mit der Hand, da sie sich gerade einen ziemlich großen Bissen von dem *Scone* gegönnt hatte, an dem sie nun zu kauen hatte. Hollys Schweigen nutzte die Ladenbesitzerin, um sie auf dem Laufenden zu halten, ob sie wollte oder nicht.

»Hier ist einiges geschehen. Linda hatte große Pläne, aber das weißt du sicher schon.« Sie sah Holly an, als erwartete sie nun endlich eine Antwort. Aber das Stück *Scone* war zu groß gewesen und wurde immer mehr in Hollys Mund. Sie versuchte, mit Tee nachzuspülen und verschluckte sich. Ihr blieb nichts übrig, als den Gebäckbrei in ihre Serviette zu spucken, trotzdem rang sie nach Luft. Erneut rettete Mrs Rosevear sie, indem sie Holly einen kräftigen Schlag auf den Rücken gab, sodass sie wieder Luft bekam.

»Harriet, lass das Mädchen in Ruhe essen. Sonst müssen wir noch den Notarzt rufen.« Mrs Rosevear zwinkerte Holly zu. »Harriet, hast du gar nicht bemerkt, dass George und Lucy sich lautstark streiten?«

»Ehrlich? Wo? Warum?« Sofort sprang die Ladenbesitzerin auf und eilte in die Richtung, in die die alte Dame zeigte, auf der Suche nach dem neuesten Klatsch.

»Streiten sich die beiden wirklich?«, fragte Holly.

»Nein, aber Harriet bist du jetzt los. Sie ist eigentlich eine gute Seele, aber sie weiß einfach nicht, wann sie ihre Neugier zügeln soll.« Mrs Rosevear wirkte plötzlich traurig. »Heute ist bestimmt nicht der Tag, dich auszufragen.«

»Danke.« Holly spürte wieder den Kloss im Hals. Selbst der *Apple Pie* mit seiner verführerischen Zimt-Zucker-Kruste konnte sie nicht mehr locken. »Ich kann es noch nicht fassen, dass Linda so plötzlich gestorben ist.«

Als sie bemerkte, dass der alten Dame die Tränen in die Augen traten, erkannte Holly mit aller Deutlichkeit, dass sie und ihre Familie nicht die einzigen waren, die ihre Großtante vermissen würden.

»Es tut mir leid. Wahrscheinlich haben Sie mehr Zeit mit Linda verbracht als ich. Mich hat die Arbeit aufgefressen. Ich habe ein schlechtes Gewissen, nichts von ihrer Krankheit gewusst zu haben.«

Etwas an Eleanor Rosevear brachte einen dazu, die tiefsten

Gedanken und Gefühle auszusprechen. Die zierliche alte Dame wirkte wie eine Erzieherin, die einem ein Pflaster auf das aufgeschlagene Knie klebte und dann darauf pustete, damit der Schmerz verging.

»Es war schön, Linda gekannt zu haben«, sagte Mrs Rosevear schließlich. »Ja, ich werde sie sehr vermissen, aber ich bin froh über die Zeit, die wir miteinander verbracht haben. Aber wir hatten noch so viel vor.«

»Sie hat mir von ihren Plänen erzählt, aber nur, dass sie etwas für Tiere tun wollte. Sie haben doch einen Gnadenhof, nicht wahr? Wollte Linda da einsteigen?«

»Gnadenhof ist ein bisschen übertrieben.« Mrs Rosevear lächelte. »Ich habe nur ein kleines Cottage mit ein bisschen Land, auf dem ein paar gerettete Tiere leben. Linda hat mir viel geholfen.«

Kam es Holly nur so vor oder verschwieg ihr die alte Dame etwas? Die Frage nach Lindas aktuellem Projekt hatte sie jedenfalls nicht beantwortet. Bevor Holly nachhaken konnte, tauchte ihre Mutter auf, mit einem gesund aussehenden Sandwich auf ihrem Teller, und setzte sich neben Holly.

»Darling, wir wollen bald aufbrechen. Dein Vater ist ziemlich müde. Willst du mit uns kommen oder noch hierbleiben?«

Holly ließ den Blick noch einmal durch den Raum wandern, konnte Nicholas aber nicht entdecken, was möglicherweise auch besser war. Sie spürte den Jetlag, gähnte verstohlen und antwortete: »Ich komme mit, aber erst nachdem ich aufgegessen habe.«

Als sie auf das Cottage zufuhren, wurde Holly mit Macht bewusst, dass Linda sie dort nicht erwartete, sie nie wieder begrüßen würde. Das Häuschen hatte Holly immer an ein verwunschenes Schloss erinnert. Ein Miniaturschloss, aber trotzdem edel und elegant. Es war zweistöckig, aus grauem Stein erbaut. Inzwischen allerdings war der Stein verborgen von rankendem Efeu, der den Erker an der linken Seite vollkommen eingenommen hatte und sich auch über die rechte Seite des Cottage erstreckte und die Fenster zu verdunkeln drohte.

Die Dachschindeln waren aus grauen Ziegeln. Ohne das

Grün des Efeus und das gebrochene Weiß der Fensterläden hätte *Gwynn Cottage* trist gewirkt, so sah es liebenswert aus. Das Haus stand ein wenig erhöht, Treppenstufen führten in den hinteren Garten, wie Holly wusste. Dort erstreckte sich eine gemauerte Terrasse, von der aus mehreren Stufen in den Garten führten. Was Linda wohl alles im Garten angelegt hatte, fragte sich Holly, und freute sich darauf, die Spuren ihrer Großtante zu entdecken.

KAPITEL 5

»Holly, du solltest etwas essen. Das Frühstück ist die wichtigste Mahlzeit des Tages.« Ihre Mutter hielt Holly einen Teller mit Toast, Rührei, gebratenen Pilzen und gebackenen Bohnen entgegen. »Bitte, hat dein Dad frisch zubereitet.«

Der Geruch nach gebratenem Fett weckte in Holly den Wunsch, aus der Küche zu flüchten.

»Danke, Mum, aber ich habe nach dem Aufstehen keinen Hunger.« Außerdem hatte sie schlecht geschlafen. Die Stille Porthlynns hatte nach den vielfältigen Geräuschen der New Yorker Nacht etwas Unheimliches an sich gehabt. »Mir reicht ein Cappuccino.«

»Kommt sofort.« Ebenso wie Mum war Dad ein Morgenmensch, sodass sich Holly immer fragte, von wem sie die Langschläferei wohl geerbt hatte. »Darling, lass es dir schmecken.«

»Was macht eigentlich deine Arbeit?« Mum fand zielsicher stets das Thema, das Holly verschweigen wollte. »Du hast gar nichts von deinen Projekten erzählt.«

Holly erstarrte. Ihr musste schnell etwas einfallen, um ihre Mutter von dieser Spur abzulenken. Noch hatte Holly es nicht über sich gebracht, ihren Eltern von der Kündigung zu erzählen.

»Meint ihr, Linda hat überhaupt etwas zu vererben?« Holly konnte sich das nicht vorstellen, denn Linda war viel gereist und hatte das kleine Cottage zu einem Heim umgebaut. Außerdem wäre es ihr falsch vorgekommen, etwas von ihrer Großtante anzunehmen, wo sie sie so selten besucht hatte. »Ich dachte immer, sie hat alles Geld in ihre Projekte gesteckt.«

»Vielleicht bekommen wir *Gwynn Cottage*.« Mum wirkte energiegeladen wie immer. »Oder nur ein paar Bücher. Erwarte nicht zu viel, Darling.«

»Das denke ich auch.« Dad lächelte. »Linda hat ihr Leben

genossen, da kann nicht viel Geld übriggeblieben sein.«

»Genossen, ja, so kann man das auch nennen«, schnaubte Mum. »Deine verrückte Tante hat wohl eher das Geld mit vollen Händen für seltsame Sachen ausgegeben.«

»Mum, es war ihr Geld. Sie konnte damit tun, was sie wollte.« Irgendwann einmal wollte Holly herausfinden, warum ihre Mum Linda so wenig leiden konnte. Holly hatte ihre unangepasste Großtante immer bewundert. Vielleicht war das ja der Grund, warum Mum Linda nicht mochte. Hollys Mutter hielt sehr viel von Konventionen und legte großen Wert darauf, was die Nachbarn sagten.

»Wir sollten uns sputen. Ich möchte nicht zu spät kommen.« Mum sprang auf, stellte Besteck und Teller in die Spülmaschine, wusch sich die Hände und war bereit für den Anwaltstermin, bevor Holly den Cappuccino ausgetrunken hatte. »Außerdem müssen wir heute aufbrechen, wenn wir nach Tintagel wollen.«

Seitdem ihr Dad im Ruhestand war, reisten Hollys Eltern mit einem Wohnmobil durch die Welt. Beim Abendessen gestern hatten sie Holly von ihren Plänen erzählt. Anstatt gemeinsam mit ihr Lindas Haus aufzuräumen, wollten sie sich Cornwall ansehen. Holly gönnte es ihnen, fühlte sich aber ein wenig allein gelassen, denn ihre Mum hatte gesagt: »Wir überlassen dir die Abwicklung. Sieh es als Dank an Linda für all die Urlaube, die du hier verbracht hast. Und vielleicht erbst du ja etwas.«

Das hatte sicher auch dazu beigetragen, dass Holly in der Nacht so schlecht geschlafen hatte. Aber sie kannte ihre Mum zu gut, als dass sie mit ihr diskutieren wollte. Also setzte Holly die Tasse ab, stand auf und wappnete sich innerlich für den Anwaltsbesuch.

Die Kanzlei von Mr Beswetherick lag in einer Seitenstraße im Erdgeschoss eines hübschen viktorianischen Hauses. Auch innen wirkte sie ansprechend. Holly und ihre Eltern warteten in einem Raum mit bequemen Sesseln, einer Auswahl aktueller Zeitschriften und einem Regal mit einer bunten Büchermischung. Neben Kinderbüchern und Thrillern erspähte Holly mehrere Sachbücher über das Surfen und die Landwirtschaft.

Langsam wuchs ihre Neugier, was für ein Mensch der Anwalt wohl war.

»Setz dich, Darling.« Ihre Mum sah von einer Zeitschrift auf. »Dein Herumzappeln macht mich ganz närrisch.«

Glücklicherweise öffnete sich in dem Moment die Tür und die junge Anwaltsgehilfin schaute herein.

»Mr Beswetherick hat jetzt Zeit für Sie. Bitte folgen Sie mir.« Die schlanke Blondine trippelte über den dunkelgrauen Teppich bis zu einer dunkelbraunen Holztür, die sie öffnete, was sie mit einer einladenden Geste der Hand begleitete. »Gehen Sie bitte hinein. Möchten Sie einen Tee?«

»Sehr gern. Danke.« Dad nickte dem Mädchen zu.

Er ging als erster durch die Tür, gefolgt von Mum; Holly betrat den Raum als letzte. Neugierig sah sie sich in dem Büro um, das genauso aussah, wie sie es erwartet hatte: dunkle Holzregale und ein ebenso dunkler Holzschreibtisch, wichtig aussehende Bücher in den Regalen und bedeutsam wirkende Akten auf dem Schreibtisch. Nur Mr Beswetherick sah nicht ganz so aus wie man sich einen Anwalt vorstellte. Zwar trug er einen konservativen, dunklen Anzug, aber er kam Holly ziemlich jung vor. Der Stoff schlackerte um seine schlaksige Figur, die mittelbraunen Haare fielen ihm in die Stirn, als er sich erhob, um sie zu begrüßen.

Und noch mehr, er kam ihr bekannt vor. Sie verengte ein wenig die Augen und musterte ihn. Ja, jetzt erkannte sie ihn: er war Ethan, eines der Kinder, mit denen sie früher in Porthlynn gespielt hatte. Wobei er damals sehr wohlerzogen und wenig abenteuerlustig gewesen war. Na gut, wenn Holly ehrlich war, war sie auch ein schüchternes Kind gewesen.

»Bitte nehmen Sie Platz.« Mr Beswetherick deutete auf die drei Stühle, die vor seinem Schreibtisch aufgebaut waren. »Mein Beileid«, schob er eilig nach.

»Danke«, erwiderte Dad, der das Reden übernahm. Das war Holly ganz recht, denn sie wusste noch immer nicht, was sie von der ganzen Situation halten sollte.

»Miss Teague, Linda, hat mir freundlicherweise den Auftrag übergeben, ihre Angelegenheiten zu ordnen.« Der junge Anwalt machte ein dem Anlass entsprechendes ernstes Gesicht. »Wie überaus freundlich von Ihnen, dass Sie sich so kurzfristig die Zeit genommen haben, an der Testamentseröffnung teilzunehmen.«

Himmel, war Ethan als Kind auch so kompliziert gewesen? Holly hätte ihm am liebsten gesagt, er sollte das Testament verlesen und es damit gut sein lassen. Aber es schien ihm wichtig zu sein, ihnen alles klein-klein zu erklären. Und er schien ihre Großtante wirklich gemocht zu haben und ehrlich um sie zu trauern.

»Linda war nicht unvermögend«, sagt der Anwalt nun. »Sie kennen sicher *Gwynn Cottage*?«

»Dort übernachten wir«, mischte Mum sich ein, die es nicht aushielt, länger zu schweigen. »Warum fragen Sie?«

Ethan Beswetherick räusperte sich, bevor er fortfuhr: »Nun, Linda hat ein weiteres Cottage gekauft. Das war ihr aktuelles Projekt.« Er sah auf und lächelte ihnen zu. Auf einmal wirkte er deutlich entspannter und freundlicher. »Sie wollte es ausbauen zu einem Katzencafé.«

»Ein Café für Katzen?« Obwohl Holly sich vorgenommen hatte, nur zu lauschen, konnte sie nicht an sich halten. »Wo sollen da die Gäste herkommen? Sollen die Touristen ihre Haustiere mitbringen?«

Vor ihrem inneren Auge sah sie Katzen an einem Tisch sitzen, vor sich Teller mit Torte und Tassen mit Tee. Dem Anlass angemessen waren die Stubentiger in Anzug oder Abendkleid gekleidet und zeigten seriöse Mienen.

»Nein«, Ethan Beswetherick lächelte. »Katzencafés sind eine Erfindung, die, so glaube ich jedenfalls, das erste Mal in Japan zutage trat. Auf der einen Seite gibt es ein Café, auf der anderen Seite einen Raum, in dem die Gäste Katzen streicheln können. Das soll sehr beruhigend wirken. Ich selber kann das weder bestätigen noch leugnen, denn ich bin allergisch gegen jede Form von Tierhaaren.«

»Ein Katzencafé«, konstatierte Mum und schnaubte. »Das passt. Genauso etwas hätte ich von Linda erwartet.«

»Wie weit sind die Arbeiten gediehen?«, erkundigte sich Dad, immer am Praktischen orientiert.

»Leider nicht ganz so weit, wie Linda es sich gewünscht hat«, antwortete der Anwalt. »Die Außenbauten sind fertig, aber innen muss noch sehr viel getan werden und damit kommen wir nun zum Testament.«

Der Übergang erschien Holly etwas abrupt, aber der Anwalt würde sich schon etwas dabei gedacht haben.

»Linda hat mir vorgeschrieben, ich soll auf das ganze juristische Tamtam verzichten und einfach sagen, was Sie von ihr bekommen.« Der Anwalt senkte den Blick auf die Papiere, die vor ihm lagen. »Mister Nancarrow, Mrs Nancarrow, herzlichen Glückwunsch, Linda hat Ihnen zwei Tickets für eine sechsmonatige Kreuzfahrt hinterlassen, weil sie weiß, wie sehr Sie Schiffsreisen lieben.«

»Damit hätte ich nicht gerechnet.« Mum wirkte aufrichtig überrascht. »Das ist aber ausnehmend nett von ihr.«

»Ich habe immer gesagt, du unterschätzt Linda.« Dad tätschelte ihren Arm.

»Bei Ihnen, Miss Nancarrow, oder darf ich Holly sagen?« Der Anwalt sah sie fragend an. »Wir kennen uns, nicht wahr?«

»Holly ist in Ordnung. Wir haben uns schließlich schon halbnackt gesehen.«

Das hätte sie besser nicht sagen sollen, denn nun lief Ethan rot an.

»Nun, Holly, erst einmal hat Linda dir einen Brief hinterlassen, den du später für dich lesen kannst.« Er erhob sich aus seinem gewaltigen Sessel und überreichte ihr ein Schreiben, das nach dem typischen Parfüm von Linda duftete, blumig und frisch.

»Danke«, flüsterte sie und steckte den Brief in ihre Handtasche, obwohl sie ihn am liebsten sofort gelesen hätte.

»Nun, Holly, Linda lässt dir ausrichten, wie sehr sie dich mag und wie sehr es sie freut, dass du Architektin geworden bist.« Ethan hob den Kopf und lächelte ihr ermutigend zu. »Denn damit bist du genau die Richtige für ihr Erbe.«

Das klang kryptisch, beinahe ein bisschen bedrohlich.

»Jaha?« Holly ließ Skepsis zu ihrer Stimme durchscheinen.

»Entweder bekommst du 20.000 Pfund …«

»Wow, das ist eine Stange Geld«, unterbrach ihn Dad, woraufhin Ethan ihm einen strafenden Blick zusandte, der Dad aber nicht besonders zu beeindrucken schien.

»Oder«, fuhr der Anwalt fort, »du bekommst 50.000 Pfund, wenn …«

»Das ist nicht Ihr Ernst«, fiel ihm Mum ins Wort, was auch ihr einen strafenden Blick einbrachte. Holly kicherte.

»50.000 Pfund.« Ethan legte eine kunstvolle Pause ein. »Der höhere Betrag ist allerdings an eine Bedingung geknüpft.«

»Jaha«, sagte Holly wieder, während sie im Kopf versuchte, das Geld in Dollar umzurechnen und überlegte, wie lange sie davon in New York leben konnte. Falls sie denn überhaupt nach New York zurückkehren wollte. Was hielt sie in der Stadt? Ohne Job würde sie dort einsam sein und sicher auch bald die Aufenthaltserlaubnis verlieren. Sie war so in ihren Gedanken versunken, dass sie beinahe verpasst hätte, was der Anwalt weiter ausführte.

»Die 50.000 Pfund bekommst du nur dann, wenn es dir gelingt, das Katzencafé fertig zu stellen und mindestens fünf Katzen an Familien zu vermitteln.«

»Wie bitte?« Holly schreckte auf. Sie runzelte die Stirn und starrte Ethan an. »Meine Großtante hinterlässt mir einen Haufen Geld, sollte ich nach ihren Vorstellungen ein Katzen-Vermittlungs-Café entwickeln und es eine Weile betreiben? Verstehe ich das richtig?«

Das Ganze kam ihr vor wie der Plot eines Romans. Im wahren Leben gab es so etwas doch nicht, oder?

»Perfekt zusammengefasst.« Der Anwalt erlaubte sich ein schmales Lächeln in einem Mundwinkel. Man musste schnell sein, um es nicht zu übersehen. Sofort verfiel er wieder in das anwaltliche Gehabe, was Holly zu einer weiteren Frage provozierte.

»War meine Großtante verwirrt?«

»Bitte?« Zum ersten Mal verlor Ethan ein Stück seiner Contenance.

»War Linda durcheinander, etwas gaga, nicht mehr ganz bei

Sinnen?«

»Holly!«, mischte sich Mum ein, aber Holly gebot ihr mit einer Geste Schweigen. Sie wartete auf eine Antwort von Ethan, die prompt kam: »Ich habe dich schon beim ersten Mal verstanden, aber ich verstehe nicht, was du mir damit sagen willst.« Holly musste an sich halten, um nicht die Augen zu verdrehen.

»Weißt du, als was ich arbeite?«

»Du bist Architektin?«

»In New York«, mischte sich Dad ein, hörbarer Stolz in der Stimme. »Bei einem renommierten Büro.«

»Dad.« Holly freute sich zwar über seine Worte, aber erst einmal musste sie die Frage des Testaments klären.

»Was hat dein Beruf mit dem Testament zu tun?« Der Anwalt schien es wirklich nicht zu begreifen. »Umbauten solltest du können, nicht wahr?«

»Das ist nicht das Problem.« Holly kratzte sich am Kopf. »Ich esse gern, aber meistens Mahlzeiten, die andere zubereiten.«

»Nun.« Ein triumphierendes Lächeln zog über sein Gesicht. »Im Testament steht nichts davon, dass du kochen oder backen sollst. Du sollst nur den Umbau organisieren und dafür sorgen, dass es die Katzen gibt und diese dann vermittelt werden.«

»Was sagt das Gesundheitsamt dazu, wenn Tiere in einem Café herumspringen? Das ist nicht hygienisch.« Sie war stolz auf sich, dass ihr das eingefallen war. Sicher war es nicht möglich, dass man Kuchen und Café in einem Raum servierte, in dem Katzen sich ihre Hintern putzten?

»Das hat deine Großtante bereits berücksichtigt. Es wird einen Raum für die Katzen geben und einen fürs Café.« Er lächelte. »Linda war eine kluge und vorausschauende Frau.«

»Nun, den Eindruck habe ich nicht«, stieß sie zwischen den Zähnen hervor. »Wie viel Tage Bedenkzeit habe ich?«

»So viel du brauchst.«

»Danke.« Holly erhob sich, ihre Eltern folgten und verabschiedeten sich. Kurz, bevor sie die Tür erreicht hatte, wandte Holly sich noch einmal Ethan zu: »Muss ich die Handwerker noch suchen oder hat Linda dafür auch einen Plan gehabt?«

»Ich werde dem Tischler Bescheid geben, dass er sich bei dir meldet.« Ethan hob beide Daumen in einer ermutigenden Geste. »Der Umbau sollte nicht länger als drei, maximal vier Monate dauern.«

»Warte mit dem Handwerker noch ein, zwei Tage, bis ich eine Entscheidung getroffen habe.«

»Das ist ja ein Ding«, sagte Dad, nachdem sie die Kanzlei verlassen hatten. »Linda war immer für eine Überraschung gut.«

»Du musst dich mit den 20.000 zufriedengeben.« Mum schüttelte den Kopf. »Du kannst deinen guten Job nicht wegen Lindas Phantastereien aufs Spiel setzen.«

Holly seufzte. »Mum, Dad, ich muss euch da noch etwas erklären.«

KAPITEL 6

Wie die Beerdigungsparty wohl gewesen war, fragte sich Nicholas traurig. Er hätte hingehen sollen, weil es Lindas Wunsch gewesen war, und weil es sich nun so anfühlte, als wäre ihre Beerdigung für ihn nicht abgeschlossen. Genauso wenig wie das Café fertiggestellt war. Nicholas hatte Linda angeboten, die Arbeiten nach ihrem Tod weiter zu führen, auch ohne Geld, aber das hatte sie abgelehnt.

»Gute Arbeit soll gutes Geld bringen«, hatte Linda gesagt und hinzugefügt »Ich habe da schon eine Idee.«

Nicholas war zu neugierig gewesen, als dass er nicht nachgefragt hätte und sie war nur zu bereit gewesen, ihm ihre Idee mitzuteilen.

»Du erinnerst dich an Holly, nicht wahr?«

»Deine Großnichte.« Nicholas hatte nicht lange überlegen müssen. Nur um Linda einen Gefallen zu tun, hatte er damals das dickliche, schüchterne Mädchen mitgeschleppt, das immer rot anlief, wenn er nur ein Wort an sie richtete. Für Linda hatte er versucht, Holly vor den Streichen der Dorfjugend zu beschützen. Allerdings hatte Nicholas nicht verhindern können, dass ihr damals dieses Missgeschick widerfahren war, nachdem sie nie wieder nach Porthlynn gekommen war.

»Holly ist Architektin. In New York.« Linda war hörbar stolz auf ihre Verwandte. »Aber ich fürchte, sie ist nicht glücklich. Immer wenn wir telefonieren, hat sie wenig Zeit, weil sie arbeiten muss.«

»Das ist für die meisten Menschen so«, antwortete Nicholas. »Du weißt es von dir selber, oder?«

»Ja, aber bei Holly ist es anders. Ich merke es, wenn ich mit ihr spreche. Sie braucht ein besseres Leben als das, was sie in New York hat.«

»Also willst du ihr dein geliebtes Cottage vererben und die Aufgabe, das Katzencafé fertig zu stellen.«

»Ja genau, du kennst mich gut.«

»Das wird sie niemals machen.« Nicholas schüttelte den Kopf. Er wollte Linda nicht verletzen, aber er musste ihr die Wahrheit sagen. »Sie tauscht niemals New York gegen Porthlynn ein.« Nun fiel ihm wieder ein, dass Holly immer davon gesprochen hatte, die Welt bereisen und in einer großen Stadt leben zu wollen, dass ihr selbst Wolverhampton viel zu klein gewesen war. Er hatte sich gewundert, wie ein schüchternes Mädchen wie sie in der Welt überleben wollte, aber es schien ihr gelungen zu sein.

»Glaub mir, aber auch dafür habe ich eine Idee.« Mehr hatte Linda ihm nicht sagen wollen. Außer, dass Ethan Bestwetherick der Testamentsvollstrecker war und sich bei ihm melden würde, wenn es an der Zeit wäre.

Bisher hatte der Anwalt noch nicht angerufen, und Nicholas überlegte, entweder bei Ethan vorbeizufahren oder auf der Baustelle des Cafés vorbeizuschauen, um mit den Arbeiten fortzufahren, auch wenn Linda es nicht gewollt hatte. Für Nicholas war das Café inzwischen genauso sein Projekt wie Lindas und er würde sich von Holly nicht daraus verdrängen lassen. Falls sie – und das war ein ziemlich großes »falls« – Lindas Erbe überhaupt annahm.

Er sprang auf, tigerte durch die Zimmer, aber kam einfach nicht zur Ruhe. Also zog er seine Arbeitsstiefel an und nahm die grüne Jacke von der Garderobe.

In dem Moment klingelte sein Telefon.

»Hallo Nicholas, hier ist Ethan Beswetherick.«

»Ja?« Nicholas fühlte sich wie elektrisiert. Vor Aufregung schlug sein Herz etwas schneller. Hoffentlich brachte der Anwalt gute Nachrichten.

»Mrs. Teague, Linda«, Ethan seufzte. Auch er hatte Linda gemocht, so wie sie alle, »sie hat mich gebeten, dich anzurufen, um dich an dein Versprechen zu erinnern.«

»Ja?« Nicholas stieß einen leisen Seufzer aus. Konnte der Mann nicht zum Punkt kommen? Schon als Kind war Ethan sehr förmlich gewesen, es hatte niemanden verwundert, dass er Anwalt geworden war.

»Linda hat mir ausdrücklich aufgetragen, dich daran zu erinnern, dich um Holly Nancarrow zu kümmern.« Obwohl die Nachricht Nicholas nicht wirklich überraschte, schwieg er. Erst gestern, nachdem er sie wiedergesehen hatte, war ihm klar geworden, was für eine Verantwortung es sein würde, Holly bei dem Umbau des Katzencafés zu helfen.

»Ich habe Miss Nancarrow bereits darüber informiert, dass es einen Handwerker gibt, der die Umbautätigkeiten vornimmt.« Ethan klang hörbar irritiert, als Nicholas nichts sagte. »Nicholas, bist du noch da?«

»Ja, ja. Entschuldigung, ich war in Gedanken versunken.« Er rieb sich über die Stirn. »Ich werde gleich zu Holly gehen und gemeinsam mit ihr einen Plan erstellen. Sie hat das Erbe angenommen, nicht wahr?«

Nun schwieg der Anwalt. Nach einer kurzen Pause sagte er endlich, begleitet von einem deutlichen Seufzer: »Sie hat sich Bedenkzeit erbeten. Es war keine einfache Unterhaltung.«

»Das kann ich mir vorstellen«, platzte Nicholas heraus. Dann ärgerte er sich über sich selbst. Nur weil sie zur Beerdigung unpassend gekleidet gewesen war, musste sie keine schwierige Person sein.

»Falls es zu Problemen in der Zusammenarbeit kommt«, fuhr Ethan fort, »stehe ich jederzeit gerne für ein Gespräch zur Verfügung. Bye.«

Ethan legte so schnell auf, dass Nicholas überhaupt keine Chance blieb, Fragen zu stellen oder Schwierigkeiten anzusprechen. Und er sah ein Problem auf sich zukommen. Sicher, es war Jahre her, seit er Holly zum letzten Mal gesehen hatte, aber erinnerte sich noch an sie als einen verhuschten Teenager. Seine Freunde hatten Nicholas immer damit aufgezogen, dass Holly in ihn verliebt war. Nicholas hatte es damals nicht geglaubt, und selbst wenn er es geglaubt hätte, hätte ihn das nicht besonders glücklich gemacht. Musste er wirklich sein Versprechen halten?

Eigentlich hatte er genug Aufträge. Aber er hatte Linda zugesagt, sich um ihr Café zu kümmern. Sein Herz wurde schwer, als er daran dachte, wie das Leben ohne Linda sein würde. Es wäre so wunderbar gewesen, wenn ihr Café fertig gewesen wäre. Nicholas sah sie vor sich: eine kleine, rundliche alte Dame, die hinter der Theke stand, die mit wunderbarsten Torten und duftenden Kuchen und frisch gebackenen Scones gefüllt war. Jeder Einwohner der Stadt wäre dort gern vorbeigekommen, um ein Schwätzchen mit ihr zu halten, den neuesten Dorftratsch zu erfahren und eine von Lindas wunderbaren Kreationen zu probieren.

Hoffentlich hatte Holly von ihrer Großtante die Fähigkeit geerbt, einzigartige Torten zu backen. Sonst würde es schwer werden, aus dem Katzencafé einen Erfolg zu machen. Sollte Nicholas heute schon bei Holly vorbeifahren? Nein, die Bedenkzeit sollte er ihr einräumen, um sich an die neue Situation zu gewöhnen. Es musste ein Schock gewesen sein, als sie erfahren hatte, für einen Cottage-Umbau verantwortlich zu sein. Nur zu gerne hätte er ihr Gesicht gesehen, als Ethan ihr das mitgeteilt hatte.

Andererseits: sie war Architektin, da sollte sie über genügend Erfahrungen mit Baustellen verfügen. Hmm, fiel ihm dann ein. Holly arbeitete in New York, das waren gewiss große und renommierte Projekte. Ein Cottage-Umbau wäre ihr wahrscheinlich viel zu unbedeutend. So schwer es ihm auch fiel, Nicholas würde sich gedulden und ihre Entscheidung abwarten müssen. Solange konnte er sich um seine anderen Kunden kümmern, die er in letzter Zeit vernachlässigt hatte.

Nicholas stand auf und pfiff nach Skipper – und hätte sich selbst am liebsten getreten. Es war so normal, so selbstverständlich, nach dem Hund zu rufen, wenn er sich auf den Weg zur Werkstatt machte. Umso schwerer fiel es ihm, dass Skipper nicht mehr da war, dass der kleine Corgi nicht mehr angewackelt kam, um ihn mit seinen großen Augen flehend anzusehen, als wäre er am Verhungern. Er musste dringend mit Jodie reden.

Nicholas warf einen Blick in den Computer, um zu prüfen, ob er genug Holz für die Renovierung des kleinen Cottage hatte. Die Bestellung war unterwegs und alles würde laufen, wie Linda und er es geplant hatten. Allerdings war die Zeitvorgabe von drei Monaten knapp, nach Lindas Erkrankung waren die Arbeiten im Hausinneren nur langsam vorangeschritten. Nicholas überlegte, wen er um Unterstützung bitten konnte, aber ihm fiel niemand ein. Die Tischler in Porthlynn hatten im Moment gut zu tun, um die Ferienwohnungen und zu vermietenden Cottages auf die Sommersaison vorzubereiten. Er würde andere Kunden vertrösten und Überstunden machen müssen, aber für Linda nahm er das gern in Kauf.

Nicholas stand auf, reckte sich und gähnte. Die Arbeit am Computer war wirklich nichts für ihn. Er musste mit den Händen arbeiten, musste die glatte Oberfläche des Holzes spüren, den Geruch von Harz und Wald einatmen und sehen, wie unter seinen Händen etwas Neues entstand oder etwas Altes seinen Glanz zurückgewann. Zum Glück waren die Dielen in Lindas Café sehr widerstandsfähig. Ursprünglich hatte man dort ein Restaurant aufbauen wollen, nachdem die Familie ausgezogen war. Aber das Ehepaar, das das geplant hatte, hatte sich zerstritten und somit hatte das Haus leer gestanden.

Überraschend lange leer gestanden, denn eigentlich war man in Cornwall immer froh, überhaupt ein Haus zu finden. Aber das Cottage war ziemlich heruntergekommen, sowohl außen als auch innen, und es war schwierig geschnitten. Wenn man reinkam, stand man in einem dunklen Flur. Auf der rechten Seite gab es einen großen Raum, der der Gastraum werden sollte. Vom Flur aus links gab es ein zweites, etwa halb so großes Zimmer, von dem aus ein kleiner Raum abging, in dem man etwas lagern könnte. Außerdem gab es im Erdgeschoss noch zugemüllte Lagerräume, eine Küche und eine Toilette, beides in einem vernachlässigten Zustand. Im ersten Stock konnte man eine Wohnung einrichten. Hier befanden sich ein winziges Bad, eine Einbauküche und drei Zimmer mit Dachschrägen. Man musste es sehr kuschelig mögen, um das zu schätzen zu wissen. Nachdem Linda ihm das Cottage gezeigt hatte, hatte Nicholas überlegt, ob er sich die Wohnung für sich einrichten sollte, aber er hoffte immer noch, dass Skipper bald zu ihm. Und für den Hund wären die Stufen schwierig zu bewältigen gewesen.

Vielleicht würde Holly dort einziehen. Aber warum sollte sie das tun? Selbst falls sie sich entschließen sollte, in Porthlynn zu bleiben, würde sie sicher in *Gwynn Cottage* wohnen. Auch wieder ein seltsamer Name, denn das Haus war grau, nicht weiß. Und es war bestimmt niemals weiß gewesen. Vielleicht sollte er sich mit der Geschichte des Cottage beschäftigen. Nein, das konnte Holly tun. Falls sie blieb. Immer wieder endeten Nicholas' Überlegungen an diesem Punkt.

Holly wollte es sich überlegen, ob sie Lindas Angebot annahm. Wenn sie ihre Großtante nur halb so sehr geliebt hatte wie Nicholas, dann würde sie Lindas Traum in die Tat umsetzen. Linda hatte die Idee für das Katzencafé spontan entwickelt, kurz nachdem ihre Katze, mit der sie zwölf Jahre lang zusammengelebt hatte, gestorben war.

»Für eine neue Katze fühle ich mich zu alt«, hatte sie Nicholas erklärt. »Außerdem möchte ich gern vielen Samtpfoten helfen und nicht nur einer.«

»Ich bin dabei«, hatte Nicholas gesagt. Aber allein würde er das Projekt nicht stemmen können. Wie man es auch drehte und wendete, er brauchte Holly.

Ein kurzes, energisches Klingeln ertönte und bevor er zur Tür gehen konnte, stand Eleanor Rosevear in seiner Tischlerei. »Störe ich dich?«

»Nein, ich bin noch am Vorbereiten und Überlegen, was ich zu tun habe.« Nicholas hob die Hände. »Eigentlich denke ich an Linda und komme nicht wirklich dazu, zu arbeiten.«

»Ich vermisse sie auch. Heute Morgen habe ich etwas in der Zeitung gelesen und gedacht, das muss ich Linda erzählen und dann …« Sie konnte den Satz nicht beenden, weil Tränen in ihre Augen traten. Nicholas überlegte kurz, ob er sie in den Arm nehmen sollte, aber so nah standen sie einander nicht.

»Es wird bestimmt noch eine Weile dauern«, sagte er schließlich, nachdem Eleanor sich dezent die Nase geschnaubt hatte, »bis es wirklich in meinem Kopf und vor allem in meinem Herzen angekommen ist, dass sie nicht mehr bei uns ist.«

Sie verblieben eine Weile in einhelligem Schweigen, verbunden durch Gedanken an die Frau, die sie verloren hatten.

»Du warst nicht auf der Feier«, unterbrach Eleanor schließlich die Stille; ihr Ton war eine Mischung aus Frage und Vorwurf.

»Ich weiß, dass Linda sich das gewünscht hat, aber mir war einfach nicht nach vielen Menschen. Vor allem nicht nach Harriet, sie hätte bestimmt wieder nach Jodie gefragt.«

»Das kann ich verstehen.« Eleanor lächelte und legte den Kopf ein wenig schief. »Aber du hättest Holly wieder getroffen. Und das ist nicht unwichtig. Ich musste aufpassen, dass keiner sich verplappert.«

»Ethan hat schon angerufen. Er meint, die Chancen stehen 60 zu 40, dass sie den Versuch wagen wird.«

»Linda hat ihr ja auch eine hübsche Belohnung versprochen.«

Obwohl Nicholas nicht neidisch war, konnte er nicht nachvollziehen, warum Linda ihrer Nichte, die sie kaum noch gesehen hatte, ihr Geld vermachte. Mehr noch, warum sie dieser Frau, die als Architektin in New York lebte, zutraute, das Katzencafé in Gang zu setzen.

»Ich werde zu ihr gehen und mit ihr die Arbeiten besprechen, falls sie sich für uns entschieden hat.«

»Linda glaubte fest an Hollys gutes Herz.«

»Siehst du das auch so?« Nicholas sah Eleanor an. Die alte Dame war sehr gut darin, ihre Gefühle hinter einem Lächeln zu verbergen. »Holly war fünfzehn Jahre nicht mehr hier. Und selbst damals kam sie mir nicht vor wie eine große Tierfreundin.«

»Sie hat Linda wirklich geliebt.« Eleanor wiegte bedächtig den Kopf. »Und sie hat sich verändert und ist taff geworden.«

»Das ist auch nicht schwer.« Er schüttelte den Kopf beim Gedanken an das Mädchen, das ihm nachgelaufen war. »Aber möglicherweise ist sie zu taff für Porthlynn und unser Katzencafé.«

Eleanor schwieg. Dann musterte sie ihn kritisch. »Nicht jede Frau ist wie Jodie. Das weißt du.«

Es fühlte sich an, als hätte sie ihm eine Ohrfeige verpasst. Wäre es nicht Eleanor gewesen, hätte Nicolas sie aus seiner Werkstatt geworfen. So jedoch starrte er sie nur an, bis sie den

Blick senkte.

»Nicht jede Frau ist wie Jodie, das ist mir schon klar.« Selbst in seinen Ohren klang seine Stimme gepresst und rau. »Aber Holly ist auch nicht Linda. Möglicherweise setzt du zu viel Hoffnung in sie.«

»Eigentlich wollte ich meine Hoffnung auf dich setzen.« Nun lächelte Eleanor wieder. »Wenn du deinen Charme« – Nicholas stieß ein Brummen aus – »spielen lässt, hätte Holly vielleicht mehr Interesse daran, in Porthlynn zu bleiben.«

»Ich bin bereit, vieles für Linda zu tun«, entgegnete Nicholas mit fester Stimme, »aber es gibt Grenzen. Für sie und dich werde ich Holly unvoreingenommen entgegentreten, aber ich werde nicht mit ihr flirten, damit sie bleibt. Warum fragst du nicht Ethan oder Declan, die beiden begehrten Junggesellen der Stadt.«

»Ich hatte nie den Eindruck, dass Holly sich für einen von ihnen interessiert.«

»Die Zeiten haben sich geändert.« Er zuckte mit den Schultern. »Holly ist eine erfolgreiche Architektin, ich bin nur ein kleiner Tischler. Declan ist Banker und Ethan ist *der* Anwalt vor Ort.«

»Er ist der einzige Anwalt vor Ort.«

»Genau deshalb ist er ja *der* wichtigste Jurist Porthlynns.«

Bevor Eleanor etwas erwidern konnte, klingelte sein Telefon. Nach einem Blick auf das Display sagte Nicholas. »Entschuldigung, da muss ich rangehen. Chegwin«, meldete er sich. »Gibt es ein Problem?«

Er lauschte der Tirade seines Kunden, der mit der Farbe des Parketts nicht zufrieden war, obwohl er bestimmt fünfzig Muster angeschaut hatte, bis er sich endlich entschieden hatte. Aber die Farbe wirkte auf einer großen Fläche natürlich anders als auf einem kleinen Muster.

»Ich komme gleich vorbei.« Nicholas legte auf. »Tut mir leid, ich muss arbeiten.«

Eleanor nickte wieder. »Aber versprich mir, dass du Holly aufsuchst, sobald sie Ja gesagt hat.«

Er seufzte, antwortete aber schließlich mit einem Nicken.

»Ich hoffe, sie wird Lindas Projekt weiterführen.«

»Das wird schon gutgehen«, sagte Eleanor, begleitet von einem vielsagenden Lächeln. »Soweit ich weiß, ist sie nicht verheiratet.«

»Das, was du dir vorstellst, wird garantiert nicht passieren.« Nicholas nahm sein Musterbuch und verließ die Tischlerei. Kurz bevor er die Tür erreichte, hörte er noch Eleanors Abschiedsworte: »Warum sollte sie in New York leben wollen, wenn sie ein Cottage in Porthlynn besitzt?«

Er antwortete nicht, sondern schloss die Tür hinter sich. Eines wusste er, er würde seine Heimat niemals verlassen. Einmal war er bereit gewesen, Porthlynn für eine Frau aufzugeben, aber das hatte kein gutes Ende gefunden.

KAPITEL 7

Nachdem Holly ihren Eltern die Kündigung gebeichtet hatte, hatte Dad darauf bestanden, ihr noch zwei Tage Gesellschaft zu leisten, um ihr bei der Entscheidung zu helfen. »Tintagel steht so lange, das läuft uns schon nicht weg.« Es waren zwei Tage voller Debatten gewesen, aber Holly hatte noch keinen Entschluss fassen können. Dafür musste sie allein sein, um in Ruhe nachzudenken. So sehr sie ihre Eltern liebte, Mum und Dad waren etwas erdrückend. Beide hatten unbedingt das neue Cottage sehen wollen, aber Holly hatte sie nicht begleitet. Sie wollte sich allein einen Eindruck verschaffen.

»Meldet euch, wenn ihr die Burg von Artus erreicht habt«, rief sie ihren Eltern nach, als diese über den holprigen Weg in Richtung Tintagel aufbrachen. Nun hatte Holly Zeit, sich von Linda zu verabschieden und zu überlegen, ob sie ein Katzencafé umbauen wollte.

Linda ist immer ungewöhnlich gewesen, dachte Holly, aber das hier schlug dem Fass den Boden aus. 20.000 Pfund ohne Arbeit oder 50.000 Pfund für drei oder vier Monate Arbeit, wenn man den Schätzungen des Anwalts glauben durfte. Genau genommen waren es 30.000 Pfund für drei oder vier Monate, wenn sie dieses verdammte Café ins Laufen brächte. Vor den Bauarbeiten fürchtete sie sich nicht, sie hatte weitaus größere Projekte gestemmt und war auch in der Lage, sich mit Handwerkern zu streiten, sollte das nötig sein. Was ihr Sorge bereitete, waren die Katzen und das Café. Kaffee kochen konnte sie, aber mit ihren Backkünsten war es nicht weit her. Musste sie überhaupt selbst hinter dem Herd stehen? Nein, Holly verstand sich als kommissarische Geschäftsführung, und Geschäftsführungen managten, aber buken nicht. Das war jedenfalls ihre Einschätzung und die müssen ihre Mitarbeiter akzeptieren. Hatte sie überhaupt Angestellte? Einen Tischler gab es, Material auch, das hatte Dad ihr berichtet, aber hatte der einen Projektplan erstellt? Aus ihren Bauprojekten wusste Holly nur zu gut, wie schnell drei Monate vergehen konnten und wie leicht es war, selbst perfekte Pläne über den Haufen werfen zu müssen, von vorne anzufangen und mehr Geld zu brauchen, bis schließlich aus drei Monaten neun Monate oder sogar ein ganzes Jahr wurden. Das wollte sie keinesfalls.

Sofort kreisten ihre Gedanken um praktische Fragen. Sie brauchte neben dem Tischler sicher jemanden, der Malerarbeiten leistete, irgendwen, der eine Kuchentheke aufbaute. Sie brauchte Möbel und Genehmigungen und Schlafplätze für die Katzen. Wann sollten die Tiere überhaupt einziehen? Jetzt schon oder erst, wenn alles fertig war? Zum Glück gab es Lindas Freundin, Mrs Rosevear, die Holly bestimmt behilflich sein würde, wenn es um die Stubentiger ging.

50.000 Pfund - so viel Geld hatte sie noch nie in ihrem Leben besessen. Dafür müsste sie bestimmt drei Monate hierbleiben. Aber bekäme sie das Geld auch, wenn das Café kein Erfolg würde? Brauchte so ein kleiner Ort wie Porthlynn überhaupt ein Café? Wenn sie richtig gezählt hatte, gab es hier bereits drei Kneipen und drei Restaurants, die würden sich sicher nicht freuen, wenn Holly jetzt auch noch daherkam, um ihnen Konkurrenz zu machen. Für Linda wäre das kein Problem gewesen, sie hatte zu Porthlynn gehört. Holly hingegen wäre die Fremde, die vor Jahren das letzte Mal hier gewesen war und sich einen furchtbar peinlichen Patzer geleistet hatte. Ob die Menschen sie überhaupt ernst nahmen? So ein Quatsch! Bestimmt erinnerte sich niemand außer ihr daran.

Wenn … Falls sie Lindas Angebot annahm, dann musste sie vorher einige Vorbereitungen treffen. Holly zog ihr Smartphone heraus, öffnete die Diktierfunktion und erstellte eine Liste:

- ✓ Wohnung in New York zwischenvermieten – mindestens drei Monate
- ✓ Alle ausstehenden Bewerbungen absagen
- ✓ Chen Bescheid geben, dass ich erst einmal in England bleibe

✓ Mit dem Anwalt reden über Handwerker, Personal, Geld!!!

Vorhin war sie an einer Bank vorbeigegangen und sie war sicher, dass Linda hier vor Ort ihr Konto hatte. Also ergänzte sie ihre Liste um:

✓ Mit dem Banker reden: gibt es ein Budget?

Alles Fragen, die noch ein wenig Zeit hatten. Jetzt erst einmal wollte Holly Linda gedenken, indem sie Zimmer für Zimmer im *Gwynn Cottage* durchstreifte. Solange ihre Eltern hier gewesen waren, hätte Holly nicht die Ruhe gehabt, die sie brauchte, um sich von ihrer Großtante zu verabschieden.

Holly erinnerte sich noch daran, wie das Häuschen ausgesehen hatte, als Linda es gekauft hatte. Zwar war es nicht wirklich heruntergekommen, aber es war auch nicht liebevoll gepflegt gewesen. Für die Menschen, die vorher hier gelebt hatten, war es nur ein Ort gewesen, in dem sie wohnten. Für Linda sollte es ein Zuhause werden und mit Zeit, Geld und viel Liebe hatte sie das Cottage in ein Heim verwandelt, in dem man sich sofort wohlfühlte, sobald man durch die Tür trat.

Erneut spürte Holly das schlechte Gewissen, aber es half ja nichts, sie wollte sich ihrer Erinnerung stellen. Linda hatte alles von der Struktur des Hauses belassen, wie es gewesen war. Sie hatte Wände weder herausgerissen noch umgesetzt, sondern versucht, aus den kleinen Räumen das Beste herauszuholen.

»Merk dir eins, Holly«, hatte ihre Großtante gesagt, »warum etwas ändern, das gut funktioniert? Schau dir das Haus an und versuche, dir vorzustellen, wie es aussehen kann, wenn man seine Seele findet.«

Das war sicher einer der Anlässe gewesen, die Holly dazu gebracht hatten, Architektur zu studieren. Eine Weile hatte sie mit Innenarchitektur geliebäugelt, aber sie fand große Gebäude und Außengestaltung faszinierender. Jedenfalls hatte sie das gedacht, bis sie angefangen hatte, in New York zu arbeiten.

Den Mittelpunkt des Erdgeschosses bildete die Wohnküche: quadratisch, mit schlichten Holzmöbeln ausgestattet, aber auch mit einer glitzernden, blinkenden Maschine, die Kaffee, Cappuccino und was man sich sonst noch wünschte, produzierte.

Neben der Küche war ein kleiner Raum, der den Vorbesitzern als Esszimmer gedient hatte, den Linda jedoch zu einer Bibliothek umgestaltet hatte. Deckenhoch zogen sich Regale an den Wänden entlang, aus einem goldbraunen Holz, dessen Oberfläche so glänzte, dass man einfach darüberstreichen musste. Linda hatte viel und in allen Genres gelesen und sie hatte ihre Bücher einmal alphabetisch, dann nach Farben, dann nach Genres und schließlich wieder alphabetisch sortiert. Holly erinnerte sich an viele Abende, die ihre Großtante und sie gemeinsam lesend in dem Raum verbracht hatten.

Ein taubenblaues Sofa und zwei tiefrote, bequeme Sessel standen hier. In einem hatte Holly gesessen, in dem anderen Linda und später hatte wohl die Katze mit dem Namen Cleocatra hier gelebt, denn das Sofa wies deutliche Kratzspuren auf. Linda hatte das Untier geliebt, obwohl es Möbel, Vorhänge und Kleidungsstücke als Kratzbäume genutzt hatte.

Gegenüber von Küche und Bibliothek war das Wohnzimmer. Nur hier hatte Linda eine große Veränderung vorgenommen: Sie hatte die kleinen Fenster des Cottage herausnehmen und eine große Glasscheibe einsetzen lassen, damit man von hier einen weiten Blick über die wunderschöne Landschaft hatte. Wie schaffte Cornwall es nur, selbst im Regen kuschelig zu wirken? Holly sah hinaus; der Kaffee in ihrer Hand wärmte sie. Vor ihren Augen erstreckten sich frühlingsgrüne Weiden, abgetrennt durch dunklere Hecken. Ab und zu brachten Schafe und Kühe kleine weiße Tupfer in das Grün. Über allem erstreckte sich ein graublauer Himmel, der am Horizont in das üppige Blau des Meeres überging. Das war das Schöne an Porthlynn, was Holly bereits als Kind gefallen hatte: Egal, wo man in der Stadt war, man hatte es nie weit zum Meer.

Erneut traten Holly die Tränen in die Augen, aber sie meinte Lindas Stimme zu hören: »Darling, ich will nicht, dass du bei dem Gedanken an mich weinst. Erinnere dich an die schönen Zeiten und lache.«

»Das werde ich.« Holly schloss die Tür hinter sich und kletterte die schmale Stiege in den ersten Stock empor.

Im Obergeschoss gab es neben dem Bad nur zwei weitere

Zimmer: das Gästezimmer, in dem Holly bei ihren Besuchen übernachtet hatte und das immer noch so eingerichtet war wie vor fünfzehn Jahren, und Lindas Schlafzimmer – Holly konnte sich nicht vorstellen, hier zu übernachten. Für sie bliebe das immer das Schlafzimmer ihrer Großtante. Erstaunt stellte Holly fest, wie sehr der Raum ihrem Zimmer in New York ähnelte. Es gab ein breites Bett, viele Regale mit Büchern und eine Kommode aus dunklem Holz.

»Ich werde dich vermissen und es tut mir leid, dass ich dich so selten gesehen habe«, flüsterte sie. So gemütlich das Haus auch war, sie musste hinaus, sonst würden ihre Erinnerungen sie überwältigen. In der Küche hing ein Schlüsselbrett, an dem nur ein Schlüssel baumelte. »Café« stand mit Lindas sauberer Handschrift auf einem Klebestreifen darüber. Sollte Holly dorthin gehen, um sich einen ersten Eindruck von dem zu verschaffen, was sie erwartete? Nein, das hatte noch einen Tag Zeit, es gab einen besseren Ort, um die Stimmung zu heben. Holly schaute hoch zum Himmel, der von einem freundlichen Blau war, und machte sich auf den Weg ans Wasser.

Nach kurzem Fußmarsch hatte sie das Meer erreicht. Noch war keine Saison, noch gehörte der goldbraune Sandstrand allein ihr. Holly blieb stehen und atmete tief ein. Möglicherweise bildete sie sich das nur ein, aber für sie roch der Wind nach Meer, nach Salz, nach Seetang, ein wenig nach Fisch. Über ihr kreisten vier Möwen, die laut miteinander um die Wette kreischten und sich mit diesen schwarzen Vögeln balgten, deren Namen Holly nicht kannte. Langsam schlenderte sie bis ans Wasser. Heute schimmerte es smaragdgrün, was man eher von der Südsee erwarten würde als von dem Meer vor Cornwall. Über den hellblauen Himmel zogen einige Wolken, die ihre Schatten auf die Oberfläche der See warfen, was sie aussehen ließ, als gäbe es dort gefährliche Untiefen.

Holly kreiselte langsam einmal um sich selbst, um sich das wunderschöne Bild zu gönnen. Oben auf den Klippen waren die weißen Häuser Porthlynns zu sehen, sie standen verstreut und erinnerten Holly an eine Herde grasender Schafe, die sich auf den höchsten Punkt der Klippen zurückgezogen hatten, um von hier aus einen guten Blick zu haben.

Holly fühlte sich versucht, mit den Füßen ins Wasser zu gehen, aber sie schreckte zurück. Nur zu gut erinnerte sie sich daran, wie kühl das Meer selbst im Sommer gewesen war. Wie kalt würde es wohl jetzt im Frühsommer sein? Egal, denn wenn sie sich nicht traute, würde sie es auch nicht wagen, um die 50.000 Pfund zu kämpfen. Also setzte Holly sich in den Sand, der erstens feucht und zweitens kühl war, und zog Schuhe und Strümpfe aus. Barfuß spazierte sie ans Meer.

Der Wind brauste und trieb die Brandung vor sich her, die heftiger auf den Strand prasselte, als Holly es in Erinnerung hatte. Sie versuchte, ein Video mit ihrem Smartphone zu drehen, aber Wind und Wellen klangen so laut, dass sie es wieder löschte. Manchmal war es besser, die Erinnerung im Herzen zu bewahren und nicht alles zu fotografieren oder zu filmen.

Als sie sich der Wasserkante näherte, rollten die ersten Wellen heran, fast so, als wollten sie wie junge Hunde spielerisch nach ihren Füßen schnappen. Als eine Welle heranschwappte, sprang Holly sicherheitshalber einen Schritt zurück.

Holly atmete tief ein und aus. Sie hätte noch stundenlang hier stehen und den Wellen zusehen können, die leise und sanft am Strand ausliefen. Was für ein Glück, dass heute kaum jemand hier war. So konnte sie ihren Gedanken nachhängen und sich fragen, wie ihr Leben weitergehen sollte. 50.000 Pfund – eine Menge Geld. Bestimmt genug, dass sie sich in New York etwas Eigenes aufbauen konnte. Aber wollte sie überhaupt zurück nach New York?

Sie war erst wenige Tage wieder im guten alten England, fühlte sich aber schon zu Hause. Die Menschen hier waren freundlicher und gelassener als in New York. Hier stieß einen niemand hektisch zur Seite, hier war nicht jeder ständig auf dem Sprung, auf der Suche nach dem Neuesten, dem Größten, dem Schönsten.

Es kam ihr vor, als wäre die Zeit in Porthlynn stehen geblieben, oder auf jeden Fall, als liefe sie langsamer. Wie hatte sie nur solange ohne die vertraute britische Sprache leben können? Auch wenn die Menschen aus Cornwall einen für ihre Ohren ungewohnten Akzent besaßen, klang ihre Sprache doch vertrauter als die, mit der sie sich in New York umgeben hatte.

Hollys Blick schweifte umher, sie suchte nach einer Möglichkeit sich hinzusetzen, um ihren Gedanken nachzuhängen und dabei auf das Meer zu schauen. Leider konnte sie keine Bank sehen, nur Dünen und die waren feucht vom Regen des gestrigen Tages. So ging sie am Wasser entlang spazieren. Ihre Gefühle waren ein furchtbarer Tumult aus schlechtem Gewissen, weil sie sich nicht bei Linda gemeldet und sie nicht einmal im Krankenhaus besucht hatte, Zorn auf ihre Großtante, die ihr dieses seltsame Testament auferlegt und den Rohbau eines Cafés vermacht hatte, und Zweifel, ob sie so ein Projekt stemmen könnte.

Warum sollte es nicht funktionieren? Es würde ihr guttun, mal wieder mit den Händen zu arbeiten und nicht nur Pläne zu erstellen und Baustellen zu beaufsichtigen. Vielleicht war das ihre Chance zu erkennen, worin sie gut war und was ihre Zukunft beinhalten könnte? Ihre Stimmung stieg und wurde noch besser, als die Sonne durch die Wolken brach. Sie glitzerte so intensiv auf der Meeresoberfläche, dass Holly froh war, eine Sonnenbrille mitgenommen zu haben, die sie aus der Tasche zog und aufsetzte. Das war sicher ein Zeichen, eine verheißungsvolle Zukunft wartete auf sie.

In dem Moment frischte der Wind auf und schob dunkle Wolken vor die Sonne. Typisch für Cornwall wechselte das Wetter von einer Minute auf die andere. Völlig unvermutet für Holly prasselte Regen auf sie nieder. Sie rannte los, so schnell sie konnte, aber als sie einen kleinen Unterstand erreicht hatte, war sie bereits nass bis auf die Haut. Hoffentlich war *das* kein Omen. Denn wenn es eines war, dann gewiss kein gutes! Sie schlang die Arme um den Oberkörper, als sie eine Gänsehaut bekam.

Endlich ließ der Regen nach und Holly machte sich auf den Rückweg nach *Gwynn Cottage*. Sie wünschte sich nur drei Dinge: einen heißen Kakao, trockene Kleidung und ihre Ruhe. Doch sie hatte die Rechnung ohne den Wirt gemacht. Als sie in den Weg zum Haus einbiegen wollte, rief eine dunkle Stimme hinter ihr: »Hey, Sie!«

Holly fühlte sich erst nicht angesprochen, denn so redete man in New York mit Frauen, aber sicher nicht im beschaulichen Cornwall. Sie ging weiter, bis eine Hand auf ihrem Arm sie bremste. Ganz New Yorkerin wirbelte sie sofort herum, die Hand zur Faust geballt, bereit, dem Angreifer eine zu knallen. Der Mann zuckte zurück. Es war George Wills, der Gastwirt.

»Was wollen Sie?« Der Schreck ließ Holly böse klingen. »Wissen Sie nicht, dass man sich nicht an Frauen anschleicht?«

Er starrte sie nur an.

»Was wollen Sie von mir?«, wiederholte sie langsamer, aber mit deutlicher Ungeduld im Tonfall. Vielleicht wusste er es nicht, aber sie hatte in New York gelebt, da würde sie ein Gastwirt aus Porthlynn nicht in Angst versetzen.

»Ihnen einen guten Rat geben.« Er verengte die ohnehin kleinen Augen. »Lassen Sie das mit dem Katzencafé. Das ist etwas für Hipster in London, aber nichts hier für uns in Cornwall.«

»Woher wissen Sie davon?«

»Jeder weiß von Lindas verrückter Idee.«

»Linda will damit Menschen und Katzen helfen. Sie sollten sich ein Beispiel daran nehmen.«

»Es ist eine verrückte Idee und es passt nicht nach Cornwall.« Er schob das Kinn vor und wirkte wie ein aufgewühlter Barsch.

»Das habe ich Linda auch schon gesagt.«

»Hat sie auf Sie gehört?«, fragte Holly spitz. »Nein, sonst hätte sie mich ja nicht zu ihrer Erbin bestimmt.«

»Keiner wird Ihnen helfen. Sie sind eine Fremde. Niemand will dieses Café.«

Holly starrte ihn schweigend an. Dann erhellten sich ihre Gesichtszüge. »Das werden wir sehen. Dankeschön, Sie haben mir die Entscheidung leichter gemacht.«

KAPITEL 8

Als am nächsten Morgen die Klingel ertönte, schrak Holly hoch. Sie tastete nach ihrem Handy auf dem Nachttisch und blickte auf das Display. 7:32 Uhr! Wer, verdammt noch mal, störte sie um diese furchtbare Zeit?

Einen Moment lang fühlte sie sich versucht, sich umzudrehen, das Kissen über ihr Gesicht zu ziehen und zu hoffen, dass der frühe Störer sich verziehen würde. Als hätte der Unbekannte das geahnt, erklang das Schrillen der Klingel erneut. Lang und ausgiebig.

»Ja, ja, ich bin unterwegs«, rief sie, nachdem sie aus dem Bett gekrabbelt war. Zum Glück schlief sie in T-Shirt und Leggins. Mit der Hand fuhr sie sich schnell durch die Haare und spurtete zur Tür.

»Ja?«

»Ich sollte mich hier melden, hat Eleanor Rosevear gesagt.« Vor ihr stand ein auf kornische Art gutaussehender Mann mit dunklen Haaren und grauen Augen. Durch ihre Morgenmuffeligkeit dauerte es ein paar Sekunden, bis der Pence bei ihr fiel. Das lag gewiss am Bart, der ihn älter und düsterer aussehen ließ.

»Nicholas?! Du bist der Handwerker?«

»Wen hast du erwartet? Den Weihnachtsmann?«

Vor Überraschung blieb Holly die Luft weg. Fand er das etwa witzig? Nachdem sie ihre Fassung wieder gewonnen hatte, antwortete sie schneidend: »Ich habe *erwartet*, dass du einen Termin ausmachst, bevor du mich um diese Uhrzeit aus dem Bett holst.«

»Es ist halb acht. Soll ich gehen und später wiederkommen?«

Am liebsten hätte sie Ja gesagt und sich nach einem anderen Handwerker umgesehen, aber Ethan hatte gesagt, dass Linda den Tischler ausgewählt hatte. Und wenn sie sich schon auf dieses Abenteuer einließ, wollte sie einen Handwerker haben, dem sie vertrauen konnte.

»Nein, schon gut. Komm rein. Geradeaus ist die Küche. Das weißt du ja.« Sie öffnete die Tür etwas weiter und trat zur Seite. Als er an ihr vorbeiging, roch sie eine interessante Mischung aus Holz, Sandelholz und noch etwas, das sie nicht benennen konnte. Es schien sein Parfüm zu sein, gemischt mit dem Duft des Holzes, mit dem er arbeitete. »Möchtest du Tee oder Kaffee?«

»Ich will arbeiten.«

»*Ich* brauche auf jeden Fall einen Kaffee, bevor ich mich mit dem Bau beschäftige.« An ihm vorbei ging sie in Richtung der kleinen Küche. Das musste sie ihrer verstorbenen Großtante lassen. Linda hatte es verstanden, eine Küche sowohl modern als auch anheimelnd einzurichten. Schnurstracks spazierte Holly auf die blinkende, modern aussehende Espressomaschine zu. Über die Schulter fragte sie: »Du willst wirklich keinen Kaffee? Espresso, Cappuccino?«

»Ich trinke Tee.«

»Irgendwo habe ich Beutel gesehen.« Sie öffnete die Tür des Hängeschranks. Holly hatte die Worte kaum ausgesprochen, als hinter ihr ein Schnauben ertönte. Sie wandte sich wieder um.

»Ich trinke Tee, keine Beutelsuppe.«

Obwohl sie es nicht wollte, rutschten die Worte heraus: »Himmel, bist du immer so brummig?«

»Wie man in den Wald hineinruft, so schallt es heraus.«

Ich brauche ihn. Ich brauche ihn. Verdammt, ich brauche ihn, sagte sie sich und zügelte ihr Temperament.

»Okay.« Während das Wasser durch das Espressopulver gedrückt wurde, wandte sie sich zu ihm um. »Du hast bereits mit Linda an dem Café gearbeitet?«

»Ja, bis sie krank wurde.«

Sie konnte nicht einschätzen, ob seine missmutige Miene dem Café galt oder ob er immer so schaute. Ich kann mich weiter mit ihm streiten oder ich schlage ihn mit Freundlichkeit.

Sie lächelte ihn breit an. »Schön, dass du Bescheid weißt. Wenn der Kaffee fertig ist, gehen wir gemeinsam zur Baustelle.«

»Gut.«

Mit einem Röcheln kündigte die Maschine an, dass der Cappuccino fertig war. Holly trank einen Schluck des lebensspendenden Getränks und verbrühte sich die Zunge. Einfach ein perfekter Morgen! Seufzend öffnete sie die Tür des Kühlschranks und gab noch einen Schuss Milch in die Tasse. Vorsichtig pustete sie darüber, bevor sie einen zweiten Versuch wagte.

Perfekt.

Langsam gewann sie wieder Hoffnung, bis Nicholas den Mund öffnete: »Gehen wir jetzt endlich? Ich habe nicht den ganzen Tag Zeit.«

»Echt jetzt? Ich hatte gehört, die Menschen in Cornwall wären berühmt für ihre Gastfreundschaft.«

Er zuckte die muskulösen Schultern: »Du bist kein Gast, du bist eine Kundin.«

Dass der Kunde König war, schien ihm unbekannt zu sein. Möglicherweise waren ja alle Handwerker in England so, bisher hatte sie noch mit keinem Tischler zu tun gehabt. Früher war Nicholas allerdings freundlicher und zugänglicher gewesen.

Holly stieß einen Seufzer aus. »Von mir aus. Gehen wir.« Sie führte ihn aus dem Haus, dankbar, dass es nicht regnete, und zuckte zusammen, als ihre bloßen Füße auf den kalten Stein des Gehwegs trafen. Mist!

»Willst du dir keine Schuhe anziehen?«

Natürlich wollte sie Schuhe anziehen, schließlich war es fies kalt. Sie hatte es einfach vergessen, weil sie wegen der frühen Störung so müde war. Vor ihm wollte sie das keinesfalls eingestehen.

»Ich gehe viel barfuß, das ist gesund.«

Sein Schnauben zeigte überdeutlich, was er davon hielt und ging ihr jetzt schon auf die Nerven. Als sie vor ihm in Richtung des Cafés ging, spürte sie seinen Blick auf ihrem Rücken und musste an sich halten, einen Fuß vor den anderen zu setzen, ohne zusammenzucken oder einen spitzen Schrei auszustoßen. Nach einem zehnminütigen Fußmarsch, der Holly viel länger vorkam, erreichten sie das Katzencafé. Holly hatte es sich gestern bereits angeschaut und erste Ideen entwickelt, wie man den

Innenausbau gestalten konnte. Leider waren Dielen, Wände und vor allem Küche und Bäder in einem beklagenswerten Zustand. Ihre Großtante hatte *Gwynn Cottage* liebevoll gepflegt, das zweite Haus hingegen bedurfte noch viel Zeit und Geduld, damit es bewohnbar war.

Nicholas schloss die Haustür auf. Verdammt! Er besaß also einen Schlüssel und sie hätte ihn nicht auf bloßen Füßen hierher begleiten müssen. Er führte Holly schnurstracks in den Gastraum. Die Dielen fühlten sich erstaunlich warm unter ihren Füßen an. Hoffentlich zog sie sich keinen Splitter ein.

»Warum musste ich mitkommen, obwohl du einen Schlüssel hast?«, maulte sie ihn an, nachdem sie sich den großen Zeh an einem Balken gestoßen hatte. »Das hättest du mir sagen können.«

»Ich habe nicht verlangt, dass du mich hierher begleitest.«

»Und weshalb, verdammt noch mal, weckst du mich zu nachtschlafender Zeit?«

»Ich wollte gemeinsam mit dir die Räume anschauen und planen, was noch zu tun ist.«

»Grundsätzlich eine gute Idee.« Holly verbarg ihr Gähnen nur schlecht. »Aber dafür brauche ich Kaffee. Funktioniert die Maschine?«

»Glaub mir, das, was da rauskommt, willst du bestimmt nicht trinken.«

Nachdem Nicholas das gesagt hatte, trat Holly an die Maschine heran. Von weitem hatte der Kaffeeautomat ganz okay ausgesehen, von nahem wirkte er so verkeimt, dass sie sich kratzen musste, obwohl sie das Ding noch nicht berührt hatte.

»Igitt. Gibt es niemanden, der hier saubermacht?«

»Durch Lindas Krankheit ist alles liegen geblieben.« Sein Tonfall klang so traurig, dass sie ihm beinahe vergeben hätte, sie aus dem Bett geholt zu haben. Doch seine nächsten Worte belehrten sie eines Besseren. »Du kannst dir gern Putzlappen und einen Eimer Wasser schnappen.«

»Nicht ohne Kaffee.«

Als Antwort erhielt sie ein tiefes Seufzen, was in ihr den Wunsch weckte, ihn gegens Knie zu treten. Sie streckte die

Hände von sich, um sie nicht zu Fäusten zu ballen und fragte: »Wie geht es jetzt weiter?«

»Ich mache da weiter, wo ich aufgehört habe. Du kannst in der Zeit frühstücken, wenn du willst.«

»Danke.« Immerhin dachte er mit. »Ich muss noch ein paar Anrufe erledigen und wäre so gegen elf Uhr wieder hier. Ist das in Ordnung?«

»Ich werde da sein.«

So schwer es ihr auch fiel, Holly gab ihm keine schnippische Antwort. Stattdessen stolperte sie auf Zehenspitzen hinaus, bemüht, nicht in einen Nagel oder etwas ähnlich Unfreundliches zu treten.

Nachdem sie in *Gwynn Cottage* angekommen war, duschte sie und bereitete sich einen frischen Cappuccino zu. Da es ein sonniger Morgen war, nutzte sie das freundliche Wetter und spazierte mit dem Kaffee und einem Handtuch in den Garten. Hinter dem Cottage hatte Linda sich ihr Refugium geschaffen, eine Rasenfläche umrahmt von Rhododendronbüschen, die in einem hellen Rosa blühten und gleichzeitig die Terrasse vor neugierigen Blicken schützten. Hier standen zwei runde Tische aus dunklem Holz, mit jeweils zwei Stühlen aus dem gleichen Holz. Verdutzt fragte sich Holly, warum Linda zwei Tische aufgestellt hatte, schließlich hatte sie alleine gelebt. Dann jedoch fiel Holly ein, dass ihre Großtante bestimmt viel Besuch gehabt hatte. Menschen, die mit Linda zusammen im Garten gesessen hatten. Daran erinnerte Holly sich noch von ihren Stippvisiten. Ihre Großtante und sie, gemeinsam im Garten, jede in ein Buch vertieft. Damals war die Terrasse erst geplant gewesen, Holly sah sie heute zum ersten Mal und sie sah genauso aus, wie Linda sie entworfen hatte.

Eine griechisch aussehende Frauenfigur, die einen Krug in der rechten und eine Schale in der linken Hand trug, stand etwas versteckt in der Ecke der Terrasse. Sie war Wind und Wetter ausgesetzt gewesen und sah nun nicht mehr marmorweiß, sondern braungrau aus, mit einigen grünen Flecken; die Natur hatte den Stein besiegt. Holly zog einen Stuhl heran, auf den sie das

Handtuch legte, denn die Sitzfläche war noch nass vom Regen. Von hier aus hatte sie den perfekten Blick ins Grün.

Lindas Garten war ein typischer Cottage Garden, auf den ersten Blick sah es aus, als würden die Pflanzen wild und ohne Einschränkung wuchern, dann jedoch bemerkte man, dass es ein Muster und ein Konzept dahinter gab. Ihre Großtante hatte Holly erklärt, dass es diese idyllischen und romantischen Gärten bereits seit dem 18. Jahrhundert gab, als Gegenmodell zu den gigantischen, durchdacht angelegten Gärten der Herrenhäuser. Das hatte Holly sofort gefallen.

Sie mochte besonders die hohen Stauden und großgewachsenen Blumen, den Rittersporn, die Stockrosen, die Lupinen und den Fingerhut, die über die anderen Blumen hinausragten, so wie Holly über die meisten Menschen hinausragte.

Am Rankengitter blühten violette Clematis, daneben im Staudenbett prunkten die pastellfarbenen Akelei. Obwohl sie selbst nie gegärtnert hatte, mochte Holly es, Zeit inmitten dieser Blütenpracht zu verbringen. Sobald die Sonne schien, nahm sie ihre Unterlagen oder einen Roman und setzte sich auf die Terrasse. Oder einen Cappuccino, so wie heute Morgen. Sie trank einen Schluck und seufzte. Gleichgültig, wie lange sie über die Schönheit des Gartens philosophierte, irgendwann einmal musste sie sich dem Thema stellen, das ihren Kopf und ihr Herz beschäftigte: Nicholas Chegwin war ihr Tischler. Sie würde in den kommenden Wochen und Monaten mit ihm zusammenarbeiten müssen. Würde er wieder diesen Zauber auf sie ausüben oder könnte sie ihm dieses Mal widerstehen?

KAPITEL 9

Oha, dachte Nicholas, nachdem Holly – weiterhin barfuß – zu Lindas Cottage zurückgegangen war. Ob ihre miese Laune daran lag, dass er sie so früh geweckt hatte, wie sie behauptete? Oder hatte sie sich inzwischen ein fieses Temperament zugelegt? Diese spitzzüngige junge Frau hatte wenig mit dem schüchternen Mädchen seiner Erinnerung gemeinsam. Sie wirkte eher wie eine New Yorkerin, wie man sie aus Filmen kannte: selbstbewusst, schnippisch und durchsetzungsstark. Es würde nicht leicht werden, mit ihr zusammenzuarbeiten. Nur gut, dass Linda und er alle Arbeitsschritte für das Café durchgeplant hatten.

Dann allerdings fragte sich Nicolas, was wäre, sollte sich Holly gegen Lindas Vorstellungen wenden und eigene Ideen einbringen wollen? Linda war in ihren Gesprächen immer davon ausgegangen, dass ihre Nichte all ihre Wünsche umsetzen würde. Ob sie die neue, die sarkastische Holly wirklich gekannt hatte? Oder ob sie sich nur an sie erinnert hatte, wie sie früher einmal gewesen war: ein stilles Dickerchen, das Nicholas bewundert hatte?

Davon war nicht viel übriggeblieben. Jetzt erinnerte sie eher an eine Kämpferin, die sich die Butter bestimmt nicht vom Brot nehmen lassen würde. Einerseits fand Nicholas das gut, er schätzte starke Frauen; andererseits fürchtete er, dass sie ihre eigenen Duftmarken setzen wollte. Dann würden sie aneinandergeraten, denn Linda hatte klare Vorstellungen gehabt, wie alles aussehen sollte. Nicholas sah sich in der Verantwortung, alles genauso umzusetzen.

Möglicherweise hatten sie nur einen schlechten Start gehabt und Holly würde bereit sein, den Umbau wie geplant durchzuziehen. Wahrscheinlich wäre sie froh, sich um nichts kümmern zu müssen, sondern eine Art bezahlten Urlaub zu haben.

Unglaublich, dass sie um diese Uhrzeit noch geschlafen hatte. Obwohl sie niedlich ausgesehen hatte, mit den zerwühlten Haaren und dem knappen T-Shirt über den Leggins. Seitdem er sie das letzte Mal gesehen hatte, war sie bestimmt zwei Köpfe gewachsen, aber ihre weiblichen Formen hatte sie behalten, was ihr ausnehmend gutstand.

Solange sie frühstückte, konnte er seinen Plan für heute in die Tat umsetzen: die Dielen mussten ein letztes Mal abgeschliffen werden, dann konnte er sich den Tresen und den Möbeln widmen, die Linda gebraucht gekauft hatte und die er aufarbeiten sollte. Ob Holly Malerarbeiten leisten konnte, fragte er sich. Das war dringend nötig. Alle Tapeten hatten diese beigebraune Farbe angenommen, die Räume bekamen, wenn sie alt wurden und in ihnen oft und viel geraucht worden war.

Linda hatte sich helle Tapeten mit zarten Blumenmustern an den Wänden gewünscht. Nicholas hatte für einen etwas pflegeleichteren dunklen Ton plädiert und sie waren nicht zu einer Entscheidung gekommen, bis Linda gestorben war. Aus Respekt vor ihr und weil er sie wirklich geliebt hatte, würde Nicolas die hellen Tapeten wählen, auch wenn sie für ein Café eher wenig geeignet waren.

»Beim Katzenraum solltest du Holly freie Hand lassen. Sie braucht etwas, das ihr Projekt wird.« Linda schien ein klares Bild von ihrer Nichte zu haben. »Glaub mir, Nicholas, sie ist die Richtige dafür.«

»Ich vertraue dir«, hatte er geantwortet, aber seine Zweifel waren geblieben. Ihr erstes Zusammentreffen war nicht dazu geeignet, diese Zweifel zu vertreiben. Aber um Lindas Willen würde er Holly eine zweite Chance geben. Nicholas setzte die Ohrenschützer auf und startete die Maschine. Schon nach kurzer Zeit nahm ihn diese Tätigkeit gefangen und verdrängte die Sorgen um die Zukunft des Cafés.

Nicholas war so vertieft in das Abschleifen der Dielen, dass er zusammenzuckte, als er eine Hand auf seiner Schulter spürte. Er sprang auf, schob die Ohrenschützer zurück und brüllte: »Meine Güte, spinnst du? Dich einfach so anzuschleichen.«

»Du hattest Kopfhörer auf. Was hätte ich tun sollen, mit den Füßen aufstampfen?«

»Das hätte ich bestimmt gehört.« Nicholas zwinkerte ihr zu und betrachtete sie von unten bis oben. Inzwischen trug sie schwarze Turnschuhe, eine Jeans, die ihre Kurven betonte, und eine rote Bluse mit einem ziemlich gewagten Ausschnitt. Nicholas musste sich zwingen, ihr in die Augen und nicht auf die Brüste zu starren. Was ihn noch mehr irritierte, waren die Unterlagen, die sie in der rechten Hand hielt. Zusammengerollte Papiere, die aussahen wie Pläne. Innerlich seufzte er auf. Es entwickelte sich genau, wie er es befürchtet hatte: Holly meinte, sie müsste etwas Neues entwerfen.

Mit ruhiger Stimme, als hätte sie ihm seine Skepsis auf dem Gesicht ablesen können, was sehr wahrscheinlich war, wie er eingestehen musste, sagte sie: »Nick, ich habe mir ein paar Gedanken gemacht und wollte sie mit dir diskutieren. Es ist okay, wenn ich dich Nick nenne?«

»Nein!« Wie kam sie nur auf so eine Idee?

»Also, wie gesagt, ich möchte dir meine Vorstellungen zeigen.«

»Ich weiß, dass du Architektin bist, aber hier ist nichts mehr aufzubauen, das ist ein Umbau.« Verdammt! Wenn er sie weiter so anblaffte, würde es eine harte Zeit für sie beide werden. Daher bemühte er sich um Lindas Willen, weniger unfreundlich zu sein. »Pass auf, ich zeige dir die Zimmer. Dann zeigst du mir die Pläne.«

»Die Räume habe ich mir schon vorher angeguckt.« Ihr Blick war nicht besonders freundlich. »Sonst hätte ich die Pläne nicht erstellen können.«

Was, das musste selbst Nicolas eingestehen, eine gewisse Logik aufwies. Aber aus Prinzip und um von Beginn an klarzustellen, dass sie ihm nichts zu sagen hatte, antwortete er: »Selbst wenn du dir das Haus angesehen hast, kann nur ich dir erklären, was Linda sich dabei gedacht hat.«

Sie verengte die Augen, rümpfte die Nase auf eine irgendwie niedliche Art und schien zu überlegen, ob der Kampf sich lohnte. Endlich kam sie zu einem Entschluss, legte die Papiere auf den Tresen und nickte. »Meinetwegen.«

Gut, den ersten Streit hatte er für sich entschieden. Vielleicht würde es doch klappen mit ihrer Zusammenarbeit. »Hier siehst du's ja schon, das wird der Gastraum.« Er machte eine ausholende Geste mit der Hand. »Linda wünschte sich helle Tapeten, dunkle Tische, weiße Stühle und eine größere Theke als die dort.«

»Außerdem müsste es eine Kühltheke sein, oder?« Sie ließ ihren Blick durch den Raum wandern. »Ist eine helle Tapete nicht schmutzempfindlich?«

»Selbstverständlich gibt es eine Kühltheke.« Wollte sie etwa andeuten, Linda und er hätten sich nicht genug Gedanken über das Betreiben eines Cafés gemacht? »Da hinten ist die Küche. Im Moment können wir da nicht rein, weil die Elektrogeräte heute geliefert wurden und morgen aufgebaut werden.«

»Die Küche interessiert mich nicht wirklich. Das ist nicht mein Bereich«, sagte sie mit einem Schulterzucken. Nicholas verdrehte die Augen und dachte: Genau das habe ich erwartet. Essen tut sie gern, aber kochen kann sie nicht. Ich hasse diese modernen Frauen.

Aber es nutzte nichts, er musste sich zusammenreißen und einen Weg finden, gemeinsam mit ihr zusammenzuarbeiten. Er ging in den Flur und öffnete die Tür zum zweiten Raum.

»Hier werden die Katzen leben.« Statt Dielen gab es einen pflegeleichten Laminatfußboden. Nicholas hatte es aber nicht übers Herz gebracht, die Dielen herauszureißen, sondern das Laminat auf das wunderschöne Holz verlegt. Außerdem hatte er praktisch gedacht. Schließlich wusste er nicht, ob das Café ein Erfolg werden würde und dann wäre es wirklich traurig, das Holz zugunsten von Laminat vernichtet zu haben. Der Boden war von einem matten Blaugrau, die Wände vergilbt. Bisher hatte er noch nicht die Zeit gefunden, die alten Tapeten herunterzureißen.

»Kannst du streichen?«, fragte er. »Wenn wir schnell fertig sein wollen, musst du mit anfassen. Ich konnte in Porthlynn keinen Maler bekommen.«

»Ich habe alle Wohnungen gestrichen, in denen ich gewohnt

habe. So habe ich sie zu meinen gemacht.« Sie lächelte. »Aber hier muss man tapezieren. Das kann ich nicht.«

Mit Daumen und Zeigefinger zupfte sie an ihrem Ohrläppchen, eine Angewohnheit, die sie schon als Teenager besessen hatte, was in ihm eine seltsame Wehmut weckte. Erinnerungen an eine Zeit, die nur aus Surfen, Sommer und ersten vorsichtigen Annäherungen an das andere Geschlecht bestand. Eine Zeit vor den Enttäuschungen, vor dem Zorn.

»Was für Mobiliar ist vorgesehen?«

Obwohl er das nur ungern eingestand, musste er zugeben, sie stellte die richtigen Fragen und betrachtete alles mit kundigem Blick.

»Wir wollten nur ein paar Bänke an den Seiten anbringen und den Rest mit Kratzbäumen und Katzenkissen füllen.«

»Aber die Tiere sollen hier nicht leben, oder? Ist das nicht zu anstrengend, wenn sie ständig unter Menschen sind? Wie sorgt man dafür, dass sie nicht abhauen, wenn man die Tür öffnet?«

»Frag mich nicht.« Nicholas hob die Hände. »Was Stubentiger angeht, bin ich überfragt. Ich habe ... ich hatte einen Hund. Mit Katzen kenne ich mich nicht aus.«

»Ich auch nicht. Dann können wir gemeinsam lernen.« Kaum hatte sie ausgesprochen, liefen ihr Hals und ihre Wangen rot an. Schnell schob sie nach: »Wen können wir fragen?«

Das gefiel ihm, sie war bereit, sich an andere Menschen zu wenden und nicht alles alleine zu klären.

»Eleanor Rosevear ist die Richtige. Sie und ihr Katzenschutzverein warten schon darauf, dass wir sie fragen.«

Sie nickte.

»Was ist dort?«

Er öffnete die Tür zu dem anderen Raum, der dunkel wirkte. Denn es gab nur ein schmales Fenster, das außerdem verdreckt war.

»Linda und ich haben überlegt, die Katzen hier leben zu lassen. Dann können sie sich hierhin zurückziehen, wenn ihnen die Menschen zu viel werden.«

»Das klingt überzeugend.« Sie runzelte die Stirn, als ob sie überlegte, inwieweit das mit ihrem Konzept zusammenpasste.

Bevor sie noch mehr sagen konnte, führte Nicholas sie weiter, die Stiege empor, die so schmal war, dass er Hollys Parfüm schnuppern konnte. Oder war es ihr Shampoo? Jedenfalls roch es erstaunlich herb für eine Frau. Es erinnerte ihn an das Meer und Gräser, an einen Wald im Herbst. Beinahe wäre er stehengeblieben, um intensiver zu schnuppern. Im letzten Moment bremste er sich und ging weiter.

»Hier oben ist noch nicht viel gemacht worden, weil Linda nicht wusste, was daraus werden soll. Sie wollte ihr Cottage nicht aufgeben.« Noch immer konnte er nicht fassen, dass Linda nicht mehr hier war, um gemeinsam mit ihm den Ausbau des Cafés voranzutreiben.

»Das kann ich verstehen, ihr Haus ist wunderschön und es ist sehr Linda.« Hollys Stimme klang rau, als kämpfte sie gegen Tränen an, was auch in ihm die Traurigkeit wieder erweckte.

Schnell sprach Nicholas weiter, damit Holly das nicht bemerkte. »Die Wohnung hier oben ist für eine Familie zu klein. Vielleicht wäre sie etwas für eine Person oder ein Paar. Mit ein bisschen Geld und Mühe kann man hier sicher etwas Schönes draus machen.«

»Wahrscheinlich kennst du«, sie lächelte breit, »wie bestimmt jeder in Porthlynn inzwischen die Bedingungen des Testaments. Entweder verschwinde ich mit 20.000 Pfund oder ich baue das Café auf und bekomme mehr als das Doppelte.«

Er nickte nur.

»Ich will nur klarstellen, ich mache es nicht für das Geld, sondern für Linda.«

Erneut nickte er nur.

»Und wenn ich etwas mache, dann mache ich es hundertprozentig.« Sie wirkte entschlossen. »Ich kenne mich weder mit Katzen noch mit Cafés aus, aber mit Umbauten. Jetzt zeige ich dir die Pläne, die ich erstellt habe.«

»Das war die Abmachung. Bitte.« Er deutete auf die Treppe und folgte ihr.

Im Gastraum angekommen, holte sie die Papierrollen vom Tresen und breitete sie auf dem Tisch aus, der hier stand. Nicholas stellte sich neben sie und beugte sich über die Pläne. Erneut stieg ihm dieser Wald-Meer-Geruch in die Nase und er musste sich konzentrieren, um sich davon nicht ablenken zu lassen. Er ertappte sich dabei, wie er näher an sie heranrückte und tief einatmete.

Himmel! Eilig entfernte er sich etwas von ihr, um die Pläne zu begutachten. Sie waren überraschend nah an dem dran, was Linda sich auch gewünscht hatte.

»Ich würde hier im Gastraum die Fenster vergrößern.« Holly deutete auf die Zeichnung. »Wir brauchen also einen Maurer und einen Glaser.«

»Warum?« fragte Nicholas. Seiner Ansicht nach passten große Fenster nicht zum Cottage.

»Es gibt mehr Licht und dann könnte man auf den Fenstern den Namen des Cafés schreiben. Es gäbe ihm einen unverwechselbaren Charakter.«

»Zum Charakter des Hauses gehören kleine Fenster«, entgegnete er. »So hat man sie damals gebaut.«

»Aber wir wollen ja ein Café und kein Wohnhaus, nicht wahr?« Damit wischte sie seine Bedenken vom Tisch, was ihm nicht gefiel.

»Ich weiß nicht, ob wir so schnell einen Glaser und einen Maurer bekommen. Was wird, wenn das Wetter sich verschlechtert?«

Stellte sie sich etwa vor, dass die Handwerker von Porthlynn nur darauf warteten, dass Miss Holly Nancarrow ihnen Arbeitsaufträge gab?

»Wenn wir hier niemanden finden, müssen wir eben in eine der anderen Städte ausweichen«, sagte sie. »So haben wir es auf den großen Baustellen immer gemacht.«

»Du bist hier aber in Cornwall und nicht in den USA.«

»Das habe ich bereits bemerkt. Selbst in New York hatten Handwerker eine größere Kundenorientierung.«

»Du bist die erste, die sich beklagt.«

»*Das* kann ich mir kaum vorstellen.«

Nicholas war baff. Spielte sie etwa auf Jodie an oder interpretierte er zu viel in ihre Worte hinein? Nachdem er tief Luft geholt hatte, sagte er: »Am besten recherchierst du im Internet nach Handwerkern in der Umgebung.«

»Wir sind noch nicht fertig.«

»Ich habe hier genug zu tun.« Er wandte ihr den Rücken zu. Nach einigen Minuten hörte er sie davonstapfen, wobei sie vor sich hin fluchte. Recht geschah ihr. Ihn mit Jodie anzugreifen, war unterste Kategorie. Trotzdem blieb ein Zweifel, ob er sie nicht missverstanden und sie daher grundlos angeblafft hatte.

KAPITEL 10

Vor drei Tagen hatte Holly noch gehofft, Nicholas und sie würden sich bei der gemeinsamen Arbeit zusammenraufen. Inzwischen jedoch hatte sie den Glauben verloren. Jedes Mal, wenn sie beide zusammentrafen, kam es zu einem Streit. Er beharrte darauf, alles Punkt für Punkt so umzusetzen, wie es geplant war, sie versuchte, dem Café einen eigenen Charme zu geben.

Nachdem Nicholas ihr heute vorgeworfen hatte, nichts von Cornwall und Cottages zu verstehen, hatte es Holly gereicht. Verärgert war sie von der Baustelle gestürmt und ins *Gwynn Cottage* zurückgekehrt.

Himmel! Was war Nicholas nur für ein pedantisches Ekel! Und in den Kerl war sie einmal verliebt gewesen! Holly konnte es nicht fassen, was sie einmal an ihm gefunden hatte. Anstatt sich ihre Vorschläge anzuhören und gemeinsam mit ihr zu überlegen, was davon praktikabel war und was nicht, hatte er alles abgebügelt, als wäre sie eine Berufsanfängerin. Seinen Widerwillen begründete er immer mit Lindas Wünschen. Dabei konnte Holly sich nicht vorstellen, dass ihre Großtante so stur auf ihrer Meinung beharrt hätte. Aber Nicholas hörte nicht einmal zu. Daher war sie gegangen, weil sie sonst heftig mit ihm aneinandergeraten wäre – und das konnte sie sich nicht leisten.

Holly klopfte sich im Stillen auf die Schultern. Als Teenager wäre sie weinend vor Nicholas davongerannt, als New Yorkerin hätte sie ihn zusammengefaltet, bis er sich kleinlaut entschuldigt hätte. Hier in Porthlynn, als zukünftige Katzencafé-Betreiberin, hatte sie sich seine Tiraden angehört, bevor sie lächelnd, mit zusammengebissenen Zähnen den Rückzug angetreten hatte. Allerdings fürchtete sie, dass er das nicht zu würdigen wusste.

Er war der Handwerker, den Linda ausgewählt hatte, das Café umzubauen. Also musste Holly sich irgendwie mit ihm arrangieren. Sie blieb stehen und stieß den Atem wütend aus. Warum musste sie sich arrangieren? *Sie* war die Erbin, er hatte nur den Auftrag, sich um das Café zu kümmern. Wahrscheinlich wollte sie ihm immer noch gefallen. Auch wenn sie sich unglaublich über ihn geärgert hatte, musste sie eingestehen, dass er immer noch einen Reiz für sie besaß. Als Teenager war Nicholas schlaksig, aber sportlich gewesen, jetzt hatte er breite Schultern, schmale Hüften und lange Beine. Doch es war die Traurigkeit in seinen grauen Augen, die ihn so anziehend für sie machte. Jedenfalls solange bis er den Mund öffnete!

Erneut kochte Wut in ihr hoch. Wenn sie sich so aufregte, half nur eines: sie musste sich bewegen. Früher hatte Holly Sport nur betrieben, um Kilos zu verlieren, aber irgendwann hatte sie Spaß daran gefunden. In New York hatte sie zu denen gehört, die morgens vor der Arbeit gejoggt waren. Denn das war die einzige Zeit gewesen, die ihr gehört hatte. Runde um Runde hatte sie im Central Park gedreht, ihre Joggerfreunde gegrüßt, die ebenso wie sie den Morgen damit verbrachten, sich den Kopf frei zu laufen.

Für sie stimmte es, beim Laufen konnte man gut Stress und Ärger abarbeiten. Also marschierte Holly im Laufschritt zurück in das Cottage, tauschte Jeans und Bluse gegen ihre Sportsachen, zog die Laufschuhe an und machte sich auf den Weg zum Strand. Die ersten Schritte kosteten immer ein wenig Überwindung, doch dann fand sie in ihren Trott und lief langsam den Feldweg entlang, bis zum Beginn der Stadt und dort in Richtung Hafen. Ab und zu kam ihr jemand entgegen, der ihr gut gelaunt zunickte, was sie ebenso freundlich erwiderte. Wie konnte es sein, dass fast alle Einwohner Porthlynns charmant waren und sie den einzigen Griesgram erwischt hatte? War das mieses Karma? Oder die Strafe dafür, dass sie Linda vernachlässigt hatte?

Genug davon, sie verkürzte die Schritte, weil sie nun in die Straße einbog, die direkt am Hafen entlangführte. Holly liebte diesen Teil Porthlynns. Die Straße selbst war mit ihrem dunklen Asphalt nicht weiter erwähnenswert, aber an der linken Seite zog sich eine Reihe wunderschöner viktorianischer Häuser entlang.

Alle diese kleinen Gebäude besaßen Charme, die Fassaden waren in einem matten Weiß gestrichen, die Fensterrahmen und die Muster auf den Erkern in unterschiedlichen Blau- und Grautönen abgesetzt, was ihnen Persönlichkeit und Individualität verlieh.

Der kleine Hafen, durch eine graue Mauer vom Meer abgetrennt, bot er den Fischerbooten Schutz vor den Gewalten des Meeres. Zumeist lagen hier schlichte Holzboote, mit Pontons an den Seiten; bei den Farben dominierten die Blau- und Grautöne, wie bei den viktorianischen Häusern. Ein grünes und ein oranges Boot bildeten Farbtupfer und Holly fragte sich, wem sie wohl gehörten.

Die Häuser und Boote sahen aus, als kämen sie aus einem früheren Jahrhundert. Wenn die Autos vor den Wohnhäusern und auf dem Parkplatz nicht gewesen wären, hätte man wirklich glauben können, man lebte in einer früheren Zeit.

Die ganze Stadt war um den Hafen herum gruppiert, die schönen viktorianischen Häuser auf der linken Seite, die Pubs und Restaurants und Kunsthandwerkergeschäfte auf der rechten. Die Wohnhäuser standen versetzt dahinter und zogen sich bis in die Klippen hinauf.

Eine hohe Mauer trennte den Ort vom Meer, denn so friedlich die See heute auch wirkte, Linda hatte Holly Fotos gezeigt, in denen der Sturm das Wasser so stark vor sich hergetrieben hatte, dass es über die hohe Mauer geschwappt war und das Städtchen bedroht hatte. Seitdem besaß Holly großen Respekt vor der Gewalt des Meeres.

»Hallo, Holly, du bleibst also erst einmal hier?« Mr Pascoe kam ihr entgegen und begrüßte sie, ein dickes weißes Pony an seiner Seite, auf dem ein Kind mit einem ängstlichen Gesichtsausdruck saß, was Holly nur zu gut verstand. Wahrscheinlich hatte sie ähnlich geschaut, obwohl ihr Pony deutlich größer gewesen war. Zumindest kam ihr das heute so vor.

»Ja, ich nehme Lindas Herausforderung an.« Sie lächelte. Wie gewaltig die Herausforderung war, vor allem in der Zusammenarbeit mit Nicholas Chegwin, musste sie dem Reitlehrer ja nicht sagen. »Ich wollte ans Meer. Begleiten Sie mich ein Stück.«

Sie hatte kaum ausgesprochen, da flossen bereits die Tränen bei dem Kind.

»Ich will zurück zu meiner Mama«, brachte es unter Schluchzen hervor.

»Sorry, Holly, ich muss zurück in die Reitschule. Nicht jeder Mensch ist zum Reiten geboren.«

»Wem sagen Sie das?« Sie zwinkerte ihm zu und lief langsam weiter, am Hafen und den Pubs vorbei. Vor dem Schaufenster des Kunsthandwerkergeschäfts gönnte sie sich eine Pause und überlegte, ob sie sich die Tasse in weiß und blau kaufen sollte. Leider hatte die Bäckerei geschlossen, sonst hätte sich ein *Cornish Pasty* gegönnt. Das hatte sie sich auf jeden Fall verdient.

Der Gedanke an Nicholas und seine Launen ließ sie ihren Lauf wieder aufnehmen. Endlich sah sie das Meer schimmern. Die ersten Möwen stießen auf sie herab und schwangen sich enttäuscht wieder in die Lüfte, weil Holly nichts Essbares in ihren Händen hielt. Vielleicht war es besser, dass die Bäckerei geschlossen hatte, denn eine Pastete hätte die Begegnung mit den Vögeln sicher nicht überstanden.

Wie schön, dass es von dem kleinen Ort nie besonders weit zum Strand war. Das Wetter meinte es heute ausnahmsweise gut mit ihr. Als Holly den Strand erreichte, riss der Himmel auf und die Sonne schien auf sie herab. Ihr warmes Licht tauchte das Meer in die schönsten Blau- und Grüntöne. Nächsten Mal musste sie unbedingt eine Kamera mitbringen, um die Schönheit dieser Landschaft einzufangen. Es stimmte, was man über Cornwall sagte: Seine Schönheit streichelte die Seele. Selbst ein schlecht gelaunter Nicholas Chegwin kam nicht gegen die Wirkung des Landstrichs an.

Holly atmete tief ein und aus, wie sie es beim Yoga gelernt hatte, das sie ein halbes Jahr lang probiert hatte. Aber sie war beim Shavasana am Schluss immer eingeschlafen und hatte geschnarcht. Irgendwann war ihr das zu peinlich geworden und sie war zum Jogging zurückgekehrt. Aber die Atemtechnik hatte sie beibehalten und fand sie wirksam.

Obwohl es ein schöner Tag war, war niemand außer ihr unterwegs. Ein starker Wind wehte auf und jagte das Meer in

Wellen an den Strand, weiß brach sich die Gischt auf dem durch den Regen dunklen Sand. Holly musterte ihn kritisch. Es würde schwer werden, dort zu laufen, aber es täte ihr bestimmt gut. Holly gönnte sich noch einen Augenblick, bevor sie weiterjoggte. Die Farbenvielfalt des Meers faszinierte sie immer wieder. Vorne in Strandnähe war das Wasser von einem hellen Grünblau, während es umso dunkler wurde, je weiter man hinausschaute. Graubraune Steine verteilten sich auf dem Sand, bis sie in grünbewachsene Klippen übergingen.

Langsam verfiel sie in den Trott, mit dem sie Meile um Meile laufen konnte. Bald stellte sie fest, dass sie sich nicht getäuscht hatte. Der Sand war feucht und sie kam außer Puste. Nachdem ihr Atem flacher wurde, entschied sie sich, das Joggen gegen schnelles Gehen einzutauschen. Hier würde sie niemand sehen und sich darüber belustigen, wie schnell sie außer Atem geriet.

Zwei große Fischerboote zogen langsam vorbei und bildeten einen Farbtupfer zwischen dem Grün der Landschaft und dem Blau der See. Was war das dahinten? Sie verengte die Augen und hob die Hand, um etwas Schatten gegen die Sonne zu finden. Ja wirklich, sie hatte sich nicht getäuscht. Hinten am Horizont sah sie drei Figuren, die trotz des kalten Wetters surften.

Das hatte sie schon früher nicht verstehen können, wie man sich auf einem Brett in das eiskalte Wasser stürzen konnte. Beim Surfen dachte sie an Hawaii, Kalifornien, vielleicht die Karibik – Orte mit gigantischen Wellen, auf denen sportliche junge Menschen elegant ritten. In all ihren Ferien hatte Holly nie den Drang verspürt, das auszuprobieren. Die See war ihr zu kalt, ein Surfbrett zu schmal.

Das Abenteuer überließ sie gern anderen, so wie den dreien dort draußen. Es sah aus, als ob sich die Menschen in ihre Richtung bewegten. Neugierig blieb sie stehen und sah sich um. Versteckt zwischen den Dünen stand das typische Surfer-Fahrzeug: ein VW Bulli. Wie es wohl wäre, sein Leben auf diese Art und Weise zu verbringen? Den ganzen Tag auf Surfbrettern zu stehen, von einem Ort zum anderen zu reisen. Ohne Verpflichtungen, ohne Menschen, die von einem erwarteten, dass man ein Katzencafé exakt so baute, wie sie es sich gedacht hatten.

Eine Katze würden die Surfer wohl nicht adoptieren, wenn sie von Ort zu Ort reisten, der besten Welle hinterher. Das war eine Welt, von der sie gerne mehr erfahren würde. Also wartete sie und spürte, wie der Wind ihr Sand und Salzwasser ins Gesicht wehte und sah den Surfern entgegen, die sich dem Strand näherten. Es waren zwei Männer und eine Frau. Alle drei schienen jünger als sie zu sein, mit gesunder Hautfarbe und vom Salzwasser ausgeblichenen Haaren, was Holly wieder unerfreulich an ihre Jugend erinnerte.

Mit einer Mischung aus Neid und Bewunderung hatte sie damals den schlanken blonden Mädchen zugesehen, die sich im Meer tummelten. Schon immer hatte Holly sich gewünscht, wie sie zu sein: Schlank, von der Sonne gebräunt und elegant. Sobald Holly länger in die Sonne ging, färbte sich ihre Haut krebsrot.

Während die Männer wieder aufs Meer hinauspaddelten, kam die Frau an Land. Entgegen Hollys Erwartung hatte sie kurze hellbraune Haare, mit blonden Strähnen. Sie war stämmig und wirkte sehr selbstsicher, als sie das Surfbrett an Land zog. Früher hätte Holly das eingeschüchtert, aber heute war sie New Yorkerin, nicht mehr das ängstliche Kind.

»Hallo. Schönes Wetter zum Surfen, oder?«

»Hi«, antwortete die junge Frau. »Ist die Sonne nicht großartig?«

Ihr Akzent kam Holly fremd vor. Sie war auf jeden Fall keine Britin.

»Ich fürchtete schon, es gibt in Cornwall nur Regen«, erwiderte sie. »Du bist Australierin?«

»Knapp daneben, Neuseeländerin. Wartest du kurz? Ich hole mir ein Handtuch.« Sie schüttelte die Haare und eilte mit langen Schritten zu dem Bulli, während Holly ihr nachsah. Kurze Zeit später kehrte sie zurück, ein Handtuch im Haar, eines um die Hüfte geschlungen und zwei weitere unter dem Arm geklemmt.

»Ich bin Isla.«

»Holly.« Neugierig fragte sie weiter: »Wie lange seid ihr schon hier? Warum surft ihr gerade in Cornwall?«

»Hier gibt es immer Wellen.« Isla zog die Nase kraus. »Dafür nimmt man das kalte Wasser gern in Kauf.«

»Wie lange bleibt ihr?«

»Bis zum Sommer. Danach sind die Wellen zu schwach, jedenfalls für uns.«

»Wohin zieht es euch dann?«

»Nach Biarritz oder nach Cantinho da Baía.« Isla zuckte mit den Schultern. »Mal sehen, worauf wir uns einigen.«

»Geht das gut zu dritt?«

»Meistens. Wir alle lieben das Surfen und streiten uns nicht gern.«

»Das hört sich ziemlich großartig an.«

»Du klingst auch nicht wie jemand aus Cornwall. Und du wirkst nicht wie eine Touristin.« Holly mochte Isla auf Anhieb, sie schätzte Frauen, die nicht lange um den heißen Brei herumredeten. »Was machst du in Porthlynn?«

»Ich baue ein Haus zu einem Katzencafé um.«

»Wow, das klingt cool. Brauchst du Hilfe?«

»Kommt drauf an, was kannst du?«

»Handwerklich bin ich nicht so gut, aber Cooper, er ist einfach super beim Holzbearbeiten und bei Malerarbeiten. So verdient er sein Geld. Und Scott ist auch nicht schlecht.« Der Akzent klang wirklich charmant.

»Einen Tischler habe ich schon, aber einen Maler kann ich brauchen.«

»Und ich«, Isla grinste, »ich habe einen guten Blick für Farben und Design. ich kann dir helfen, dass dein Café schön aussieht.«

»Wann könnt ihr anfangen?«

»Nächste Woche. Ab morgen sind wir für vier Tage in Newquay.«

Das klang gut. Holly nickte, sie mochte die Neuseeländerin auf Anhieb und hatte Lust, mehr Zeit mit ihr zu verbringen. Es würde sicher angenehmer, als von Nicholas angeschwiegen oder angemault zu werden.

»Die Jungs müssen immer übertreiben.« Isla deutete zum Wasser, wo die Surfer wieder aufs Meer hinauspaddelten. »Es wird dauern, bis wir Cooper fragen können, ob er Zeit hat.«

»Ich kann nicht warten, ich muss zurück zur Baustelle.«

»Wo ist dein Café? Wir kommen nächste Woche vorbei, okay?«

»Sehr gern. Es ist *Konin Cottage* am Kath Way.« Holly nickte. »Es ist zwar noch im Bau, aber Kaffee bekommt ihr auf jeden Fall.«

»Dann haben wir einen Deal.« Isla streckte ihr die Hand entgegen und Holly schlug ein. »Bis dann.«

Ihrem Handwerker musste Holly auf jeden Fall vorsichtig nahebringen, dass sie am Strand Kollegen für ihn gefunden hatte. Aber es täte ihm gut, wenn er mit anderen Menschen zusammenarbeiten musste, da war Holly sich sicher. Vielleicht würde die Freundlichkeit von Isla ihn ja auflockern.

Die Begegnung mit der Surferin und die Chance, mit freundlichen Menschen zusammenzuarbeiten, hatte ihre schlechte Laune verfliegen lassen. Sicher, auch in New York hatte sie Menschen getroffen, mit denen sie sich auf Anhieb verstanden hatte, aber dennoch: Cornwall war anders. Es kam ihr vor, als würde die Schönheit der Landschaft zu freundlicheren Herzen der Menschen führen.

Na ja, dachte sie, nicht bei allen Menschen. Aber sie musste mit Nicholas ja nur beruflich klarkommen und das wäre bestimmt leichter, sollten die Surfer wirklich kommen und sich als Puffer zwischen ihnen erweisen.

In Gedanken verloren, ging sie weiter, denn ihr dummes Herz schlug jedes Mal, wenn sie an Nicholas dachte, immer noch einen Purzelbaum. Aber es würde sicher irgendwann einsehen, dass der Mann es nicht wert war, ihm nachzutrauern.

KAPITEL 11

Kurz bevor sie *Gwynn Cottage* erreicht hatte, riss der Himmel auf und schleuderte einen Regenguss auf Holly, der sie von Kopf bis Fuß durchnässte. Daran würde sie sich wohl nie gewöhnen, an diese Wetterwechsel, die von einem Moment auf den anderen geschahen. Cornwall ließ einem kaum eine Chance, sich auf den Wetterumschwung vorzubereiten, geschweige denn, ihm zu entgehen. Sie beschleunigte ihre Schritte, aber es war zu spät. Ihre Kleidung klebte am Körper, das Wasser quietschte in ihren Schuhen und ihre Haare hingen tropfnass auf ihre Schultern.

Holly wollte nur noch zwei Dinge: eine warme Dusche und einen heißen Kakao mit Sahne und Zimt. Hoffentlich gab es noch *Scones* im Tiefkühlfach. Früher hatte Linda immer welche vorrätig gehabt, wie Holly sich erinnerte. Immer wieder tauchte der Gedanke an ihre Großtante auf, verbunden mit dem schlechten Gewissen, weil sie Linda vernachlässigt hatte.

Nachdem sie geduscht hatte, suchte sie Schokolade und einen Topf. Der süße Duft belebte sie und sie freute sich auf einen ruhigen Nachmittag, den sie lesend im Bett verbringen wollte. Vorsichtig rührte sie die schmelzende Schokolade mit einem Holzlöffel um und gab Milch dazu.

Nachdem die Flüssigkeit aufgekocht war, gab Holly die dickflüssige Masse in eine Tasse, sprühte Sahne drauf und bestreute das Kunstwerk mit Kakao und Zimt. Mit geschlossenen Augen atmete sie den Duft ein und trank vorsichtig einen Schluck. Als sie die Augen öffnete, schien die Sonne durchs Küchenfenster. Cornwall überraschte sie mit einem wunderschönen hellblauen Himmel. Holly schlenderte ins Wohnzimmer, um den Ausblick vor dem großen Fenster zu genießen.

Woran sie sich nicht satt sehen konnte, war der Blick über die Landschaft. Die Hügel waren sanft gewellt, und verstellten nie den Blick zum Meer. Vor dem Fenster gab es keine großen Bäume, die der Weite Einhalt gebieten konnten. Es erstreckten sich nur Weiden in einem satten Grün, umrahmt von dunkelgrünen Hecken, was dem Ganzen das Aussehen eines unregelmäßigen Schachbretts gab. Obwohl Holly nervös war, ob ihr das Projekt gelingen würde, gelang es der Landschaft, sie zu beruhigen. Cornwall war wirklich ein Land, das die Seele streichelte. Sie spürte, wie sich der Knoten in ihrem Inneren auflöste und sie langsam begann, Hoffnung zu schöpfen.

Das Leben hatte ihr die Handwerker geschenkt, die sie brauchte – selbst wenn es Surfer waren. Holly musste darauf vertrauen, dass das Schicksal es gut mit ihr meinte. Je mehr sie plante, desto mehr Hindernisse tauchten vor ihr auf. Wenn sie hingegen losließ, fand sich alles fast von allein.

Wenn das Loslassen nur so einfach wäre, dachte sie.

In dem Moment klingelte es. Holly erinnerte sich nur zu gut daran, wie oft sie sich in New York gewünscht hätte, ihre Nachbarn besser zu kennen, damit sie nicht immer allein in ihrer winzigen Wohnung sitzen musste. Hier in Porthlynn wünschte man sich wahrscheinlich eher seine Ruhe. Trotzdem stellte sie den Kakao auf dem Wohnzimmertisch ab und ging zur Tür. Ihr Besuch war Eleanor Rosevear, die einen Strauß bunter Frühlingsblumen in den Händen hielt.

»Danke schön, die sind ja prächtig.« Holly nahm den Strauß entgegen. »Kommen Sie rein. Möchten Sie einen Kakao?«

»Ein Tee wäre mir lieber. Und ebenso, wenn wir uns mit dem Vornamen ansprechen.«

»Sehr gern. Ich habe aber nur Beutel.« Als sie das sagte, musste sie wieder an ihre Begegnung mit Nicholas denken. »Was für eine Sorte hättest du gern?«

»Dann nehme ich lieber den Kakao.« Eleanor verzog das Gesicht. »Ich habe nie verstanden, warum Linda keinen vernünftigen Tee im Haus hatte. Nur diese Beutel und dieses Mega-Kaffee-Zubereiter-Ding.«

»Sie fand Beutel einfach praktischer für eine Person.« Seltsam, dass Holly sich ausgerechnet daran erinnerte. Sie brachte Milch zum Kochen, rührte Schokolade ein und goss alles in eine

Tasse. »Sahne? Zimt? Schokoraspel?«

»Danke, ich nehme den Kakao pur.«

Eleanor folgte Holly ins Wohnzimmer, wo Holly ihre Tasse in die Hand nahm. Beide Frauen stellten sich ans Fenster und schauten hinaus. In einträchtigem Schweigen tranken sie die heiße Schokolade. Endlich fragte Holly: »Du bist nicht nur hier, um mir Blumen zu bringen, nicht wahr?«

»Wann können die ersten Katzen einziehen?«, fragte Eleanor. Sie wirkte traurig und seufzte. »Die Kitten-Saison hat angefangen und unsere Pflegestellen sind völlig überlastet.«

Mit dieser Frage hatte Holly nicht gerechnet. Außerdem konnte sie sich nur grob vorstellen, was Kitten-Saison bedeutete. Himmel, sie musste endlich mal über Katzen recherchieren.

»Keine Ahnung« antwortete Holly. »Brauchen die nicht eine Ganztagsbetreuung? Wie ist das überhaupt nachts? Können Katzen alleine bleiben?«

»Du kennst dich wirklich nicht mit Samtpfoten aus.«

»Das habe ich auch nie behauptet.« Holly hob entschuldigend die Hände. »Ich verspreche, mich einzulesen. Aber bis dahin musst du mir bitte helfen.«

Eleanor nickte lächelnd.

»Katzen können über Nacht alleine bleiben. Das müssen sie im Tierheim ja auch, aber es wäre gut, wenn wir bald einen Platz für sie hätten.« Eleanor sah sie bittend an. »Das Tierheim quillt aus allen Nähten.«

»Meinst du wirklich, es verbessert ihre Vermittlungschancen, wenn man sie in einem Schaufenster präsentiert?«

»Ich hoffe es. Viele Menschen wagen sich nicht ins Tierheim, weil sie fürchten, dass dort viele unglückliche Tiere sie flehend anstarren.«

»Ist das nicht auch so? Die Tiere wollen alle ein neues Zuhause, oder?«

»Es gibt Katzen und auch Hunde, die das Tierheim nicht ertragen, aber vielen geht es dort gut.«

»Und trotzdem hoffst du auf das Café?«

»Auch wenn das Tierheim erheblich besser ist als die Straße, ist ein eigenes Zuhause am schönsten.«

»Das kann ich mir vorstellen. Danke für deine Hilfe«, sagte Holly. »Ohne dich wäre ich mit den Katzen vollkommen verloren.«

»Das ist nicht uneigennützig.« Eleanors Gesicht verdüsterte sich kurz. »Ich arbeite schon mein ganzes Leben im Katzenschutz und kann es kaum erwarten, dass das Café eröffnet und Aufmerksamkeit für unsere Arbeit bringt.«

»Das hängt von den Handwerkern ab«, antwortete Holly mit einem Seufzen. »Bisher sieht es aus wie das reinste Chaos. Ich kann mir nicht vorstellen, dass es in nächster Zeit bezugsfertig wird.«

»Nicholas schafft das schon.«

»Ich hoffe. Es ist nicht leicht, mit ihm zusammenzuarbeiten.«

»Vertraue ihm. Er ist ein bisschen grummelig, hat aber ein gutes Herz.«

»Das versteckt er ausnehmend gut.«

»Wenn du seine Geschichte kennen würdest ...« Eleanor wiegte bedächtig den Kopf. »Gib ihm einen Vertrauensvorschuss.«

»Was war mit ihm?« Holly horchte auf, das klang spannend und würde erklären, warum Nicholas so miesgelaunt war.

»Es ist nicht an mir, dir das zu erzählen. Es ist seine Sache.«

Ach nein. Holly mochte es gar nicht, wenn sie das Ende einer Geschichte nicht erfuhr. Neugier war eine ihrer größten Schwächen, obwohl Holly sie eher als Stärke betrachtete.

»Du weißt schon, dass es unfair ist, Andeutungen zu machen und dann zu schweigen.«

»Ich muss leider los.« Eleanor ging zur Tür. Dort angekommen wandte sie sich Holly zu. »Tut mir leid, aber es gibt schon genug Tratsch im Dorf, da muss ich nicht mein Scherflein beitragen.«

Das war die Lösung, Holly musste nur in den Dorfladen gehen, dann würde sie schon herausfinden, welche Geschichte sich hinter der schlechten Laune des Tischlers verbarg. Harriet Tallack wäre nur zu gern bereit, ihr Wissen mit Holly zu teilen.

Nein, entschied sie dann, sie würde niemanden fragen, was es mit Nicholas auf sich hatte. Holly gehörte nicht zu den

Frauen, die einem Mann hinterher spionierten. Obwohl es sie schon interessierte, was ihn so verändert hatte. Es musste eine herbe Enttäuschung gewesen sein. Früher war er ganz anders gewesen, entspannter, freundlicher, ein Junge, in den man sich sofort verliebte.

Bevor sie weiter in Erinnerung an die Vergangenheit versinken konnte, klingelte es erneut. Holly eilte zur Tür, erwartete, dass Eleanor zurückgekehrt war, aber es war ihre Nachbarin, die Holly bisher nur flüchtig begrüßt hatte.

»Hallo.« Die junge Frau mit den wilden roten Locken lächelte sie an. »Ist Emily hier?«

»Tut mir leid.« Holly schüttelte den Kopf. »Ich habe weder eine Katze noch einen Hund gesehen.«

»Nein, nein, Emily ist meine Tochter. Ich bin Shannon Polglaze.«

»Entschuldigung, mein Fehler.« Holly erinnerte sich daran, dass sie die Nachbarin mit einem Kind gesehen hatte. Die Kleine war bestimmt sechs oder sieben Jahre alt und eine Miniaturausgabe ihrer hübschen, zierlichen Mutter, allerdings mit erdbeerblonden statt dunkelroten Haaren.

»Müsste sie nicht in der Schule sein?« Ferien waren noch nicht, oder? Sonst würde man am Hafen oder am Strand mehr Kinder sehen.

»Ja, eigentlich schon«, antwortete die Nachbarin und brach zu Hollys Entsetzen in Tränen aus.

Holly stand wie erstarrt. Hatte sie etwas Falsches gesagt? Ihr musste irgendetwas einfallen. Eine weinende Frau vor der Tür würde sicher bald die Aufmerksamkeit der anderen Nachbarn auf sich ziehen.

»Kommen Sie rein. Ich mache uns einen Tee.« Das hatte Holly inzwischen in Cornwall gelernt. Tee nutzte man hier als Mittel gegen alles: Liebeskummer, Traurigkeit, Kälte, schlechte Laune und unfreundliche Handwerker.

»Da-danke, aber ich will Ihnen nicht lästigfallen.«

Holly wiederholte die Einladung: »Nun kommen Sie. Sie halten mich nur von etwas ab, auf das ich keine Lust habe.«

»Okay.« Shannon Polglaze lächelte unter Tränen und sah aus

wie ein Schulmädchen, das zum Direktor gerufen wurde. Wie alt sie wohl war? Auf jeden Fall war sie jünger als Holly und sah nicht aus wie eine Frau, die schon ein sechs- oder siebenjähriges Kind hatte.

Nachdem die Nachbarin sich an den großen Tisch gesetzt hatte, setzte Holly Wasser auf und suchte den Tee aus dem Küchenschrank. Hoffentlich war Shannon Polglaze nicht so eigen wie Nicholas und Eleanor, was Tee betraf. Unbedingt losen Tee kaufen, machte Holly eine Notiz im Kopf. Sie nahm zwei Tassen aus dem Schrank. Tassen mit Bildern von Katzen. Warum war ihr vorher nicht aufgefallen, wie viele Katzenmotive es im Haus ihrer Großtante gab? Holly hängte die Teebeutel in zwei Becher hinein, goss Wasser auf und stellte die Eieruhr – eine schwarze Katze.

Nach drei Minuten nahm sie die Beutel heraus und stellte eine Tasse vor ihrem Besuch ab.

»Bitte schön. Kann ich irgendwie helfen?«

»Danke. Die Schule hat mich angerufen, Emily ist wieder einmal weglaufen«, flüsterte ihre Nachbarin schließlich, nachdem Holly Sahne und Zucker auf den Tisch gestellt hatte. »Was soll ich nur machen?

»Warum ist sie weggelaufen?«, fragte Holly.

»Wissen Sie, wie grausam Kinder sein können?«

»Nur zu gut.« Holly seufzte und erinnerte sich an ihre Zeit in Cornwall, als sie ein Kind gewesen war, das nicht zu den anderen gepasst hat. Unvermutet verspürte sie Mitgefühl mit der Kleinen und ihrer Mutter.

Shannon schluchzte erneut auf.

»Warum ist Emily weggelaufen?«, fragte Holly erneut. Vielleicht würde sich die Mutter beruhigen, wenn sie über ihre Tochter sprach.

»Emily stottert, aber nur, wenn sie aufgeregt ist. Und immer, wenn sie vorlesen muss.« Ihre Nachbarin seufzte. »Und die anderen Kinder lachen sie immer aus.«

»Greifen die Lehrer nicht ein, wenn die Schüler auf ein schwaches Mädchen eindreschen?« Hollys Herz wurde schwer. Hatte sich denn gar nichts geändert? »Schauen die etwa weg?«

»Sie sind der Ansicht, Kinder müssten ihre Konflikte unter-
einander austragen.« Ein Schulterzucken begleitete die Worte.
»Und weil Emily so klein ist, kann sie sich nicht einmal wehren,
sondern läuft weg.«

»Wohin flüchtet sie? Hat sie Lieblingsplätze?«

»Früher ist sie immer zu Ihrer Großtante gegangen.«
Shannon Polglaze schlang die Hände um den Kaffeebecher, als
suchte sie nach Wärme. »Ich hatte gehofft, sie wäre bei Ihnen,
Miss Nancarrow.«

»Sag bitte Holly, schließlich sind wir Nachbarinnen.« Nachdem Shannon genickt hatte, fragte Holly: »Und wenn meine
Großtante nicht zuhause war, wohin ist Emily gegangen?«

»Deine Großtante war immer da.«

»Hat Emily sonst keine Lieblingsplätze?«

»Ich … ich weiß es nicht.« Shannon wirkte in ihrer Verzweiflung noch jünger. »Ich hoffe, sie ist nicht ans Meer gegangen.
Eigentlich ist Emily ein vernünftiges Mädchen, aber …«

»Komm, wir machen uns auf die Suche.«

»Danke, aber das musst du nicht.«

»Zu zweit sieht man mehr als allein.« Holly stand auf und
holte ihre Jacke. Als sie in die Küche zurückkehrte, war Shannon
ebenfalls aufgestanden und blickte ihr entgegen.

»Ich habe nachgedacht, Emily könnte bei Mr Pascoe sein. Sie
liebt Pferde.«

»Dann schauen wir dort zuerst nach.«

Gemeinsam gingen sie hinaus, Shannon wies auf einen
blauen Fiesta. »Das ist meiner. Damit sind wir schneller.«

Holly stieg ein und suchte nach Worten, um ihre Nachbarin
zu beruhigen.

Shannon startete den Wagen und flüsterte: »Wenn ich ihr nur
helfen könnte.«

Holly dachte nach. In ihrem Architekturbüro gab es eine
Sekretärin mit einem großen, wuscheligen Hund, der ein Therapiehund war. Das hatte sie faszinierend gefunden und die Frau
danach ausgefragt. Wenn das mit Hunden funktionierte, müsste
das doch auch mit Katzen klappen, oder?

»Was hältst du davon?«, fasste sie ihre Überlegungen in

Worte, »wenn Emily den Katzen vorliest?«

»Katzen? Wie? Warum?«

»Eine Bekannte von mir hat einen Therapiehund. Der hat die Aufgabe, dass Kinder die Furcht vorm Lesen verlieren.«

»Ich verstehe kein Wort.«

»Nun, ein Hund urteilt nicht, egal ob man stottert oder ewig lange zum Buchstabieren eines Worts braucht. Der Hund liegt einfach da und lauscht.«

»Aber muss er dafür nicht ausgebildet sein?«

»Ja, Hunde schon, aber Katzen tun sowieso nichts anderes, als den ganzen Tag herumzuliegen.«

»Das soll funktionieren?«

»Meine Kollegin erzählte, die Kinder haben sich gestritten, wer dem Hund vorlesen darf.«

»Das würde Emily und mir unglaublich helfen.« Sie runzelte die Stirn. »Aber wir dürfen ihr nicht erzählen, dass es eine Therapie ist.«

»Das müssen wir auch nicht, ich überlege mir was. Guck mal, ist sie das nicht?«

Auf dem Fußweg kam ihnen eine kleine Gestalt entgegen; mit hängenden Schultern schlurfte sie über das Kopfsteinpflaster. Selbst der rote Anorak wirkte blass. Die Verzweiflung der Kleinen schnitt Holly ins Herz.

»Emily!« Shannon fuhr an die Seite, bremste und sprang aus dem Wagen, sobald er stand. »Darling, ich habe mir solche Sorgen gemacht.«

Als Holly sah, wie Shannon ihre Tochter in ihre Arme zog, schwor sie sich, etwas zu finden, um Emily zu helfen.

KAPITEL 12

Nachdem Holly davongestürmt war, hatte Nicolas sich über sich selbst geärgert. Er konnte Lindas Stimme hören, die ihm freundlich, aber bestimmt zuraunte:»Nicholas, Holly ist nicht Jodie und sie hat das nicht verdient.« Das Ärgerlichste war, er wusste selbst, wie unfair er Holly gegenüber gewesen war. Wie fies es von ihm war, Holly zu schikanieren, weil die Frau, die er eigentlich bestrafen wollte, für ihn nicht erreichbar war. Nein, um bei der Wahrheit zu bleiben, weil er zu feige war, sich dieser Frau zu stellen. Je mehr Jodie auf ein Treffen drängte, desto mehr Ausreden fand Nicholas. Anstatt endlich Klarheit zu schaffen, ließ er seinen Frust an Holly aus, die das Pech hatte, zur falschen Zeit am falschen Ort zu sein.

Kurz überlegte er, ob er Holly hinterherlaufen und sich entschuldigen sollte, aber dafür schien ihm die Stimmung zwischen ihnen beiden zu aufgeheizt. Er hatte ihr deutlich ansehen können, wie viel Kraft es sie gekostet hatte, sich zu zügeln und ihm keine angemessene und böse Antwort zu geben. Etwas, das er im Nachhinein hoch anrechnete.

So konnte es nicht weitergehen! Er konnte nicht jede Frau, die er traf, mit Jodie vergleichen und darauf warten, dass sie ihn enttäuschte. Wenn er so weitermachte, würde er als der kauzige Einsiedler Porthlynns enden, ewig unglücklich und einer Vergangenheit nachtrauernd, die nicht so schön gewesen war, dass sie das wirklich verdiente.

Am einfachsten erschien es Nicholas, ein bisschen Gras über die Sache wachsen zu lassen. Am klügsten war es wohl, heute alleine weiter zu arbeiten und Holly morgen um Verzeihung zu bitten. Auch wenn ihm aktuell noch nichts einfiel, womit er sich entschuldigen konnte. Pralinen? Blumen? Ein Buch? Schmuck? Nein, das alles erschien ihm zu abgeschmackt und unpassend.

Wie wenig er Holly kannte. Er hatte keinerlei Vorstellung, was sie gerne aß oder trank oder las oder ob sie gern ins Kino ging. Die wenigen Dinge, die er von ihr wusste, waren, dass sie wundervoll roch und kaum noch etwas mit dem schüchternen Teenager gemeinsam hatte, den man mit einem Blick zum Schweigen oder Erröten hatte bringen können.

Nicolas fasste einen Entschluss: Falls Holly morgen – was er hoffte – wieder ins Café kam, würde er sich bei ihr entschuldigen, so schwer ihm das auch fiel. Letztlich zählte nur, dass sie beide für eine begrenzte Zeit zusammenarbeiteten, um Lindas Traum den besten Start zu ermöglichen. Nicholas würde sich nie verzeihen, sollte das Café seinetwegen kein Erfolg werden. Und es wäre seine Schuld, denn Holly hatte sich professionell und höflich verhalten.

Wie immer, wenn er sich über sich selbst ärgerte, war es am besten, zu arbeiten. Das Tischlern half ihm, seine Gedanken zu ordnen, sich einen Weg zu überlegen, wie er weiter vorgehen wollte.

Nicholas fuhr mit der Hand über das glänzende Holz. Er liebte es, mit den Händen zu arbeiten und er liebte es ganz besonders, Holz zu bearbeiten. Es war ein lebender Werkstoff, der ihn glücklich machte. Er wünschte sich, er könnte mehr Zeit damit verbringen, kreativ zu arbeiten, und nicht andere Tätigkeiten übernehmen müssen, die ihm weniger Spaß machten, aber das Geld für den Lebensunterhalt einbrachten. Wenn er genug Geld hätte, mehr noch als Linda ihm für die Arbeit am Café zahlte, würde er nur noch Möbel tischlern. Nicholas sah sie vor sich: ungewöhnlich schöne Sessel, aus den Menschen nicht wieder aufstehen wollten. Betten, in den sie am liebsten leben würden, und Tische, an denen sich Familien versammelten und die gemeinsamen Mahlzeiten sich ins Unendliche dehnten, weil sie sich so wohl fühlten.

Aber da ihm das nicht möglich war, fand er sein kleines Glück darin, Fußböden zu verlegen, alte Möbel zu restaurieren und ab zu, leider viel zu selten, ein Stück nach Wunsch anzufertigen. In Porthlynn war er der einzige Tischler und daher gut beschäftigt. Trotzdem hatten alle seine Kunden Verständnis gehabt, als er sie angerufen und ihnen gesagt hatte, dass er nunmehr weniger Zeit für ihre Arbeiten hätte, weil er Lindas Projekt fortführen wollte. Alle hatten Linda gekannt und Nicholas angeboten, sich die Zeit zu nehmen, die er brauchte.

Wenn alles gut lief, schätzte er, dass er in wenigen Wochen fertig sein würde, falls er dem Projekt seine ganze Zeit widmete. Im Moment sah es so aus, dass er Vollzeit arbeiten sollte, damit Holly nicht länger als nötig in Porthlynn bleiben müsste. Das hatte sie überdeutlich gemacht: Sie wollte hier so schnell wie möglich weg. Ein Wunsch, den er mit ihr teilte, denn sie machte ihn verrückt. Einerseits war sie ganz schön bissig, andererseits zeigte sie sich ab und zu verletzlich und liebenswert, dass man sie am liebsten in die Arme nehmen und trösten wollte. Allerdings fürchtete Nicholas, dass Holly dann Stacheln aufstellte, an denen er sich verletzen könnte.

Wo war nur das schüchterne Mädchen geblieben? Jetzt wirkte sie wie eine Frau, die – wie es so schön hieß – ihren Mann stehen musste und sich zu einem stacheligen Biest entwickelt hatte.

Als wären seine Gedanken ein Weckruf gewesen, erklang der Signalton, der anzeigte, dass er eine Nachricht erhalten hatte. Nicholas schaute auf das Display. Sein Gesicht verdüsterte sich. Es war keine Nachricht von Holly, sondern von Jodie: *Wir müssen uns treffen.* Nicholas legte das Smartphone zur Seite, schloss die Augen und rieb sie sich mit Daumen und Zeigefinger die Lider. Jodie hatte recht. Ja, sie mussten sich treffen, aber noch wollte er die Begegnung hinauszögern, noch brauchte er etwas Abstand, selbst wenn das bedeutete, Skipper weiter zu vermissen.

»Ist jemand hier?«, erklang eine Stimme vom Flur. »Wie weit seid ihr mit den Arbeiten?«

»Hallo, Brandon.« Nicolas fragte sich, was der Journalist von ihm wollte. Brandon schrieb seit einem Jahr für *The Porthlynn Times & Echo* und deren Internet-Ausgabe. Es gab Gerüchte, dass er vorher in Edinburgh gelebt hatte, die Stadt aber aufgrund eines Skandals verlassen musste. Brandon sprach nicht darüber, nicht einmal Linda hatte etwas darüber erfahren können.

»Er wirkt etwas verloren, meinst du nicht?«, hatte sie Nicholas einmal gesagt. »Hast du im Internet etwas herausgefunden?«
»Er spricht nicht viel über sich. Im Internet gibt es nur Artikel von ihm, nichts über ihn«, war seine Antwort gewesen, aber er war ins Nachdenken gekommen.

Obwohl Brandon schon länger als ein Jahr in Porthlynn lebte, wusste man wenig über ihn –das war ungewöhnlich für die kleine Stadt. Der Journalist lebte in einem Häuschen am Stadtrand, war überall dabei, aber stets in der Rolle des Beobachters, der am Rand blieb und seine Eindrücke notierte. Gerade das machte ihn für Nicholas sympathisch, während er wusste, dass viele andere Einwohner des Städtchens eher skeptisch blieben.

»Also, wie weit seid ihr mit dem Umbau?«, wiederholte Brandon, weil Nicholas seinen Gedanken nachhing.

»Entschuldige, alles hier erinnert mich an Linda. Wir sind nicht so weit gekommen, wie wir es uns gewünscht hatten.« Immer wenn er »wir« sagte, spürte er einen schmerzhaften Stich. »Dann habe ich pausieren müssen, weil unklar war, ob ihre Erbin das Projekt übernimmt.«

»Wer würde schon Nein zu 30.000 Pfund für drei Monate Arbeit sagen?« Brandon musterte ihn aufmerksam. »Nicholas, wenn jemand mir so ein Angebot gemacht hätte, hätte ich mit Freuden zugesagt. Du etwa nicht?«

»Ich tue es für Linda, nicht für das Geld.«

»Und Holly Nancarrow? Was ist ihre Motivation?« Brandon hatte wieder diesen Ich-bin-ein-Journalist-Blick, als witterte er eine gute Story.

»Das musst du sie selber fragen«, antwortete Nicholas daher. »Ich kenne sie nicht gut genug, um für sie zu sprechen.«

»Sie ist Architektin und lebt aktuell in New York?«

»Das weißt du bestimmt schon. Versuch es nicht. Ich werde dir nicht sagen, wie ich Holly einschätze. Bestimmt steht sie dir Rede und Antwort, wenn du sie fragst.«

»Nicholas, du willst doch nicht, dass ich meinem Chef ohne eine Neuigkeit gegenübertrete.« Brandon seufzte in gespielter Verzweiflung. »Du bist meine letzte Hoffnung.«

»Sorry, Tischlerethos«, entgegnete Nicholas im gleichen Tonfall. »Du weißt doch, wir müssen die Berufsgeheimnisse unserer Kunden wahren.«

»Kannst du mir dann wenigstens einen ungefähren Termin nennen, wann ihr öffnet?«

»Das würde ich wirklich gerne, aber bisher sind es nur Holly und ich, die hier arbeiten und das verzögert das Ganze natürlich.«

»Warum organisiert ihr nicht ein Happening?« Brandon schien das ernst zu meinen. »Ladet alle Freunde und Bekannten ein und arbeitet gemeinsam an der Renovierung.«

»Das hatte ich Linda vorgeschlagen, aber sie gehörte zu den Menschen, die gerne etwas für andere taten, aber ungern andere um einen Gefallen bat oder ihnen etwas schuldig blieb.«

»Geld genug müsste da sein, um Handwerker anzuheuern, oder?«

»Sprich mit Holly. Ich habe noch einiges zu tun.«

»Hast du die Telefonnummer von Miss Nancarrow, damit ich einen Termin mit ihr vereinbaren kann?«

Oh nein! Das war jetzt peinlich. Nicholas war so in seinem Unmut gefangen gewesen war, dass er nicht einmal auf die simple Idee gekommen war, mit ihr die Kontaktdaten auszutauschen. Zugeben wollte er das allerdings nicht. Schnell überlegte er sich eine Ausrede und platzte dann heraus: »Komm morgen früh wieder, dann kannst du mit ihr reden.«

Jedenfalls hoffte er das.

»Wann?«

»Früher als zehn würde ich es nicht versuchen.«

»Du kennst sie und ihre Schlafgewohnheiten aber gut?«

»Gib's auf, Brandon, von mir erfährst du nichts.«

»Du kannst es mir nicht verübeln, dass ich es versuche.« Brandon zuckte mit den Schultern. »Wir sehen uns morgen.«

»Ich kann es kaum erwarten.« Das war die Wahrheit, denn Nicholas war neugierig, wie Holly wohl auf den Journalisten reagierte. Er konnte sich nicht vorstellen, dass sie bei neugierigen Fragen ruhig blieb.

Erneut konzentrierte er sich darauf, den Tisch abzuschleifen.

Schnell kam er in den Rhythmus und konnte daher seine Gedanken laufen lassen. Immer wieder drängte sich die Frage in den Vordergrund, was Holly nur an sich hatte, das ihn so reizte? Es war schließlich nicht so, dass er allen Frauen gegenüber biestig war, nachdem er Jodie verlassen hatte. Irgendetwas an Holly Nancarrow machte ihn verrückt. Ein Grund mehr, sich mit den Arbeiten zu beeilen, damit sie nach New York kam und er seine Ruhe zurückgewann.

»Ist keiner hier?«, erklang eine laute Stimme, während Nicholas in seinen Gedanken versunken war. »Ach da bist du ja, Nicholas. Warum arbeitest du für diese Großstädterin?«

Es gefiel Nicholas nicht, dass George Wills so über Holly redete. Ja, Nicholas stritt sich oft mit Holly, aber das bedeutete noch lange nicht, dass anderen Menschen das gleiche Recht zustand.

»Weil es Lindas Wunsch war«, antwortete er schließlich, um gleich eine Frage anzuschließen. »Was hast du gegen Holly?«

»Wir benötigen in Porthlynn kein weiteres Restaurant.« Georges ohnehin schon rötliches Gesicht lief noch dunkler an. »Wir haben genug und wir brauchen nicht sowas Überkandideltes.«

»Es war Lindas Wunsch«, beharrte Nicholas. »Sie wird sich schon etwas dabei gedacht haben.«

Wills schüttelte den Kopf. »Hast du eine Idee, was für komische Leute so ein Katzencafé anziehen wird? Wer will schon Viecher streicheln, während er seine *Scones* isst?«

Innerlich seufzte Nicholas auf. Das konnte nicht wahr sein. Jeder in der kleinen Stadt wusste, dass George Wills sich vor Veränderungen scheute, dass er immer fürchtete, es würde schlimm ausgehen. George Wills gehörte zu den Menschen, die fürchteten, dass alles Neue zu ihrem Nachteil war. Außerdem plagte ihn stets die Sorge, übervorteilt zu werden.

Lucy, seine Ehefrau, war ganz anders: Sie war zupackend, optimistisch und begrüßte das Leben. Nicholas hatte sich schon oft gefragt, wie ausgerechnet diese beiden zusammengekommen waren, aber sie schienen gut miteinander auszukommen und glücklich zu sein. Und wer war er schon, dass er sich über die

Beziehung anderer Menschen Gedanken machen durfte? Schließlich war er kein Vorbild, was ein glückliches Zusammenleben anbelangte.

»Gib der Idee eine Chance«, sagte Nicholas schließlich, obwohl er ahnte, dass Wills nicht auf ihn hörte. »Vielleicht zieht das Café neue Kunden für deinen Pub an Land. Möglicherweise tut es Porthlynn ganz gut, wenn wir etwas Neues haben, und auf jeden Fall ist es gut für die armen Katzen.«

Auch wenn er sich für einen Hundemenschen hielt, taten Nicholas die Stubentiger leid, die keine Familie hatten. Linda und Eleanor hatte sich sehr für den Katzenschutz stark gemacht. Vielleicht sollte er es mit einer Katze probieren. Nach Skipper kam kein Hund in Frage, denn an den Corgi käme kein anderer heran.

»Ein Katzencafé soll gut für uns sein?« George stampfte mit seinen schweren Stiefeln auf den Dielen auf und ab, die noch nicht versiegelt waren. Am liebsten hätte Nicholas ihn aufgefordert, das zu lassen, aber er wollte den Zorn des Gastwirts nicht auf sich ziehen.

»George«, sagte Nicholas schließlich, nachdem er das Gestampfe nicht mehr ertrug. »Komm runter und warte ab. Holly …«

Wills blieb kurz stehen und stürmte dann hinter die Theke, wo er sich umschaute, als suchte er etwas. Dann blitzte er Nicholas wütend an.

»Aha, ihr seid inzwischen beim Vornamen.« Das war anscheinend Wasser auf die Mühlen von Georges Verschwörungsängsten.

»Holly und ich kennen uns, seitdem wir Kinder waren.« Nicholas verdrehte die Augen. »Sie wird nur so lange hierbleiben, bis das Café aufgebaut ist. Was dann geschieht, können wir bestimmt alle mitentscheiden.«

»Du kannst das leicht sagen, du verdienst daran. Lucy und ich, wir haben in den letzten Jahren Geld verloren. Die ganzen Krisen, die ganzen politischen Entwicklungen …« Der Gastwirt blieb stehen und rang nach Atem. »Wir stehen kurz vor der

Pleite, wir brauchen keine Konkurrenz. Mit Linda war das anders, aber eine Fremde …«

Bevor Nicholas antworten konnte, stürmte Wills hinaus, als würde er von allen Höllenhunden gejagt.

Stand es wirklich so schlimm um den *Old Admiral*? Das konnte Nicholas sich nicht vorstellen, aber er plante, mit Lucy über die Sorgen ihres Mannes zu reden, wenn es sich ergab.

KAPITEL 13

Heute Morgen musste Holly sich nicht dem schlechtgelaunten Nicholas und seinem Beharren darauf, dass alles genauso aussehen sollte wie geplant, stellen. Sie hatte einen Termin bei der Bank ausgemacht, um Details über Lindas Budget für das Café zu besprechen. Es war schwieriger gewesen, einen Termin zu bekommen, als sie erwartet hatte, da die Filiale nur an zwei Tagen pro Woche geöffnet war.

Daher beeilte sie sich, pünktlich um zehn Uhr bei der Bank zu sein. Dem Anlass entsprechend trug sie ein dunkles Kostüm, allerdings mit schwarzen Turnschuhen, denn ihre High Heels hatte sie in Porthlynn in die hinterste Ecke verbannt.

Obwohl sie ein strahlendblauer Himmel begrüßte, nahm sie sicherheitshalber einen Regenschirm mit. Ihr Vertrauen in die Beständigkeit des kornischen Wetters war gering.

Ihr Weg führte sie am Hafen vorbei in eine Seitenstraße. Immer wieder erspähte Holly Palmen am Straßenrand und in den Vorgärten. Es erschien ihr unglaublich, dass ein Landstrich, in dem so unfassbar viel Regen fiel, genug Sonne besaß, um Palmen wachsen zu lassen. Noch standen Schäfchenwolken am Himmel, die allerdings an den Rändern ein dunkles Grau aufwiesen, ein Signal, dass es bald wieder zu regnen beginnen würde.

Der Filialleiter persönlich öffnete ihr die Tür. Er führte sie in sein Büro und bot ihr einen Kaffee an, den sie dankend annahm Noch erstaunter war sie, als sie ihn erkannte.

»Declan. Es ist lange her.« Mit den dunklen, fast rabenschwarzen Haaren und den tiefblauen Augen war er einer der bestaussehenden Männer, die sie je getroffen hatte. Inzwischen war er nicht mehr schlaksig wie zu seiner Teenagerzeit, sondern hatte Muskeln entwickelt, die ihn athletisch wirken ließen. »Du siehst immer noch so aus wie vor fünfzehn Jahren.«

»Holly, du hingegen hast dich verändert«, sagte Declan. Er musterte sie von oben bis unten. Automatisch zog Holly den Bauch ein, so wie früher, als sie sich für ihre runden Formen geschämt hatte. Obwohl so viel Zeit vergangen war, fiel es ihr immer noch schwer, sich mit ihren Formen zu arrangieren. Jedenfalls, wenn sie jemandem von früher begegnete.

»Das hoffe ich doch«, antwortete sie und lachte. So oft hatte sie diese oder eine ähnliche Antwort gegeben, dass sie nicht mehr darüber nachdenken musste. »Bitte erinnere mich nicht an mein früheres Ich, ich war so peinlich.«

Ihr Lachen klang selbst in ihren Ohren künstlich.

»Du warst jung, ein Kind.« Declan lächelte und legte den Kopf schief. »In einem Alter, wo alle ungelenk und unglücklich in ihrem Körper sind.«

»Nein! Du? Niemals!« Sie starrte ihn an. »Du hattest das perfekte Leben. Wir alle haben dich beneidet.«

Schrecken verdrängte die Wiedersehensfreude, als sie seinen Blick bemerkte. Er sah sie grimmig an. Warum war er auf einmal so bitter? Sie hatte nur einen Witz gemacht und ihn an alte Zeiten erinnert.

»Vielleicht sah es für dich so aus, als ob ich glücklich war«, stieß er schließlich hervor. Dann kehrte das Lächeln auf sein Gesicht zurück wie eine Maske.

Nun war Holly verwirrt. Wenn Declan nicht glücklich gewesen war, musste sie wohl ihre Erinnerungen überprüfen. Er war der attraktivste Junge am Strand gewesen, ein begabter Sportler, mit reichem Elternhaus. Urlaube verbrachte seine Familie an Orten, deren Lage Holly damals in einem Atlas nachschlagen musste, weil sie sie noch nie vorher gehört hatte: Mauritius, die Seychellen, La Réunion.

Seine Eltern hatten ihn gefördert und unterstützt, soweit sie es wusste. Aber stimmte das wirklich? Sie hatten einander nur in den Sommern gesehen, am Strand, wo das Leben leichter war. Jedenfalls für die meisten Kinder.

»Lass uns nicht von den alten Zeiten reden«, versuchte sie, die Stimmung zu verbessern. »Wohnst du noch in Porthlynn oder hat es dich in eine größere Stadt gezogen? Ich habe ja immer bewundert, was du alles schon gesehen hattest.«

Himmel, wenn sie weiter so viel Blödsinn redete, würde er sie bestimmt bald höflich hinauskomplimentieren. Zu Recht.

»Ich wohne hier und arbeite außerdem in Penzance. Porthlynn ist zu klein, daher ist die Filiale nur wenige Tage besetzt.«

»Schön, dass es trotzdem mit unserem Treffen geklappt hat.« Holly fühlte sich erleichtert, dass seine schlechte Stimmung vorbei war. Sonst hätte sie sich wirklich Gedanken über ihre Wirkung auf kornische Männer machen müssen. Erst der grollende Nicholas, dann Declan. »Du weißt bestimmt schon von Lindas Testament.«

»Selbstverständlich.« Sein Lächeln vertiefte sich und wirkte beinahe echt. Aber das konnte auch die geschickte Maske sein, die sie früher wohl nicht bemerkt hatte. Dann sah er sie ernst an. »Mein Beileid. Konntest du dich von ihr verabschieden?«

Holly spürte den altbekannten Kloß im Hals.

»Leider habe ich Linda viel zu selten gesehen.«

»Du bist damals so plötzlich verschwunden und nie wieder aufgetaucht.«

»Bitte, erinnere mich nicht daran.« Holly spürte, wie ihr Hals und ihre Ohren warm wurden. Bestimmt liefen sie rot an, und auf ihren Wangen erblühten hektische Flecken. »Ich bin hier, weil ich erfahren möchte, ob Linda ein Budget für das Café hinterlassen hat.«

Declan blätterte in den Unterlagen, die er wohl für ihren Termin bereitgelegt hatte.

»Die meisten Bestellungen sind bereits rausgegangen, die Rechnungen bezahlt.« Er schaute auf. »Was hast du noch vor? Wie viel wird der Umbau noch kosten? Oder hast du keinen Kostenplan?«

»Selbstverständlich habe ich so etwas.« Holly holte die Unterlagen aus ihrer Handtasche. »Wenn ich mich gegen Nicholas durchsetzen kann, werde ich Mittel für einen Maurer und einen Glaser brauchen.« Sie musste an sich halten, um nicht laut aufzuseufzen.

»Gibt es Ärger im Paradies?« Der Declan-Charme blitzte auf.

»Ich kann mir vorstellen, dass es nicht leicht ist, mit ihm zu arbeiten. Ich dachte damals, ihr würdet zueinander finden.«

»Ich war jung und dumm.« Mehr würde Holly auf keinen Fall dazu sagen. Sie deutete auf ihre Tabelle. »Hier sind die Kostenschätzungen, ich habe eine konservative und eine etwas teurere Version erstellt.«

»Dafür ist auf jeden Fall genug Geld vorhanden.« Declan studierte ihre Unterlagen. »Wie läuft es denn mit den Katzen? Linda schien zu meinen, du würdest gut mit ihnen auskommen.«

»Ausgerechnet ich! Dabei habe ich es überhaupt nicht mit Tieren. Wenn überhaupt, mag ich Hunde. Katzen sind mir irgendwie suspekt.« Sie rollte die Augen. »Und schlimmer noch, ich kann weder backen noch kochen. Kennst du vielleicht eine gute Köchin oder Bäckerin?«

Nach einem Moment des Schweigens grinste er breit, jetzt wirkte es ehrlich. »Muss es eine Köchin sein? Muss sie Vollzeit arbeiten?«

»Warum? Keine Ahnung, ob es Vollzeit sein muss. Wie gesagt, ich kenne mich mit Cafés nicht aus.« Holly zuckte mit den Schultern. »Aber ich arbeite mich gerade ein.«

»Das sehe ich an deinem Kostenplan.« Er nickte. »Nun, du wirst es nicht glauben, aber ich liebe es zu backen.«

»Du?«

»Meine Freunde lieben meine Torten.« Er legte sich eine manikürte Hand auf die Brust. »Fordere mich heraus und ich beweise dir, was für ein Küchenkünstler in mir steckt.«

»Was wäre der Preis?«

»Eine Entschuldigung für deinen Unglauben.« Plötzlich sah er traurig aus. »Wenn ich könnte, würde ich nur Torten kreieren.«

»Wenn es dir so viel Spaß macht, warum tust du das nicht?«

»Weil mir der Mut fehlt, etwas so Riskantes zu wagen.«

»Wenn du wirklich so gut bist, wie du behauptest, könnte ich dich als Teilzeit-Zulieferer einstellen«, versuchte Holly, die Leichtigkeit wieder in ihr Gespräch zurückzuholen. »Auf jeden Fall würde ich dich auf der Speisekarte nennen.«

Speisekarten erstellen, notierte sie im Kopf.

»Ich nehme die Herausforderung an.« Declan streckte seine Rechte über den Schreibtisch.

Holly ergriff die Hand und schüttelte sie. »Wann kann ich das Kunstwerk erwarten? Morgen?«

»Nicht so eilig.« Declan schüttelte lachend den Kopf. »Morgen und in der kommenden Woche bin ich in Penzance. Am übernächsten Wochenende könnte ich backen und dir Montag die Überraschung deines Lebens präsentieren.«

»Ich bin gespannt. Bis Montag also.«

Nachdem sie sich verabschiedet hatte, machte sie sich auf den Weg nach *Gwynn Cottage*, um sich für die Baustelle umzuziehen. Heute, da war sie sich sicher, würde ihr nicht einmal Nicholas den Tag verderben können. Nach so einem wunderbaren Anfang musste es einfach perfekt weitergehen.

Ob Declan ihr wirklich eine Torte backen würde, überlegte sie, während sie am Hafen vorbeieilte. Einerseits konnte sie das nicht glauben, andererseits hatte er es fest versprochen. Nun, sie würde es sehen. Was sollte sie sagen, falls die Torte sich als Flop erwies? Ach, das könnte sie dann entscheiden.

Wie weit die Bauarbeiten inzwischen wohl waren? Es kam Holly seltsam vor, wie wenig sie mit den Arbeiten am Katzencafé zu tun hatte. Ab und zu stritt sie mit Nicholas, aber bisher hatte er sie nicht in die Arbeiten selbst einbezogen. Möglicherweise sollte sie ihm sagen, dass sie sich mit Holzarbeiten auskannte, weil sie während des Studiums in einer Tischlerei gearbeitet hatte. Das hatte ihr Spaß gemacht, nachdem sie sich an den rauen Umgangston dort gewöhnt hatte. Außerdem kam es ihr seltsam vor, nicht selbst an der Umgestaltung des Cafés mitzuarbeiten.

Ach, wem wollte sie etwas vormachen? Sie suchte nur einen Vorwand, um Nicholas wiederzusehen. Auch wenn es absolut peinlich war, schien sie ihren Teenagerschwarm immer noch nicht überwunden zu haben. Obwohl seine Laune zumeist schlecht war und er sie ignorierte, konnte sie nicht umhin, seine schlanken Hände zu bewundern, wenn sie das Holz bearbeiteten. Am meisten gefiel ihr der liebevolle Blick, mit dem er sein Material betrachtete und von dem sie sich wünschte, er würde sie so anschauen. Stattdessen erntete sie von ihm, wenn er sie überhaupt wahrnahm, nur einen Blick, der eher ein Kopfschütteln beinhaltete.

Aber selbst wenn Nicholas sie so sah, könnte er freundlicher sein. Seine Ablehnung kränkte sie immer noch. Heute war ihr das gleichgültig. Es gab genug Geld auf der Bank, man hatte ihr eine Torte versprochen, die Sonne schien – was wollte man mehr? Der Tag war großartig – Punkt!

»Da sind Sie ja schon wieder!«

Einen Moment lang überlegte Holly, weiterzugehen und vorzugeben, sie hätte George Wills nicht gehört. Aber sie fürchtete, dass der Gastwirt ihr nachlaufen würdeAlso blieb sie stehen und drehte sich zu ihm um.

»Was kann ich für Sie tun? Ihnen auch einen schönen Tag, Mr Wills.«

Ihre Antwort verwirrte ihn sichtlich. Er brauchte etwas Zeit, bis er ihre Frage beantwortete.

»Lassen Sie das mit dem Café sein. Das ist Geldverschwendung. Solche Leute, die Sie anschleppen, wollen wir hier nicht.«

Holly holte tief Luft, um ihm eine Standpauke zu halten. Was bildete er sich ein, sich zum Hüter der Traditionen von Porthlynn aufzuspielen? *Solche Leute*, wie er es nannte, sorgten dafür, dass sein Gasthof lief. Der kleine Ort lebte von Touristen, da konnte man nicht wählerisch sein und sagen, wen man wollte und wen nicht. Bevor sie ein Wort sagen konnte, sprach Wills schon weiter: »Kommen Sie mir jetzt nicht damit, Porthlynn braucht Touristen. Das Gerede kenne ich. Ich will aber solche Leute nicht hier, ich will seriöse Familien mit Kindern.«

»Die werden sich bei einem charmanten Gastgeber wie Ihnen sicher wohlfühlen«, antwortete Holly. »Ich wünsche Ihnen einen schönen Tag.« Mit einem Lächeln drehte sie sich um und hörte noch, wie er ihr hinterher schimpfte, aber das war ihr egal. Ein Mensch wie George Wills war wahrscheinlich nie zufrieden und sie wollte sich von ihm nicht den Tag verderben lassen. Aber eines war dem Gastwirt gelungen: Holly fühlte sich nicht mehr in der Stimmung, gleich noch einem schlechtgelaunten Einwohner Porthlynns gegenüberzutreten. Das Café konnte warten, aber was sollte sie stattdessen tun?

Shannon fiel ihr ein. Wie es ihr wohl ging? Ob ihre Tochter immer noch in der Schule gemobbt wurde? Himmel, sie hätte sich schon längst mit dem Thema »Katzen und vorlesen« beschäftigen sollen. Obwohl es eigentlich Aufgabe der Schule war, für ein sicheres Umfeld zu sorgen. Warum griffen Lehrer in solchen Fällen nicht ein? Gerade in so einem kleinen Ort musste man das bemerken und konnte sich nicht hinter einer großen Zahl von Kindern verschanzen und passiv bleiben. Ob Holly sich an die Schule wenden sollte?

Nein, das mache ich auf gar keinen Fall. Holly kannte sich zu gut und wusste, dass sie im Gespräch mit der Lehrerin gewiss überreagieren und Emily eher schaden als nützen würde. Außerdem war das wirklich nicht ihre Baustelle, auch wenn sie aus eigener Erfahrung leider zu gut wusste, wie es sich anfühlte, gemobbt zu werden.

Also gut, erst würde sie sich umziehen, Shannon besuchen und sich schließlich Nicholas stellen.

Himmel!, dachte Holly, als Shannon ihr die Tür öffnete. Ihre Nachbarin sah vollkommen erschöpft aus. Dunkle Ränder unter den Augen, die Haare hingen wie Schnittlauch – sie wirkte, als hätte sie nächtelang nicht geschlafen. Und dann war Holly nichts Besseres eingefallen, als sie zu wecken.

»Entschuldige, ist jetzt ein schlechter Zeitpunkt?«

»Nein, komm rein, ich freue mich.« Ihre Nachbarin strich sich durch die Haare. »Tut mir leid, ich bin völlig neben der Spur. Aber ich bin froh, jemanden zum Reden zu haben.«

»Wo ist Emily?«

Shannon seufzte: »In ihrem Zimmer, sie weint, seitdem sie nach Hause gekommen ist. Heute muss es wieder ganz schrecklich in der Schule gewesen sein. Deine Idee mit den Katzen – wann wird das was?«

»Ich fürchte, das wird noch ein bisschen dauern. Der Gastraum ist lange nicht so weit.« Da kam Holly eine Idee. »Andererseits …«

»Ja?« Ihre Freundin sah sie voller Hoffnung an.

»Gib mir ein bisschen Zeit, dann melde ich mich wieder.

Hast du mit der Lehrerin gesprochen?«

»Das habe ich schon getan.« Shannons Augen glitzerten verdächtig. »Sie versucht wirklich alles, aber die Kids lauern Emily nach der Schule auf und verspotten sie.«

»Hast du dir die kleinen Biester mal vorgeknöpft?«

»Holly!«

»Wenn sie so fies sind, musst du halt auch fies sein.«

Holly hatte sich immer gewünscht, dass ihre Eltern die gemeinen Kinder verdroschen hätten, aber ihre Mutter war leider der Ansicht, Konflikte gehörten zum Erwachsenwerden dazu.

»Nicht in so einem kleinen Ort.« Shannon schüttelte den Kopf. »Außerdem kann ich keine Kinder fremder Menschen erziehen.«

»Und deren Eltern?«

»Mit denen habe ich schon gesprochen.« Nun fing Shannon wirklich an zu weinen. »Das führt nur dazu, dass ihre Kinder schlauer werden und sich nicht erwischen lassen, wenn sie Emily ärgern.«

»Vielleicht sollte ich ihnen auflauern. Ich werde sowieso nicht in Porthlynn bleiben.«

»Holly!«

»Na gut, dann nicht.« Holly umarmte Shannon. »Ich gebe mir Mühe, schnell eine Lösung zu finden.«

Hoffentlich versprach sie da nicht zu viel, denn sie konnte sich gut vorstellen, wie wenig Nicholas von ihrer Idee hielt.

KAPITEL 14

Es war Sonntag und Holly hatte sich darauf gefreut, ausschlafen zu können. Doch der Gesang der Vögel weckte sie und hielt sie munter. Sie drehte sich von links nach rechts und von rechts nach links, aber konnte nicht wieder in den Schlaf finden. Also stand sie auf, um sich einen Cappuccino zu machen.

Als es klingelte, war sie froh, bereits geduscht, angezogen und wach zu sein. Wer mochte es heute sein?

»Guten Morgen.« Shannon stand in der Tür und lächelte. Neben ihr stand Emily und winkte schüchtern.

»Guten Morgen«, begrüßte die Kleine Holly. »Wir wollen ans Meer, ein Picknick machen. Willst du uns begleiten?«

Einen Moment lang dachte Holly sehnsüchtig an ihren faulen Sonntag, aber die Gesellschaft und der Sonnenschein waren zu verlockend.

»Sehr gerne. Was kann ich zu dem Picknick beisteuern?«

Ob in ihrem Kühlschrank überhaupt etwas war, das sich für eine Mahlzeit im Freien eignete?

»Eine Thermoskanne Kaffee reicht, alles andere haben wir.« Shannon hob einen geflochtenen Weidenkorb, über den stilecht eine rotkarierte Decke gelegt war.

»Kaffee für uns und für Emily Kakao?« Holly deutete auf ihre Kaffeemaschine. »Das kann das Ding auch. Oder ist Emily schon groß genug für Kaffee?«

Oh Himmel, solche Fragen hatte Holly als Kind gehasst und nun stellte sie sie selbst.

»Nein, ich möchte Kakao, bitte.«

Nachdem Holly Kaffee und Kakao in zwei Thermoskannen umgefüllt hatte, schlenderte sie mit Shannon und Emily zum Strand. Auf dem Weg dorthin begegneten ihnen etliche Einwohner Porthlynns, die das schöne Wetter genießen wollten.

»Hoffentlich finden wir überhaupt Platz am Strand«, scherzte Shannon, denn es gab mehr als genug Buchten für alle Sonnenhungrigen.

»Was macht die Schule?«, fragte Holly. Sie hatte überlegt, ob sie die Frage stellen sollte. Schließlich wollte sie ihnen den Sonntag nicht verderben. Aber nicht darüber zu reden, bedeutete, den rosa Elefanten mit lila Punkten zu ignorieren.

»Emily erzählt mir nichts mehr.« Shannon seufzte. »Ihre Lehrerin hat mir versprochen, dass Emily nicht mehr vor der Klasse lesen muss. Aber auf Dauer ist das keine Lösung.«

»Aber ein kleiner Schritt. Besser als nichts.«

»Ich müsste mich mehr um sie kümmern.« Shannon schluckte. »Ich müsste mehr Zeit haben.«

»Warum fehlt dir die Zeit? Falls die Frage nicht zu privat ist.«

»Schon gut.« Shannon zuckte mit den Schultern. »Ich arbeite im Supermarkt in Penzance, putze im *Shore Seafood* und trage morgens die Zeitung aus, damit wir über die Runden kommen.«

»Das tut mir leid.« Holly fühlte sich schlecht, weil sie nicht daran gedacht hatte, wovon Shannon und Emily lebten. »Muss Emilys Vater nicht zahlen?«

»Eigentlich schon.« Shannons Tonfall klang rau. »Er ist kurz nach Amys Geburt verschwunden und nie wieder gekommen.«

»Müsste das Jugendamt nicht einspringen oder sowas?« Holly war sich sicher, so etwas einmal gelesen zu haben.

»Ich bin nicht gern abhängig. Und möchte auch möglichst wenig mit Ämtern zu tun haben.«

Inzwischen hatten sie den Strand erreicht, Emily nutzte die Gelegenheit und lief zum Meer, um dort nach Muscheln zu suchen. Holly und Shannon grüßten Freunde und Bekannte, während sie sich einen Platz suchten, an dem sie die Picknickdecke ausbreiteten. Es kam Holly unglaublich vor, vor kurzem hier angekommen zu sein und so viele Menschen zu kennen. In New York hatte sie Jahre gelebt und wusste gerade mal die Namen ihrer Nachbarn. Es fiel ihr immer schwerer, sich vorzustellen, in die Großstadt zurückzukehren

Noch immer fühlte sich das frühe Aufstehen für Holly unge-
wohnt an, in New York hatte sie einem anderen Rhythmus folgen können. Sie war lieber spät ins Büro gegangen und hatte dort
bis in die Nacht gearbeitet, es sei denn, es hatte Kundentermine
am frühen Morgen gegeben. Aber nach dem großen Streit vor
vier Tagen musste sie sich Nicholas' Rhythmus anpassen. Sie
war zur Baustelle gegangen, um mit ihm über Emily und das
Vorlesen zu sprechen und er hatte sie angemault, weil jemand
namens Brandon, wohl der Lokaljournalist, zweimal gekommen
war, um mit ihr zu reden und sie nicht da gewesen war.

»Dann hätte er einen Termin machen müssen.« Holly verstand die Aufregung nicht. »Außerdem gibt es noch nichts zu
berichten. Wir sind ja noch Wochen von der Eröffnung ent-
fernt.«

»Soll das eine Kritik sein? Wie soll ich das schaffen, ich bin
schließlich allein.«

»Das ist deine Schuld«, hatte sie zurückgebrüllt. »Wenn du
mich nicht ausschließen würdest, kämen wir schneller voran.«

»Was soll das heißen?«

»Ich kann tischlern, aber du beißt mich weg.«

»Wenn du hier arbeiten willst, musst du zukünftig um neun
auf der Baustelle sein, nicht erst mittags.«

»Kein Problem!«, hatte sie geantwortet. Etwas voreilig, wie
sie seitdem jeden Morgen bereute. In Porthlynn musste sie sich
aus dem Bett quälen, sobald die ersten Vögel sangen – und die
Biester begannen wirklich früh, genau wie Nicholas! Denn Holly
ließ es sich nicht nehmen, gemeinsam mit ihm im Café zu arbeiten. Obwohl man genaugenommen nicht von gemeinsamer
Arbeit sprechen konnte, denn der Handwerker teilte ihr immer
die Aufgaben zu, die sie möglichst weit weg von ihm führte.
Zuerst hatte sie das verletzt, aber inzwischen arrangierte sie sich
damit. Sie nutzte die Gelegenheit, um Hörbücher zu hören, solange sie ihre Aufgaben erledigte.

Sie hatte beinahe vergessen, wie viel Spaß es ihr machte, die
Tische und Stühle aufzuarbeiten. Was für ein schönes Gefühl es
war, abends auf das Tagewerk zu blicken und direkt vor Augen
zu haben, was man geschafft hatte. Sie liebte es, wie das Holz

sich anfühlte, wie es roch, wenn man es bearbeitete. Diese Arbeit kam ihr echter und ehrlicher vor als die, die sie in New York geleistet hatte. Überhaupt erschien es ihr inzwischen, als wäre New York etwas wie ein Traum oder ein anderes Leben. Je länger Holly in Porthlynn weilte, desto weniger konnte sie sich vorstellen, in die Hektik der Großstadt zurückzukehren. Dorthin, wo alle Menschen hetzten und arbeiteten und wo Geld die größte Bedeutung hatte. Andererseits wusste Holly nicht, ob sie sich auf Dauer mit einem ruhigen, kleinen Ort wie Porthlynn arrangieren konnte. Sicher, es gab das Meer, es gab liebenswerte Menschen, aber gab es auch Arbeit für sie?

Das Café aufzubauen war eine Sache, es zu betreiben, eine ganz andere. Damit würde Holly sicher nicht glücklich werden. Außerdem arbeitete sie hier nicht nur, um Lindas Traum zu erfüllen, sondern auch, um Nicholas näher zu sein. In New York und davor, während ihrer Studienzeit, war es ihr fast gelungen, ihre Verliebtheit in ihn zu vergessen. Sie hatte es geschafft, es zu einer Teenager-Schwärmerei zu erklären, die sie als Erwachsene überwunden hatte – und daran hatte sie auch geglaubt.

Bis zu dem Tag, an dem er frühmorgens vor ihrer Tür gestanden hatte, da hatten ihre Gefühle für Nicholas Holly überrollt, wie das Meer den Strand. Sobald sie ihn sah, wurden ihre Handflächen feucht, ihr Herz schlug schneller, in ihrem Magen flatterten exotische Schmetterlinge und sie verlor jeglichen Appetit. Manchmal war sie nicht in der Lage, mit ihm zu reden, weil sie ihn nur anschauen wollte. Seine kräftigen, aber eleganten Hände, seine dunkle Mähne, die immer so aussah, als ob er sich ständig mit den Haaren hindurchfuhr. Und seine Augen, grau wie das Meer an einem stürmischen Tag.

Überrascht von der Intensität ihrer Zuneigung verbarg Holly sie hinter einer Maske aus Streit und Frechheit. Denn leider erwiderte Nicholas ihre Gefühle nicht im Mindesten. Das Freundlichste, was Holly bisher von ihm gehört hatte, war ein »ziemlich gut«, nachdem sie ihm gezeigt hatte, wie sie den abgebeizten Tisch neu lackiert hatte. Allerdings hatte sie den Eindruck, ihm wäre es lieber, wenn sie nicht hier wäre und er arbeiten könnte, wie er wollte. Vielleicht wäre es ihm am liebsten, wenn sie aus Porthlynn verschwände, dann müsste er sich nicht darum kümmern, was sie vorschlug.

Denn Holly ließ es sich nicht nehmen, ihre Ideen in den Umbau einzubringen. Zwar war sie keine Innenarchitektin, aber sie hatte an genug Projekten teilgenommen, um eine Vorstellung davon zu haben, was für das Café funktionierte und was nicht. Nicholas hatte ein gutes Konzept, aber das passte eher für Wohnhäuser, ein Café hingegen brauchte etwas anderes. Möglicherweise fehlte ihm die Vorstellung, weil es in Porthlynn nicht so viele Cafés gab wie in New York. Das – sie seufzte leise – fehlte ihr, die unglaubliche Auswahl an leckeren Torten, an Keksen, Brownies, Donuts und was New York an Leckereien zu bieten hatte. Schade, dass es so etwas in Großbritannien nicht gab. Sicher, *Scones* und der Battenberg-Kuchen waren nicht zu verachten, aber in Porthlynn gab es nur die Pubs und die Restaurants. Großtante Linda hatte recht gehabt, ein Café fehlte.

Sie gähnte, quälte sich aus dem Bett, duschte und marschierte zur Baustelle.

»Guten Morgen. Was hast du heute für mich zu tun?«

»Im Katzenzimmer müssen die Tapeten runter.«

Es wäre zu viel erwartet gewesen, dass er ihren Gruß erwiderte.

»Kann ich dir nicht beim Lackieren helfen?«

»Das schaffe ich allein.«

»Okay, obwohl die Zeit schneller vergeht, wenn man zu zweit ist.«

»Wenn du meinst.« Er blickte sie an, einen Ausdruck auf dem Gesicht, den sie nicht deuten konnten. Warum nur hatte sie ihn überhaupt gefragt? Dann eben nicht. Inzwischen zog sie ihr Glück aus der Arbeit, nicht aus seiner Anerkennung.

Holly hielt einen Moment inne, um einen Schluck Wasser zu trinken. Mit dem Handrücken wischte sie sich den Schweiß von der Stirn, ihre dunkelbraunen Haare kringelten sich in wilden Wellen, wie immer, wenn sie schwitzte. In dem Moment hörte sie Schritte, die sich näherten. Sie stand auf und ging zu Nicholas in den Gastraum.

»Dydh da«, erklangen zwei dunkle und eine helle Stimme, als ob sie es eingeübt hätten. Die Fröhlichkeit war ein wunderbarer Kontrast zu der schlechten Laune, die Nicholas verbreitete.

Oh Himmel, sie hatte die Surfer vergessen und vor allem hatte sie nicht daran gedacht, Nicholas Bescheid zu geben.

Als hätte er ihre Gedanken gelesen, grummelte er: »Nichts ist schlimmer als Touristen, die unsere schöne kornische Sprache verhunzen.«

»Hallo, klasse, dass ihr da seid.« Holly gab vor, seine Bemerkung nicht gehört zu haben, und ging den Surfern entgegen. »Ich bin Holly, Isla kenne ich ja schon.«

»Das sind Scott und Cooper«, stellte die Surferin ihre Begleiter vor. Ebenso wie Isla waren die beiden Männer braun gebrannt, der eine mit braunen Haaren, in die die Sonne helle Strähnen gebleicht hatte, während der andere mit dem ungewöhnlichen Namen Cooper extrem blonde Haare hatte. Dazu passten seine blauen Augen, die wirkten wie das Meer vor Cornwall: geheimnisvoll, tief und schön. Als er sie anlächelte, spürte sie ein warmes Gefühl im Bauch.

Sie hatte nicht erwartet, dass die drei wirklich auftauchen würden. Bei Surfern dachte Holly an Strand und Wellen, aber nicht an harte Arbeit. Sie wollte etwas sagen, aber hinter ihr begann Nicholas lautstark zu hämmern. Am liebsten hätte Holly ihn angebrüllt, aber damit hätte sie ihre neuen Helfer wohl verschreckt. Sie lächelte und hoffte, dass Nicholas leiser würde. Aber die Hoffnung trog.

»Kommt!«, schrie sie gegen den Lärm an. »Ich zeige euch die anderen Räume.«

Hoffentlich schöpfte Nicholas keinen Verdacht. Ach, wem wollte sie etwas vormachen. Der Tischler würde bestimmt eins und eins zusammenzählen können.

»Warum das denn?« Nicholas musste sie wohl trotz seines Krachs gehört haben. Er stand auf, stellte sich neben Holly und musterte die Neuankömmlinge. »Was wollt ihr hier?«

»Sie wollen uns helfen«, platzte Holly heraus, bevor Nicholas die drei verjagte. »Ich habe Isla letzte Woche am Strand getroffen und sie haben mir ihre Hilfe angeboten.«

»Was?« Immerhin kam Holly in den Genuss, Nicholas' Gesicht rot anlaufen zu sehen. »Meinst du nicht, wir hätten darüber sprechen müssen?«

»Bitte nicht so eine Diskussion!« Genau das hatte Holly befürchtet. Vielleicht trug sie ein bisschen daran Schuld, weil sie ihm nichts von den Surfern gesagt hatte. Aber sie war sich nicht sicher gewesen, wie ernst Islas Angebot gemeint gewesen war. Daher hatte sie die sprichwörtlichen Pferde nicht scheu machen wollen. » Du hast selbst gesagt, wir brauchen Hilfe.«

»Wir können auch später wiederkommen«, sagte der blonde Surfer und grinste. »Vielleicht solltet ihr das erst einmal klären.«

»Einen Moment«, bat Holly und drehte sich zu Nicholas um. »Entschuldige, ich hätte dich informieren sollen. Aber du musst zugeben, wir haben Unterstützung nötig.«

»Deshalb sind wir hier.« Isla streckte die Hand aus und lächelte so bezaubernd, dass Nicholas' Gesicht sich aufhellte. »Ich möchte Holly beim Design zur Seite stehen.«

Selbst der muffelige Tischler konnte ihrem Charme nicht widerstehen, er nahm ihre Hand und hielt sie länger als nötig, wie Holly mit Verärgerung bemerkte.

»Ich bin gespannt auf deine Ideen«, säuselte er. »Und was könnt ihr beiden?«

Sein Tonfall wurde deutlich kühler, als er die beiden Männer musterte.

»Wir machen, was du uns sagst.« Cooper zuckte mit den Schultern. »Ich kann tischlern. Scott ist super als Maler oder Maurer. Aber einen Maurer braucht ihr nicht, oder?«

»Holzarbeiten sind mein Job«, brummte Nicholas.

»Entspann dich, Alter«, sagte Cooper. »Dann mach ich halt was anderes.«

Holly zog die Unterlippe zwischen die Zähne, weil sie sonst in lautes Lachen ausgebrochen wäre. Sie wünschte sich, sie hätte eine große Tüte voll gebutterten und gezuckerten Popcorns, um die Show zu genießen.

»Also was ist zu tun?«, fragte Cooper. »Wie ist euer Zeitplan? Übrigens, wir können nur halbtags arbeiten. Wegen der Wellen.«

»Wegen der Wellen«, wiederholte Nicholas und verdrehte die

Augen, aber Holly meinte, ein bisschen Neid in seiner Stimme zu hören. Das konnte sie nur zu gut verstehen. Das Leben der jungen Leute – Himmel, sooo viel älter war sie nun auch nicht – erschien ihr spannender als das, was sie geführt hatte. Aber ob die Surfer gute Handwerker waren? Sie konnte es nur hoffen, sonst würde Nicholas ihr das ständig aufs Butterbrot schmieren.

KAPITEL 15

Aus dem Lagerraum hörte Nicholas fröhliche Stimmen, Gelächter und ab und zu sogar Lieder. Nicholas schloss die Augen und schüttelte den Kopf. Die Surfer schienen viel Spaß an der Arbeit zu haben, augenscheinlich mehr als er. Nein, eigentlich liebte er seine Arbeit, aber heute fühlte er sich, als wäre er mit dem falschen Bein zuerst aufgestanden. Er hatte sich eben in den Daumen geschnitten, glücklicherweise nicht zu tief, aber es schmerzte. Mit dem provisorischen, kleinen Verband um den Finger konnte er schlecht zugreifen.

Normalerweise störte es Nicholas nicht, dass er meist allein arbeitete, aber seitdem Holly und die Surfer da waren, fühlte sich das Alleinsein an wie Einsamkeit. Erst hatte er es nicht fassen können, dass Holly einfach Leute am Strand aufgelesen und eingestellt hatte. Zu seinem Verdruss hatte sie die richtige Entscheidung getroffen. Obwohl die Surfer nur halbtags arbeiteten, zeigten sich im Café dank ihrer Unterstützung deutliche Fortschritte. Aber gleichzeitig ließen sie Nicholas auch merken, wie unglücklich er war. Mit ihrer grundsätzlich guten Laune, ihrer Fröhlichkeit und ihrer Gemeinschaft ließen die drei ihn spüren, wie das Leben hätte sein können, hätte er sich nicht vor zwei Jahren von allem zurückgezogen. Früher war er in jedem Verein Porthlynns Mitglied gewesen, Teil des Unternehmerstammtisches und hatte sein Leben verplant und dann ...

Bis auf Linda hatte er alle Menschen zurückgestoßen, die ihm beistehen wollten. Er wollte allein sein und war wohl auf dem besten Weg, ein bitterer Kauz zu werden. Erneut gab sein Smartphone das typische Piepen von sich, das eine Nachricht ankündigte. Nicholas legte den Pinsel, mit dem er Beize aufgetragen hatte, zur Seite und stand auf, um an sein Telefon zu gelangen. Es gab einige Kunden, die wohl vergessen hatten, dass er aktuell nicht verfügbar war.

Ein Blick auf das Display zeigte ihm, die Nachricht war von der Person, mit der er reden musste, es aber nicht wollte. Wenn er ohnehin schlechter Stimmung war, würde ein Telefonat mit Jodie ihn nur noch düsterer stimmen. Andererseits kannte er sie gut genug um zu wissen, dass sie so schnell nicht aufgeben würde. Nein, nicht heute. Nicholas den Pinsel wieder auf, um die taubenblaue Farbe von dem alten Holz zu lösen.

»Kumpel, wir machen Mittagspause.« Es war dieser blonde Typ, Cooper, wenn Nicholas sich richtig erinnerte. Er war der Wortführer. »Hast du Lust, mit uns zu essen? Alleine ist es doch langweilig.«

Eigentlich wollte Nicholas schon sagen, dass er gerne allein wäre, doch stattdessen antwortete er: »Gerne. Wenn ihr Essen holen wollt, geht zu *Our Cornish*, die haben die besten *Cornish Pasties*.«

»Auch vegetarische?« Die niedliche Neuseeländerin stand hinter ihrem Surferfreund und schaute in den Gastraum. »Gut sieht‘s aus. Du hast echt Talent für Holzarbeiten.«

»Danke schön.« Nicholas überlegte kurz. »Inzwischen haben sie auch vegetarische Pasteten im Angebot. Die Bäckerei auf jeden Fall, aber die *von Our Cornish* schmecken besser.«

»Oh, da komme ich gerade richtig«, erklang Hollys Stimme. »Ich habe *Cornish Pasties* gehört. Wo sind sie?«

»Noch im Pub«, antwortete Cooper und lächelte sie an. Nicholas verengte die Augen, als er bemerkte, dass der Surfer Holly mit seinen Blicken fast auszog. Er hatte schon mehrfach den Eindruck gewonnen, als flirtete Cooper mit ihr.

»Ich spendiere eine Runde Pasteten.« Hollys Blick wanderte von einem zum anderen. »Sagt mir, was ihr wollt, und Isla und ich holen das Essen. Okay?«

»Ich begleite dich«, mischte sich dieser Cooper sofort ein. »Die schweren Pasteten zu tragen, das ist doch Männerarbeit.«

Am liebsten hätte Nicholas ihm gesagt, dass er sich um seinen Raum kümmern sollte, aber das hätte sich angehört, als wäre er eifersüchtig und diese Blöße wollte er sich keinesfalls geben. Außerdem, er und eifersüchtig, warum? Obwohl er sich das immer wieder sagte, musste er zugeben, es ärgerte ihn unheimlich, wenn Cooper demonstrativ mit Holly flirtete. Und wenn Holly wirklich auf so einen Sonnyboy reinfiel, der sein Leben damit verbrachte, der perfekten Welle nachzujagen, dann konnte man ihr nicht helfen, dann hatte sie es nicht besser verdient.

»Erde an Nicholas.« Holly berührte ihn an der Schulter. »Das ist das letzte Mal, dass ich dich frage, was du essen möchtest.«

»Sorry, ich habe gerade überlegt, was noch zu tun ist«, stammelte Nicholas und hätte sich treten können, weil er sich hatte überraschen lassen. Warum ging ihm diese Frau nur so nahe? Sie war erwachsen und konnte flirten, mit wem sie wollte. Es war nicht seine Angelegenheit, sondern ihre, sagte er sich. Aber er konnte es nicht leugnen: je länger sie zusammenarbeiteten, desto mehr suchte er ihre Nähe.

Und weil er nun einmal war, wie er war, äußerte sich das darin, dass er sie anbrummte, sobald er sie sah. Das einzig Positive an der ganzen Sache war, dass Holly eine Langschläferin war und daher immer erst gegen neun Uhr auftauchte, während die Surfer früh am Morgen kamen, damit sie gegen Mittag verschwinden konnten, um sich in die Wellen zu stürzen.

Allerdings hatte die kurze Zeit, die Cooper und Holly miteinander verbracht hatten, wohl ausgereicht, dass sie sich näher kennenlernen wollten. So ungern er es zugab, Nicholas spürte einen Knoten im Magen bei der Vorstellung, die beiden würden etwas miteinander anfangen.

»Ich begleite euch. Ich muss sowieso mit Craig Nicholls sprechen.«

»Je mehr, je lustiger«, antwortete Holly, während Cooper Nicholas einen skeptischen Blick zusandte, was ihn freute.

Zu dritt spazierten sie am Hafen entlang hin zum Pub. Die Reihe viktorianischer Häuser gehörte zu Nicholas' Favoriten und war mit ein Grund, warum er sich nicht vorstellen konnte, seine Heimatstadt jemals zu verlassen. Hier gab es so viel Schönes zu entdecken. Warum sollte er das gegen eine anonyme Großstadt eintauschen?

Cooper hatte sich zwischen Nicholas und Holly gedrängt, so

wie Skip es früher mit Jodie und ihm getan hatte. Allerdings war Skipper nicht immer näher an Jodie herangerutscht, so wie Cooper an Holly. Nicholas fühlte sich kurz versucht, ihn zur Seite zu schubsen, aber nein, so ein Typ war er nicht. Leider war er auch kein Typ für Small Talk. Während Nicholas noch überlegte, was er Holly fragen konnte, redete sie schon auf Cooper ein.

»Ich wollte mir gestern die beiden Räume anschauen, in denen ihr arbeitet«, sagte sie im scherzhaften Ton, »und stand vor verschlossenen Türen. Pflanzt ihr da etwa Marihuana an?«

»Ich würde gerne sagen, es war meine Idee.« Cooper berührte mit seiner Hand ihre Schulter, was in Nicholas den Wunsch weckte, ihm ein Bein zu stellen. »Aber es war Islas Vorschlag. Sie will dich überraschen, weil du uns diesen Job gegeben hast.«

»Ich hasse Überraschungen.« Holly zog die Nase kraus. »Jedenfalls meistens. Am schlimmsten finde ich, dass man so gucken muss, als ob man sich freut.«

»Unsere Überraschung wirst du lieben.« Erneut musste Cooper sie anfassen. »Da bin ich mir sicher.«

Zu Nicholas' Erstaunen wandte Holly sich ihm zu. »Hast du schon gesehen, was sie dort fabrizieren?«

»Ich habe genug mit meiner Arbeit zu tun«, erwiderte er und verdrehte innerlich die Augen, weil der Satz vollkommen anders rauskam, als er ihn eigentlich gemeint hatte. »Außerdem bin ich nicht neugierig.«

Hollys Augen verdüsterten sich und Nicholas erkannte, dass das jetzt auch nicht gerade die passenden Worte gewesen waren. Lag es wirklich an Jodie, dass er nicht vernünftig mit Holly reden konnte oder war er immer schon so gewesen? Wenn er es genau überlegte, so hatte Jodie ihn ausgesucht, nicht er sie. Nicholas war immer erstaunt gewesen, wenn ein Mädchen sich für ihn interessierte. Er fand sich ungelenk und nicht besonders Small Talk fähig oder in der Lage, Komplimente zu machen. Seine Vorstellung von einem persönlichen Geschenk war etwas, was mit Holz zu tun hatte. Blumen, Pralinen, Bücher oder Musik –

all das hatte Jodie ihm erst nahegebracht, aber so richtig begriffen hatte Nicholas das System nicht. Möglicherweise lag es daran, dass seine Mutter seinen Vater und ihn verlassen hatte. Oder Männer waren einfach nicht so gut im Geschenkemachen wie Frauen. Was immer es auch war, er käme ohnehin nicht in Verlegenheit, Holly etwas zu schenken, weil sie ihn nur wie einen Kollegen behandelte. Nicht so flirtend wie Cooper. Ihre Teenagerschwärmerei für ihn hatte sie wohl lange überwunden. Schade, dachte er und war selbst erstaunt über diesen Gedanken.

»Willst du wirklich nicht mitkommen?« Holly blieb in der Tür stehen und sah Nicholas auffordernd an. »Wir haben uns ein Picknick am Strand verdient, meinst du nicht?«

Einen Moment fühlte er sich versucht, alles stehen und liegen zu lassen und sie zu begleiten. Aber dann würde er sich bestimmt nur wieder über die plumpen Flirtversuche von Cooper ärgern. Und noch viel mehr über seine eigene Unfähigkeit, mit Holly vernünftig zu reden. Da blieb er lieber mit seinem Essen allein und würde die Bänke für den Katzenraum fertigstellen.

Nachdem die Surfer und Holly allerdings gegangen waren, fragte Nicholas sich, ob er nicht einen Fehler gemacht hatte. Seine Fantasie gaukelte ihm Bilder vor, in denen Holly und Cooper sich ein *Pasty* teilten und schließlich innig küssten. Verdammt! Erneut hatte er sich in den Daumen geschnitten, gemeinerweise an der gleichen Stelle. Dieses Mal so tief, dass es blutete. Fluchend stand Nicholas auf, um den Verbandskasten zu suchen. Nachdem er seinen Daumen verbunden hatte, hörte er Schritte im Flur. War das hier eine Baustelle oder ein Treffpunkt?

Er stapfte in den Flur und blieb überrascht stehen.

»Declan?« Nicholas wollte seinen Augen nicht trauen. Was macht der Banker hier? Mit einer Torte, einer quietschbunten Torte!

»Hallo, Nicholas. Ist Holly da?«

»Sie ist mit den Surfern am Strand.«

»Mit den Surfern?« Declan wirkte sichtlich verwirrt. »Das muss ich nicht verstehen, oder?«

»Holly hat drei Surfer aufgelesen, die hier arbeiten.«

»Wann kommt sie wieder?«

»Ich bin nicht ihre Sekretärin!« Nicholas musste an sich halten, um nicht lauter als nötig zu werden. Was war nur los, dass die Männer alle verrücktspielten, wenn Holly in der Nähe war? Cooper, der ständig um sie herumscharwenzelte und jetzt auch noch Declan, der mit einer Torte auftauchte.

»Schon okay, ich dachte nur, ihr arbeitet zusammen.«

»Dir ist schon klar«, erwiderte Nicholas spitz, »das Café hat noch nicht geöffnet. Du hast die Torte zu früh gekauft.«

»Die ist nicht gekauft.« Declans Gesicht verzog sich zu einer Miene der Empörung. »Die ist selbst gebacken. Was denkst du denn?«

»Du kannst backen?«

»In vielen Menschen findet man ein verstecktes Talent.«

Nicholas atmete einmal tief durch. Declan war es immer schon gelungen, ihn mit wenigen Worten auf die Palme zu bringen. Nicholas hätte nicht gedacht, dass Holly jemand wäre, die sich durch eine Torte verführen ließ. Andererseits, ihre Figur legte nahe, dass sie gerne und gut aß. Natürlich konnte ein Mann da mit einer selbstgebackenen Torte punkten. Vor allem, wenn sie so perfekt aussah wie die, die Declan produziert hatte.

Nicholas betrachtete das dreistöckige Meisterwerk, das mit hellblauer, pinkfarbener und grasgrüner Buttercreme verziert war. War da wirklich ein Einhorn aus Marzipan auf der Spitze? In Regenbogenfarben? Das hatte Declan nie und nimmer selber gebacken. Wen wollte der Banker damit täuschen?

»Das glaubt dir kein Mensch, dass du dieses Prachtstück gemacht hast!«

»Selbstverständlich habe ich die gebacken und mit Buttercreme verziert.«

»Das Einhorn hast du aber nicht geknetet?«

Declan stellte die Torte auf einen Tisch und stemmte die zu Fäusten geballten Hände in die Hüften.

»Alles ist selbstgemacht. Das hatte ich Holly versprochen.«

»Sie wollte eine Einhorntorte?« Mit großen Augen starrte Nicholas zunächst das quietschbunte Ungetüm, dann Declan an. »Nein, das war meine Idee.« Declan grinste breit. »Ich hatte erst überlegt, diese Einhorn-Kekse zu backen. Ich habe ein Video im Internet gefunden, über doppellagige Kekse, die du mit Regenbogenperlen füllst und dann kommt ein Regenbogen aus dem Einhornhintern.«

Das war Nicholas lange nicht mehr passiert. Ihm blieb die Spucke weg. Hatte der Banker eben wirklich davon gesprochen, Kekse zu backen, in Einhornform, denen Regenbögen aus dem Allerwertesten flatterten, glitzerten, sprühten – wie immer man das auch nennen mochte?

»So«, sagte er langsam, nachdem er diese Vorstellung verdaut hatte. »Und warum hast du stattdessen eine Torte für Holly gebacken?

»Weil sie genauso wenig wie du geglaubt hat, dass ich das kann.«

»Allen Menschen, die daran zweifeln, backst du eine Torte.« Nicholas stieß ein Schnauben aus. »Dann hast du gut zu tun.«

»Natürlich nicht.« Declan schüttelte den Kopf. Sein Gesichtsausdruck wurde ernst. »Aber ich hatte das Gefühl, ich schulde Holly noch etwas von damals. Weißt du, ich habe mich nicht gerade mit Ruhm bekleckert.«

»Das haben wir alle nicht.« Ein Moment lang fühlte sich Nicholas mit dem anderen Mann verbunden, bevor er wieder in Konkurrenz zu ihm trat. »Lass die Torte hier, ich werde Holly sagen, dass du da warst.«

»Auf gar keinen Fall!« Declan schüttelte vehement den Kopf. »Ich nehme das Schätzchen mit nach Hause, und du kannst Holly ausrichten, sie kann es sich bei mir abholen.«

Das hättest du wohl gerne, dachte Nicholas, aber Declan sprach bereits weiter: »Denk nicht mal daran, es ihr nicht mitzuteilen.«

»Warum sollte ich ihr es nicht erzählen?«, verteidigte sich Nicholas, überrascht, dass Declan anscheinend seine Gedanken gelesen hatte.

»Wenn du das nicht weißt, werde ich es dir bestimmt nicht

sagen.« Declan nahm die Torte vom Tisch, öffnete die Tür mit dem Ellenbogen und ließ einen völlig verdatterten Nicholas zurück, der nicht wusste, ob er sich ärgern oder wundern sollte. Ein bescheidener Tag! Es konnte nur besser werden. In dem Moment kündigte sich eine Nachricht an. Das hatte Nicholas herbeigeredet. Sein Blick scrollte über den Bildschirm. Es war schlimmer, als er befürchtet hatte. Jodie hatte sich nicht nur gemeldet, sondern setzte ihm zusätzlich die Pistole auf die Brust.

Wenn du dich nicht nächste Woche mit mir triffst, gebe ich Skipper ins Tierheim.

Frustriert schlug Nicholas mit der Faust gegen die Wand. Was sie nicht geschrieben hatte, was aber sehr wohl hinter ihren Worten stand, war, dass sie Nicholas verschweigen würde, in welches Tierheim sie den Corgi brachte. Der arme Skipper war zu Jodies Geisel geworden.

KAPITEL 16

Um kurz nach sieben Uhr gab Holly es auf, weiterschlafen zu wollen. Die Vögel vor ihrem Fenster zwitscherten so laut, dass an ein Ausschlafen nicht zu denken war. Selbst nachdem Holly sich ihr Kissen über den Kopf gezogen hatte, drangen die Gesänge noch an ihr Ohr. Also seufzte sie und stand auf. Im Café wurde sie erst gegen neun Uhr erwartet, also überlegte sie, die gewonnene Zeit zu nutzen, um ihre Mails zu prüfen und endlich die seit langem fälligen Antworten zu schreiben.

Nachdem sie sich einen Cappuccino gemacht hatte, setzte sie sich vor ihr Notebook. Gleich als erstes sprang ihr eine Nachricht ihrer Mutter ins Auge. *Wir sind für dich da*, lautete die Betreffzeile. Was sollte das wohl bedeuten? Holly nahm einen großen Schluck Cappuccino, denn ihrer Mutter wollte sie sich nicht ohne Koffein stellen. Dann öffnete sie die Mail:

Holly, Darling,
Tim hat eine Freundin und wird demnächst ausziehen. Wenn du also nach Hause kommen möchtest, wir sind für dich da.
Wie weit sind die Umbauarbeiten gediehen?
Kuss
Deine Mum

Na prima, jetzt, da der Student eine neue Bleibe suchte, durfte Holly wieder nach Hause zurückkehren. Bei ihren Eltern einzuziehen, stand allerdings ganz, ganz unten auf der Liste der Möglichkeiten, die ihre Zukunft bot. Schließlich würde sie bald um 50.000 Pfund reicher sein. Selbst wenn man die Steuern und Gebühren und – sie hatte keine Ahnung, was noch alles mit dem Erbe auf sie zukam – abzog, wäre das genug, um in New York einige Zeit zu überbrücken.

Oder vielleicht würde sie nach London gehen, um sich dort einen Job als Architektin zu suchen. Sie klickte auf »Antworten« und speicherte die Mail als Entwurf. Im Moment fühlte sie sich nicht in der Stimmung, ihrer Mum zu schreiben.

Dann löschte sie etliche Mails, die ihr diverse Potenzmittelchen anboten, oder die Chance, eine Million Dollar zu erhalten. Endlich entdeckte sie zwischen den Spams eine Nachricht von Chen. Wann hatte sie ihrer Kollegin das letzte Mal geschrieben? Durch die Umbauten und das ruhigere Leben in Porthlynn vergingen die Tage, ohne dass Hollys to-do-Liste schrumpfte, was ihr allerdings nichts ausmachte.

Holly,
wollte dir nur sagen, Dylan entpuppt sich als die Pfeife, die er immer war. Du fehlst mir und hier. Würdest du zurückkommen?
Alles Liebe
Chen

Würde sie nach New York zurückkehren wollen, überlegte Holly, nachdem sie die Nachricht gelesen hatte. Hoffentlich sah Gary Gallagher nun ein, dass er die falsche Entscheidung getroffen hatte. Vor kurzem hätte Holly sich diebisch darüber gefreut, dass Dylan endlich entlarvt worden war. Sie hätte es nicht erwarten können, nach New York zu reisen, um endlich die Stelle anzunehmen, die ihr ihrer Ansicht nach gebührte.

Aber nach den Wochen in Porthlynn fand sie die Vorstellung, wieder in den Stress, die Hektik, die ständigen Projekte und die langen Tage zurückzukehren, eher abschreckend. Obwohl ihr das Städtchen manchmal zu ruhig und zu beschaulich erschien, überwogen seine guten Seiten. Hier konnte man arbeiten *und* leben, nicht nur arbeiten wie in New York.

Liebe Chen, schrieb sie daher, *ich bin hier noch für eine Weile mit Umbauarbeiten beschäftigt. Hast du kein Interesse an der Partnerschaft? Iss einen Cronut für mich mit.*
Alles Liebe
Holly

Nachdem sie die Nachricht abgeschickt hatte, kehrten ihre Gedanken zu Chens Frage zurück. Weil Dylan befördert worden war, hatte Holly mit *Metropolitan Architecture Studio* abgeschlossen, aber in New York hatte sie bleiben wollen. Aber heute fühlte sie sich nicht mehr wie die Holly, für die eine Junior-Partnerschaft das Wichtigste in ihrem Leben gewesen war. War sie wirklich bereit, alles hinter sich zu lassen, für das sie so hart gearbeitet hatte?

Gut, dass sie auf die Baustelle musste, sonst würde sie möglicherweise eine übereilte Entscheidung treffen, die sie später bereute. Also duschte sie, zog sich an und machte sich auf den Weg zum Café.

Heute hatte der launische kornische Sommer sich entschlossen, wie ein Frühherbst zu wirken. Ein kühler Wind traf sie unvermutet, als sie die Haustür öffnete, und sie ging zurück, um eine wärmere Jacke überzuziehen.

Mit gesenktem Kopf stapfte sie gegen den Wind an und vertiefte sich in ihre Gedanken. Es war absehbar, dass sie mit den Umbauarbeiten früher fertig würden als geplant. Dann mussten die Katzen einziehen, dann mussten sie die Eröffnung feiern und schließlich musste sie fünf Stubentiger vermitteln, um das Geld zu erhalten und wieder frei zu sein für eine Zukunft ohne Katzencafé und ohne Porthlynn.

Dieser Gedanke brachte ihr überraschenderweise keine Erleichterung, sondern Traurigkeit. In den wenigen Wochen hatte es das Städtchen geschafft, sich in Hollys Herz zu schleichen und ihr zu zeigen, dass es im Leben mehr gab, als Karriere zu machen. Aber reichte ihr das wirklich aus?

Denn sie konnte sich nicht vorstellen, vor Ort einen Job zu finden. In Porthlynn wurde kaum noch gebaut, der Platz war begrenzt durch das Meer, die Weiden und den Hafen. Außerdem hatte sie in New York nur gewaltige Bauten aus Beton, Stahl und Zement konstruiert, keine Cottages aus Natursteinen, wie sie es hier in Cornwall gab. Allerdings fand sie die Gebäude hier schöner und lebenswerter als alles, was sie in New York entworfen hatte.

Holly genoss ihren Aufenthalt in Porthlynn, denn sie konnte

sich ihre Zeit selbst einteilen und es gab keinen Druck von irgendjemandem. Es machte nichts aus, ob sie drei Tage früher oder später fertig werden würden. So, wie Holly sich im Moment fühlte, war sie glücklich damit, aber wäre ihr das auf Dauer genug? Nicholas schien sich hier wohl zu fühlen – jedenfalls soweit ein Mensch mit seiner miesen Grundstimmung sich wohl fühlen konnte.

Kaum hatte sie an ihn gedacht, drifteten ihre Gedanken zum nächsten Problem: War Nicholas als Teenager schon so gewesen? Nein, wenn Holly sich richtig erinnerte, hatte er zu den ruhigen Jungs gehört, denen, die am Rande standen und nicht im Mittelpunkt, aber ab und zu hatte sie von ihm ein Lächeln erhalten. Das hatte damals ihr Herz gewärmt und auch heute schaffte es die Erinnerung wieder, sie glücklich zu machen. Wann und vor allem warum hatte er dieses Lächeln verloren?

Eleanor hatte etwas Unerfreuliches in seiner Vergangenheit angedeutet, aber Nicholas hatte nicht darüber gesprochen und Holly war der Ansicht, es stand ihr nicht zu, in seinem Leben herumzuschnüffeln. Sie hätte es auch nicht leiden können, wenn jemand versuchen würde herauszufinden, was in ihrem Leben in den letzten Jahren geschehen war. Obwohl es da nicht viel zu entdecken gab. Da hatte es nur das Studium, die Arbeit, ein paar Affären ohne große Bedeutung und Christopher gegeben, dem sie mehr Bedeutung zugeschrieben hatte, als er verdient hatte.

Christopher hatte sich nicht einmal mehr gemeldet, nachdem sie ihm seine Sachen zurückgegeben hatte. Wenn sie ehrlich war, hatte sie das auch nicht erwartet und noch weniger gewünscht. Denn einen Mann, dessen Abschiedsworte lauteten, dass seine Freunde sie zu fett fanden, hätte sie nicht einmal geschenkt bekommen wollen. Trotzdem fehlte es ihr, jemanden in ihrem Leben zu haben. Ihre Beziehung zu Christopher war nicht viel gewesen, aber mehr, als sie jetzt vorzuweisen hatte.

Wie schaffte Shannon es nur, alleine mit einem Kind zu leben? Sie musste ihre Freundin einmal danach fragen, wenn es passte. Nun hatte Holly das Café erreicht und merkte wieder einmal, wie sehr sie sich freute, die Surfer und Nicholas zu sehen und mit ihnen zu arbeiten.

Sie liebte es, den Surfern zu lauschen, die den hinteren Raum, in dem sie werkelten, immer noch vor ihr verschlossen hielten. Inzwischen hatte sich ein Spiel daraus entwickelt. Holly versuchte alles, um einen Blick dort hinein zu erhaschen, Scott, Isla und Cooper strengten sich an, ihr das zu verwehren.

Am meisten mochte Holly, wie die Wohnung im Obergeschoss langsam Form annahm und sich zu einem wirklich kleinen Zuhause entwickelte. Vielleicht würde eine von Eleanors Katzenfreundinnen dort einziehen oder möglicherweise Shannon und Emily. Diese Idee war Holly vor kurzem gekommen. Allerdings wusste sie nicht, ob Shannon und Emily Katzen mochten. Möglicherweise war eine von ihnen gegen die Tiere allergisch, aber es wäre ein hübsches Zuhause für die beiden.

»Hallo, wo seid ihr?«, rief sie, als sie auf die Baustelle kam. Aber der Ort wirkte verlassen. Allerdings stand die Tür offen. Sicher, in Porthlynn war das nicht so gefährlich, wie es in New York gewesen wäre, aber es wunderte Holly dennoch.

»Cooper? Isla? Scott?«, rief Holly, erhielt aber keine Antwort. Als sie sich zum Gehen umwandte, ertönte ein »Hallo.« Stimme und Tonfall waren ihr nur zu bekannt und ihr dummes Herz schlug schneller, obwohl er miesgelaunt wie immer wirkte.

»Wo sind die anderen?«, fragte sie, nachdem sie ihn begrüßt hatte.

»Surfen, was sonst. Ihre Arbeitsmoral lässt zu wünschen übrig. Dafür war Declan gestern hier.« Nicholas sah aus, als hätte er in eine unreife Zitrone gebissen.

»Oh, wie nett«, sagte Holly, »so schnell habe ich das nicht erwartet. Hatte er einen Kuchen dabei?

»Nein!« Nicholas's Gesichtsfarbe wurde noch einen Tick dunkler. »Kuchen kann man das nicht nennen. Es war eine pink-blau-grüne Einhorntorte.«

Holly biss sich auf die Innenseite der Wange, damit sie nicht in lautes Lachen ausbrach. Sie hatte das Gefühl, das wäre jetzt unpassend und würde Nicholas wahrscheinlich an den Rand des Wahnsinns treiben. Andererseits fand sie es immens lustig, wie er das Gesicht verzogen hatte, als er Einhorntorte ausgesprochen hatte.

»Wo ist der Kuchen?«, fragte sie etwas Unverfängliches. Jedenfalls hatte sie gedacht, es wäre unverfänglich, aber Nicholas brummelte nur etwas in seinen Bart. Holly senkte den Blick und sie wünschte sich, ihm einmal ordentlich die Meinung zu geigen. Ihm einmal zu sagen, was für ein Ekel er war und dass er gar nicht verdiente, dass sie ihm immer noch nachjammerte wie ein liebeskranker Teenager.

»Wo ist die Torte?«, wiederholte sie, nicht bereit, ihn mit seiner miesen Laune davonkommen zu lassen.

»Declan wollte das Ding nicht hierlassen«, gab er ihr schließlich zur Antwort. »Ich soll dir sagen, sie wartet bei ihm zu Hause im Kühlschrank.«

»Oh, dann gehe ich sie mir gleich mal anschauen.« Holly drehte sich um. Es war schlimm genug, verliebt zu sein, noch schlimmer war es, in jemanden verknallt zu sein, der ständig grummelte und sie für das größte Übel auf Erden hielt.

»Willst du gar nicht wissen, wie es hier aussieht? Ich bin hinten fast fertig.« Nicholas klang noch brummiger als sonst. »Aber Lindas Café ist dir ja nicht so wichtig wie eine blöde Torte.«

»Das reicht!« Holly drehte sich auf dem Absatz um und stürmte auf Nicholas zu. Vor ihm angekommen ballte sie die Hände zu Fäusten und stemmte sie in die Hüften. Sie funkelte ihn wütend an: »Was habe ich an mir, dass du mich hasst? Ich gebe mir Mühe, freundlich zu sein und du maulst mich nur an.«

Holly stampfte mit dem Fuß auf und ärgerte sich dann darüber, dass sie so etwas Kindisches getan hatte. »Du benimmst dich schlimmer, als wenn wir Jahrzehnte miteinander verheiratet wären.«

Kaum waren ihr die Worte rausgerutscht, bereute sie ihre Impulsivität auch schon. Was sollte er nur denken? Warum hatte sie ausgerechnet diesen Vergleich heranziehen müssen? Wahrscheinlich, weil ihr Herz schneller gewesen war als ihr Kopf. Seine Reaktion überraschte sie.

»Das ist also das Schlimmste, was du dir ausmalen kannst?« Nun war es Nicholas, der die Hände zu Fäusten ballte und sie in seine Hüften stemmte. »Mit mir verheiratet zu sein, ist das Allerschlimmste, was dir einfällt?«

War es Absicht, dass er sie jedes Mal missverstand oder war es ein Charakterfehler von ihm, immer das Schlimmste anzunehmen? Ach, das konnte ihr auch egal sein; wichtig war nur, ihm endlich die passende Antwort zu geben.

Holly holte tief Atem, sie zählte im Kopf bis zehn, aber ihr Zorn wollte nicht verschwinden. »Verdreh mir nicht jedes Wort im Mund! Ich habe das nicht gesagt.«

»Hast du doch!«

»Habe ich nicht!« Himmel, das war jetzt wirklich albern.

»Hast du doch!«

»Habe ich …«, begann sie, konnte den Satz aber nicht beenden, weil Nicholas sie in seine Arme zog und ihr den Mund mit einem Kuss verschloss. Das kam für Holly so unerwartet, dass sie steif wie ein Stock blieb und die Lippen fest zusammenpresste. Dann wurde ihr heiß und in ihrer Körpermitte entstand ein wohliges Gefühl. Warm und weich spürte sie seine Lippen auf ihren. Benommen vor Glück schloss sie die Augen und ließ sich in den Kuss sinken. Sanft war er, fragend. Sie öffnete ihren Mund, als sein Kuss fordernder wurde. Ihr Herz pochte schneller und so laut, das musste er hören. Doch dann konnte sie nur noch eins denken: Es ist genauso schön, wie ich es mir als Teenager ausgemalt habe.

Plötzlich schob Nicholas sie zurück, was sich anfühlte wie eine kalte Dusche mitten ins Gesicht. Noch schlimmer wurde es, als er murmelte: »Entschuldigung, das hätte nicht passieren dürfen«, bevor er davonrannte, als ob ihn jemand jagte.

Ungläubig starrte Holly ihm hinterher. War das eben wirklich geschehen? Noch immer spürte sie den Nachhall seiner Lippen auf ihren, ihr Herz raste immer noch, ihr Atem beruhigte sich nur langsam. Sie konnte Nicholas nur hinterherblicken, unfähig, ein Wort zu sagen oder den Aufruhr ihrer Gefühle zu zügeln.

KAPITEL 17

Den ganzen Tag und die halbe Nacht hatte Holly die Situation immer wieder im Kopf durchgespielt. Sobald sie die Augen schloss, meinte sie noch immer, Nicholas' Lippen auf ihren zu fühlen. In Liebesromanen hatte Holly oft gelesen, dass die Heldin einen Kuss vom Kopf bis zu den Zehenspitzen spürte. Bisher hatte sie das für literarische Übertreibung gehalten, denn Küsse machten Spaß und schmeckten gut, aber warfen einen nicht um. Bis zu diesem einen Kuss. Der hatte sich so angefühlt, als zöge ihr jemand den sprichwörtlichen Boden unter den Füßen weg. Dennoch wusste sie, dass das mit Nicholas keine Zukunft hatte. Schließlich war er ohne eine Erklärung davongerannt. Immer wieder fragte sie sich, was das zu bedeuten hatte.

Irgendwann war sie eingeschlafen, kurz nachdem sie einen Entschluss gefasst hatte. Ja, aus unerfindlichen Gründen schlug ihr Herz immer noch für Nicholas Chegwin, aber sie war kein liebeskranker Teenager mehr. Heute konnte sie eine Entscheidung treffen, die ihr zwar wehtun würde, ihr auf lange Sicht aber höchstwahrscheinlich Liebesleid ersparte. Noch einmal wollte sie das nicht erleben – weder den Kuss noch seine Flucht. Also würde sie das Thema sofort ansprechen, sobald sie sich trafen.

Obwohl Holly sich sicher war, die richtige Wahl getroffen zu haben, schmeckte ihr morgendlicher Cappuccino wie Asche und in ihrem Magen bildete sich ein Knoten. Kurz fühlte sie sich versucht vorzugeben, sie wäre erkrankt. Aber feige war sie nicht – und es wäre ohnehin nur ein Aufschub, denn die Entscheidung musste sie treffen. Also machte sie sich auf den Weg zur Baustelle.

Trotzdem hielt sie an, als sie vor der Tür des Cafés angekommen war. Sie meinte Scott und Cooper zu hören, aber nichts von

Nicholas. Vielleicht war er zu dem gleichen Entschluss gekommen wie sie oder wollte ihr aus dem Weg gehen.

Sie würde es nie erfahren, wenn sie nicht endlich den Mut fand, die Tür zu öffnen. Mit großen Schritten eilte sie in den Gastraum. Nicholas sprang auf, als hätte er sie bereits erwartet.

»Holly«, begann er, aber sie hob abwehrend die Hand. »Bitte, ich will nichts hören von ›es war ein Fehler‹ oder ›es tut mir leid‹ oder was auch immer. Wir sind erwachsene Menschen und werden damit umgehen können.«

Nicholas sah sie erstaunt an. Mit so einer Reaktion hatte er wohl nicht gerechnet. Holly fuhr fort: »Wir waren beide hoch gepusht, du hast mich geküsst, ich habe dich geküsst. Das war's.«

Na ja, das war längst nicht alles, aber das musste er nicht wissen. Nicholas ging es nichts an, dass ihr bei dem Kuss die Luft weggeblieben war, dass ihre Beine beinahe unter ihr weggeknickt waren und dass die Schmetterlinge im Bauch einen wilden Schwarmtanz aufgeführt hatten. Das würde sie ihm niemals erzählen, nicht dem Mann, der den Kuss so sehr zu bedauern schien, dass er davongerannt war und sich nun entschuldigen wollte. Das machte Holly nicht nur traurig, sondern ärgerte sie auch. So furchtbar war sie nicht, dass man schreiend weglaufen musste, oder etwa doch?

Nein, es lag nicht an ihr, sondern an ihm. Nicholas war das Problem; er musste damit klarkommen. Sie würde sich nicht die Schuld geben. Da konnte er lange warten. Von Männern wie ihm hatte Holly die Nase voll. Erst handelten sie im Überschwang der Gefühle und dann entdeckten sie, dass sie es nicht so gemeint hatten. Ihretwegen konnte er bleiben, wo der Pfeffer wächst.

»Lass es mich doch erklären«, setzte er an, aber Holly unterbrach ihn erneut: »Wir müssen zusammen Lindas Traum erfüllen. Wir müssen zusammen den Gastraum bearbeiten und ich möchte, dass wir es gemeinsam zu Ende bringen.«

»Mir ist es genauso wichtig wie dir, möglicherweise sogar wichtiger.«

»Und dann willst du alles wegen eines überstürzten Kusses infrage stellen?«

»Natürlich nicht«, blaffte er sie an und war wieder ganz der Alte. Sie meinte, ihn murmeln zu hören: »Wenn sie mich doch nur einmal ausreden ließ.«

Aber das war jetzt nicht von Bedeutung, nun ging es darum, sich weiter um das Café zu kümmern. Zum Glück hatte sie Erfahrung mit Bau- und Umbauprojekten, denn natürlich hatten Lieferanten abgesagt, hatten nicht das geliefert, was vereinbart war, und der Klempner schien sie zu ghosten. Er hatte seit dem ersten Telefonat nie wieder etwas von sich hören lassen.

»Kennst du den Klempner?«, fragte sie, um das Thema zu wechseln.

»Selbstverständlich. Wir haben ab und zu auf Baustellen zusammengearbeitet. Warum?«

»Er meldet sich einfach nicht, und wenn wir wirklich in vier Wochen öffnen wollen, brauchen wir dringend neue Toiletten.«

»Kein Wunder. Jetzt ist Angelsaison, da ist er meist unterwegs.«

»Ich weiß einfach nicht, wie ich ihn erreichen soll. Könntest du das für mich übernehmen?«

»Mache ich.« Nicholas überlegte kurz. »Ich hole ihn Donnerstag hierher.«

»Perfekt. Danke.« Holly fiel ein Stein vom Herzen. Es schien möglich zu sein, dass sie beide miteinander arbeiteten, auch wenn sie viel zu lange, viel zu oft und viel zu gerne an den Kuss dachte. Aber das würde er von ihr nie erfahren.

»Ich hatte dir von meiner Idee für Emily erzählt.« Holly lächelte ihn an. »Meinst du, es wäre möglich, dass wir die ersten Katzen schon in den nächsten Tagen holen?«

»Ich denke, deine Surfer sind mit der Arbeit im Katzenraum fast fertig.« Nicholas stand auf und ging an ihr vorbei aus dem Gastraum. Hatte sie etwas Falsches gesagt? Himmel! Dieser Mann war überaus anstrengend. Oder vielleicht reagierte sie einfach nur über, sobald er irgendetwas tat. Da er nichts gesagt hatte, blieb ihr nichts anderes übrig, als ihm in den Katzenraum zu folgen. Nicholas stand mitten im Zimmer und sah sich dort um. Holly stellte sich neben ihn, aber mit genügend Sicherheitsabstand, sodass keiner von ihnen auf die Idee kam, den Kuss zu wiederholen.

Obwohl Holly nichts dagegen hätte, denn ihr hatte es gefallen. Sogar mehr als gefallen, sie hätte es gern wiederholt. Nicholas hingegen hatte darüber reden und sich wahrscheinlich entschuldigen wollen. Eigentlich hieß es doch immer, Frauen redeten alles tot. In diesem Fall war es mal andersrum. Auch nicht viel besser, dachte Holly.

»Deine Surfer sind bessere Arbeiter als ich gedacht habe«, musste Nicholas eingestehen und sah sich in dem Zimmer um, das die drei inzwischen umgebaut und gestrichen hatten. Die Farbe war ein weiches Orange wie ein Sonnenaufgang über dem Meer. Als Isla ihr Farbmuster gezeigt hatte, hatte sie ablehnen wollen. Es erschien ihr zu grell für den Raum. Doch die Surferin hat recht: der Farbton harmonierte wunderbar mit dem Holz und vermittelte eine warme Atmosphäre.

Die beiden Männer hatten Kratzbäume aufgebaut und Holzkisten, auf denen später Kissen für die Katzen liegen würden. Isla hingegen hatte die Zeit genutzt, Silhouetten von Stubentigern im Lauf, im Sprung oder liegend an die Wände zu malen. Auch wenn Holly keine Katze war, konnte sie sich sehr gut vorstellen, dass den Tieren der Raum gefallen würde. Sonnenlicht fiel durch die große Scheibe, die bis zur halben Höhe mit Folie abgeklebt war, damit die Katzen ihre Ruhe finden konnten, wenn sie wollten. Knapp oberhalb des undurchsichtigen Bereichs lief eine Holzleiste entlang, auf der die Samtfoten spazieren oder liegen konnten und so von außen zu sehen waren.

An den Wänden waren Holzbänke befestigt, vor denen kleinen Tische standen. Hier konnten die Katzeninteressierten sich hinsetzen, ihren Kaffee trinken und die Stubentiger kennenlernen.

»Hier müssen sich Menschen einfach verlieben«, platzte Holly heraus.

»Wie bitte?« Nicholas starrte sie an.

Da ging ihr auf, was sie eben gesagt hatte. »Ich meine, Katzen und Menschen, also wenn man hier ist und eine Katze sieht, dann verliebt man sich sofort in sie, weil es hier so schön ist.«

»Ach so.« Es kam ihr fast vor, als wäre er enttäuscht über

ihre Antwort. Andererseits hatte sie ihn noch nie durchschauen können.: Ruppig und dann wieder freundlich. »Der Fußboden ist fertig, die Kratzbäume stehen.« Nicholas wandte sich ihr zu. Fast meinte sie, ihn lächeln zu sehen. »Wenn wir noch ein paar Liegeplätze kaufen, Katzenklos und Spielzeug, dann können die Katzen hier einziehen.«

»Das habe ich gehofft.«

»Willst du sie nachts alleine lassen?«

»Ich habe da eine Idee«, sagte Holly und lächelte. »Bis später. Ich muss mich jetzt mit Eleanor treffen.«

Als sie zur Tür ging, meinte sie ihn murmeln zu hören: »Nicht schon wieder eine Idee«, aber sie entschloss sich, großzügig darüber hinwegzuhören.

Cornwall meint es heute gut mit mir, dachte sie, als sie vor die Tür trat. Die Sonne schien von einem leuchtend blauen Himmel, ein leichter Wind, der den Seegeruch von Salz und Tang mit sich brachte, strich ihr über die Wangen. Ein Bilderbuchwetter, geeignet, um jeden Menschen für Porthlynn zu gewinnen.

Du brauchst dich gar nicht so anzustrengen, kleine Stadt, dachte Holly, ich bin dabei, mich in dich zu verlieben.

Sie entschloss sich, den längeren Weg an der Mole entlang zu Eleanors Cottage zu spazieren. Es war Ebbe, die Fischerboote im Hafen lagen auf dem Trocknen oder besser auf dem schlammigen Boden. Holly grübelte, warum die Boote nicht kenterten und warum sie bei Flut nicht überspült wurden. Das musste sie einen der Fischer fragen, irgendwann einmal. Über ihr kreisten drei Möwen, kreischten und schienen erbost, dass Holly nichts zu essen in der Hand hatte, was die Vögel ihr stehlen konnten.

Die Mole war ins Meer hinein gebaut und durch ein rostendes Gitter geschützt. Als Holly dort entlang schlenderte, frischte der Wind auf und die Gischt schoss hoch über die Mauer und besprizte sie, als ob das Meer sie begrüßen wollte. Sie sprang zurück, als eine weitere Welle die Mole traf und sich hoch aufbäumte. Sie hoffte, dass die Sonne sie trocknen würde, bevor sie Eleanors Hof erreichte.

»Eleanor?«, rief Holly laut und blieb vor dem Zaun von *Gwenton Cottage*, dem Frühlingshaus, stehen und sah sich vorsichtig um. Eleanor hatte sie vor Blossom gewarnt, ihrem hinterhältigen Schaf, das sich für einen Wachhund hielt. Wie sie erzählt hatte, standen ihm die Gänse in nichts nach. Sie waren schärfer als jeder Hund. Daher beherzigte sie Eleanors Rat, nach ihr zu rufen und keinesfalls zu versuchen, ohne sie den Garten zu betreten. Ein ausnehmend grüner Garten, ein typischer Cottagegarten, dachte Holly und sah ihn voller Bewunderung an.

»Holly, wie schön, dich zu sehen.« Eleanor kam hinter dem Cottage hervor, gefolgt von einer eleganten schwarzen und einer etwas stämmigeren schwarz-weißen Katze. Beide Stubentiger blieben wie erstarrt stehen, als sie Holly entdeckten. Sie drehten um und rannten davon, als wäre Holly ein Hund – sie schien wirklich kein Katzenmensch zu sein.

»Das ist ja eine freundliche Begrüßung.«

»Ich fürchte, *Du* und *Gwynn* haben sehr schlechte Erfahrung mit Menschen gemacht«, sagte Eleanor. »Du kannst ruhig reinkommen. Ich habe die Gänse und das Schaf eingesperrt.«

Inzwischen hatte Holly ein paar Brocken Kornisch gelernt und verstand, dass die Katzen Schwarz und Weiß hießen.

»Ist es wirklich nur ein Schaf?«, fragte Holly, öffnete das Tor und trat ein. »Leben die nicht eigentlich in großen Herden?«

»Üblicherweise schon.« Eleanor zuckte mit den Schultern, »aber Blossom ist nicht wie andere Schafe. Ich glaube, sie hält sich für einen Hund oder für einen Menschen mit ziemlich vielen Haaren.«

»Wie viele Katzen hast du im Moment hier?«

»Leider viel zu viele.« Eleanor seufzte. »Es wird wirklich Zeit, dass Lindas Traum wahr wird.«

»Warum lädst du Menschen nicht zu dir ein?«

»Viele trauen sich nicht zu mir, aus Angst vor dem Schaf.«

»Meinst du, es ist eine gute Idee, die Katzen mit Fremden alleine zu lassen?« Holly hatte sich im Internet kundig gemacht.

»Ich würde sie nicht alleine lassen. Wir brauchen zwei Menschen im Café; eine Person, die bei den Katzen bleibt, eine, die sich um das Café kümmert, vielleicht sogar zwei, wenn das Café gut läuft.«

Das überraschte Holly. Sie hatte nicht damit gerechnet, dass sie so viel Personal benötigen würde. Für das Café hatte sie Shannon eingeplant, denn es konnte nicht so weitergehen. Shannon hetzte von einem Job zum anderen und kam dennoch kaum über die Runden.

Linda hatte genug Geld hinterlassen, Shannon mehr zu bezahlen, als jemand in einem Café eigentlich verdiente. Das hatte Holly bereits durchgerechnet, aber sie hatte nicht daran gedacht, dass sie eine zweite, möglicherweise sogar eine dritte Kraft brauchen würde.

»Guck nicht so erschreckt«, sagte Eleanor, als hätte sie Hollys Gedanken gelesen. »Für die Katzen habe ich schon Menschen organisiert, das macht unser Tierschutzverein. Alte Ladies wie ich, die eine sinnvolle Aufgabe suchen und die es lieben, ein Schwätzchen zu halten.«

Holly fiel ein gewaltiger Stein vom Herzen.

»Das ist großartig. Dann kann es ja bald losgehen.«

»Wie weit seid ihr?«

Holly seufzte und verdrehte die Augen.

»Der Gastraum wäre fertig, wenn Nicholas nicht so ein Perfektionist wäre. Aber deshalb bin ich hier«, sagte sie. »Wenn du willst, können die ersten Katzen einziehen.«

»Wie viele würdest du nehmen?«

Holly lachte. »Da fragst du die Richtige. Ich habe keine Ahnung von Katzen. Ich weiß gerade mal, wo vorn und hinten ist, und dass man aufpassen sollte, weil sie beißen und kratzen.«

»Nur, wenn man sie ärgert, oder weil sie schlechte Erfahrungen gemacht haben.«

»Ich habe nur einen Witz gemacht.« Holly zuckte mit den Schultern. »Was meinst du, wie viele Katzen können wir zuerst aufnehmen?«

Fünf sollte sie vermitteln, hieß es im Testament. Wie Linda wohl auf die Zahl gekommen war? Warum nicht drei oder zehn?

»Warum soll ich fünf Katzen vermitteln? Weißt du das?«

»Ich glaube, Linda hat einfach nur eine Zahl genommen. Sie hat sich gewünscht, dass du hierbleibst und dich um die Tiere kümmerst. Sie hat sehr viel Hoffnung darauf gesetzt, dass du die Stadt genauso magst wie sie.«

»Sie hat gedacht, wenn sie mich hier länger hält, wird es mir schwerfallen, Porthlynn zu verlassen, nicht wahr?

»Linda war sich sicher, dass du in New York nicht glücklich bist. Stimmt das?«

»Ja. Nein. Ich bin mir nicht sicher.« Holly überlegte. »Ich hatte mir die Arbeit anders vorgestellt. Ich hatte gehofft, mehr Gebäude zu bauen, in denen Menschen leben. Stattdessen habe ich ein protziges Bürogebäude nach dem nächsten entworfen. Das war auch spannend, aber ...«

Sie beendete den Satz nicht, weil sie nicht wusste, wie sie fortfahren sollte.

»Ich könnte nicht leben zwischen so viel Stein und Beton und Stahl.« Eleanor schüttelte sich. »Ich brauche die Weite, den Blick über den Horizont, das helle Grün der Weiden, das dunkle Grün der Hecken, die Farbtupfer der Tiere, die dort grasen.«

»New York ist eine unheimlich grüne Stadt. Warst du schon einmal dort?«

»Ich bin nicht viel gereist, ich lebe hier mit meinen Tieren, und das ist mir genug.«

Aber ob so ein beschauliches Leben Holly reichen könnte?

KAPITEL 18

Nicholas blickte Holly nach, als sie die Tür hinter sich schloss. Warum nur hatte sie ihn nicht ausreden lassen, als er ihr erklären wollte, weshalb er davongerannt war? Gestern war er mehrmals versucht gewesen, sie anzurufen oder einfach bei ihr vorbeizugehen, um sich zu entschuldigen und um ihr seine Geschichte zu erzählen. Aber letztlich hatte ihm der Mut gefehlt – und er hatte sich damit herausgeredet, dass er sie ja sowieso auf der Baustelle sehen würde.

Und dann das! Für sie war das Ganze nur ein Kuss im Überschwang der Gefühle gewesen und damit gut. Der Wunsch, Holly zu küssen, hatte ihn so übermächtig und unvermutet überfallen, dass Nicholas sich nicht hatte dagegen wehren können.

Erst hatte sie sich starr angefühlt, wahrscheinlich ebenso überrascht wie er, aber dann hatte sie sich fallen lassen und es war ein wunderbarer Kuss geworden, tief, innig, mit einem unglaublich warmen Gefühl im Bauch.

Nicholas überlegte, wann er das letzte Mal so empfunden hatte, ja, ob er überhaupt schon einmal so geküsst hatte. Vielleicht redete er sich das nur ein, aber es kam ihm vor, als hätten sich selbst die Küsse mit Jodie nie so wundervoll angefühlt. Doch dann war er davongerannt, als hätte Holly ihn geschlagen. Kein Wunder, dass sie nicht mit ihm darüber reden wollte.

Alles nur, weil er immer noch misstrauisch war, weil die Verletzungen, die Jodie ihm zugefügt hatte, zu tief gingen. War es nicht langsam an der Zeit, ein neues Leben zu beginnen und die Vergangenheit hinter sich zu lassen? Wie aufs Stichwort ertönte der nervige Ton. Nicholas hätte nicht einmal nachschauen müssen, um zu erfahren, wer ihm die Nachricht geschickt hatte. Trotzdem hob er sein Smartphone und wischte über das Display.

Melde dich endlich. Wir müssen reden. Oder willst du Skipper nicht mehr wiedersehen?

Warum weigerte er sich, Jodie zu treffen, obwohl er versuchen sollte, Skipper aus ihren Fängen zu befreien? Fürchtete er immer noch, ihrer Anziehungskraft zu erliegen und einen Fehler zu wiederholen, nur um später noch tiefer verletzt zu werden? Oder wollte er seine Vergangenheit endlich hinter sich lassen, um mit Holly einen Neuanfang zu wagen? Falls Holly das überhaupt wollte.

Der Gedanke an sie zauberte ein Lächeln auf sein Gesicht. Warum hatte er nicht viel früher bemerkt, was für ein wunderbarer, wenn auch ein wenig komplizierter Mensch sie war? Aus dem extrem schüchternen Teenager, an den Nicholas sich erinnerte, war eine immens durchsetzungsstarke Frau geworden, deren Energie und Tatkraft man bewundern musste.

Ethan hatte Nicholas erzählt, dass Holly eigentlich das Café nicht hatte übernehmen wollen und erst zugesagt hatte, nachdem George Wills sie vertreiben wollte. Das geschah dem alten Miesepeter recht, dachte Nicholas und sein Grinsen wurde breiter. Dafür, dass Holly das Café nicht gewollt hatte, hatte sie wirklich viel in das Projekt eingebracht: Sie war sich nicht zu fein gewesen, sich die Hände schmutzig zu machen. Sie hatte die Surfer engagiert, die – das musste Nicholas zugeben – wirklich gut in dem waren, was sie taten, auch wenn sie nur den halben Tag zur Verfügung standen. Was Nicholas am meisten verwunderte, war, wie sehr Holly sich für die Katzen einsetzte und dass sie Shannon und Emily unterstützen wollte. Das alles tat sie, ohne es in die Welt hinaus zu trompeten, so wie es Jodie getan hätte. Holly half den Menschen in ihrer Umgebung und schwieg darüber. Damit war sie ihm viel ähnlicher, als Jodie es je gewesen war.

Wenn ich nicht aufhöre, Holly und Jodie zu vergleichen, werden wir nie zueinanderkommen, weil ich einfach dem Alten viel zu sehr nachhänge. Jodie hat es nicht verdient, dass ich ihr weiterhin nachtraure. Ich muss endlich einen Schlussstrich ziehen.

Nicholas seufzte, denn er musste es einsehen, es ging kein

Weg drumherum. Er musste sich mit Jodie treffen und die Sache ein für alle Mal beenden. Auch wenn es ihn Skipper kostete. Denn das war seine große Sorge: Jodie hatte sich bisher nie gescheut, Skipper als Drohmittel zu nutzen und sie würde es wieder tun. Manchmal fragte er sich, wie er auf diese Frau hatte reinfallen können?

Aber damals, als sie sich kennengelernt hatten, war Jodie anders gewesen. Nicht so karriereorientiert, nicht so hartherzig, nicht so egoistisch. Das musste so sein, denn sonst hätte Nicholas es doch keine fünf Jahre mit ihr ausgehalten. Fünf Jahre, die er damals für die besten Jahre seines Lebens gehalten hatte. Nur Linda war von Anfang an skeptisch gewesen, aber das hatte Nicholas als normale Vorbehalte einer Schwiegermutter abgetan.

»Das Mädchen will etwas anderes als du, *Keresik*«, hatte Linda ihn gewarnt. »Sie will hoch hinaus und Porthlynn wird ihr irgendwann zu klein werden.«

Wenn sie ihn mit dem kornischen Kosewort für Darling angesprochen hatte, war es ihr ernst gewesen. Aber Nicholas war so verliebt gewesen, dass er nicht auf ihre Warnungen hatte hören wollen.

»Dann ziehe ich eben mit ihr woanders hin.« Für Jodie hätte er jederzeit seine Tischlerei aufgegeben, seine Freunde und sein geliebtes Meer, nur damit sie glücklich war. Aber all diese Opfer hatten Jodie nicht gereicht. und es war gekommen, wie Linda es vorausgesehen hatte: Nicholas blieb mit gebrochenem Herzen in Porthlynn zurück, während Jodie in die weite Welt hinausspazierte und auch noch Skipper mitnahm, seinen einzigen Trost. Es gab vieles, was Nicholas ihr schwer verzeihen konnte, Skipper stand allerdings erst an zweiter Stelle auf der Liste.

Seine Laune verdüsterte sich und er überlegte, die Arbeit für den heutigen Tag bleiben zu lassen und irgendwohin zu fahren, wo ihn niemand kannte, wo er niemanden kannte, um dort Ruhe zu finden. Denn mit der Erinnerung kehrte der Schmerz zurück.

Nicholas holte tief Luft. Wenn er nicht loslassen konnte, wäre er nicht bereit für einen Neuanfang. Vielleicht war es Zeit für ihn, Porthlynn zu verlassen, auch wenn er das Städtchen liebte. Aber alles hier erinnerte ihn an Jodie, an ihren verliebten Anfang, die glückliche Mitte und das furchtbare Ende.

Weil alles bereits eine Weile zurücklag, sprach ihn niemand mehr darauf an, aber Nicholas hatte immer den Eindruck, es bliebe das erste, an das die Menschen dachten, wenn sie ihm begegneten. Dem konnte er nur entgehen, wenn er den Ort wechselte. Dann jedoch regte sich Widerstand in ihm: Warum sollte er fliehen? Er wollte nicht zulassen, dass Jodie ihm seine Heimat nahm. Außerdem konnte er sich nicht vorstellen, irgendwo anders als hier zu leben. Hier in Cornwall. An jedem anderen Ort würde er das leise Geräusch der Wellen vermissen, wenn sie auf die Felsen rollten, und den Geruch des Meeres. Er würde die Weite vermissen, die klare Linie des Horizonts und er würde die Menschen vermissen.

Auch wenn er sich seit der Trennung von Jodie zurückgezogen hatte, gab es hier immer noch Freunde, die zu ihm hielten. Menschen, denen er etwas bedeutete und die ihm etwas bedeuteten. Jodie hatte ihm so viel weggenommen. Es durfte nicht sein, dass sie ihm auch Porthlynn stahl.

Er holte das Smartphone hervor und begann, eine Nachricht an sie zu tippen. Doch der Gedanke daran, sie wiederzusehen, brachte ein Gefühl hervor, als hätte ihm jemand mit voller Kraft in den Magen geschlagen. Noch immer empfand er zu viel für Jodie, auch wenn es nichts Gutes mehr war. Er legte das Smartphone zur Seite, die Nachricht blieb unvollendet.

Stattdessen suchte er im Internet nach Katzenkissen, Katzentoiletten und Katzenspielzeug. Falls die Samtpfoten wirklich demnächst einziehen sollten, musste noch einiges angeschafft werden.

Unglaublich, wie viele unterschiedliche Größen, Farben und auch Formen Katzenklos hatten. Nicholas kratzte sich am Kopf. Verdammt, woher sollte er wissen, ob man welche mit oder ohne Abdeckung nutzen sollte? Ob Stubentiger da Präferenzen hatten?

Augenblick mal, Holly hatte mit Eleanor reden wollen. Nicholas konnte also guten Gewissens den beiden Frauen die Qual der Wahl überlassen.

»Nicholas?«, erklang in dem Moment Hollys Stimme, als hätten seine Gedanken sie herbeigerufen. Sofort löste sich das bittere Gefühl in seinem Magen und wich einer angenehmen Wärme. Die Erinnerung an den Kuss tauchte erneut auf, aber er schob sie beiseite. Noch fühlte er sich nicht bereit, sich auf einen neuen Menschen in seinem Leben einzulassen. Vor allem nicht auf eine Frau, die den Kuss einfach so abgetan hatte.

»Was ist?«, antwortete er daher in seinem üblichen Tonfall, mit dem er alle Menschen von sich fernhielt. Erst musste er einen Schlusspunkt unter sein altes Leben setzen, bevor er überhaupt an ein neues Glück denken konnte. Trotzdem blieb die Wärme, als Holly in den Gastraum trat. Sie begann sofort, auf ihn einzureden.

»Ich habe gerade mit Eleanor gesprochen. Wegen Emily. Für die arme Kleine wird es in der Schule immer schlimmer.« Holly wirkte so erschüttert, als würden die anderen Kinder sie schikanieren und nicht das kleine Mädchen. Wahrscheinlich konnte sie sich gut in Emily hineinversetzen, denn sie hatte es als Kind auch nicht leicht gehabt, wie Nicholas sich erinnerte. »Daher habe ich mir etwas überlegt.«

»Du und deine Ideen.« Nicholas stieß einen scherzhaft gemeinten Seufzer aus. »Was planst du?«

»Therapiekatzen«, fuhr sie fort, sichtlich zufrieden mit sich und ihrer Idee. »Es wird ein paar Überstunden von dir fordern.«

»Das ist kein Problem, ich werde es einrichten können.« Langsam siegte die Neugierde, was sie sich überlegt hatte. »Was, zur Hölle, sind Therapiekatzen? Was hast du dir ausgedacht?«

KAPITEL 19

Holly konnte es kaum erwarten, ihre Idee endlich in die Tat umgesetzt zu sehen. Heute Vormittag hatten Nicholas, Cooper, Scott, Isla und sie die letzten Vorbereitungen getroffen, nun musste nur noch die Hauptperson an den Ort der Überraschung gelotst werden.

»Emily, Shannon, habt ihr Lust mich zu begleiten?«, fragte Holly. Es war nur eine rhetorische Frage, denn sie hatte alles bereits mit Shannon abgesprochen, aber Emily ahnte nicht, was sie gleich erwartete.

»Sehr gerne.« Shannon holte die Jacken für sich und ihre Tochter und beide folgten Holly auf die Straße. Wieder einmal hatte das Wetter von einem Moment auf den anderen gewechselt und präsentierte sich nun von seiner sonnigen, wenngleich stürmischen Seite. Der Wind zerzauste Emilys und Hollys Haare und versuchte, Strähnen aus Shannons rotem Zopf zu zerren. Die drei Frauen senkten die Köpfe, um dem Wind die Stirn zu bieten, und marschierten die Straße entlang.

»Wohin gehen wir?«, fragte Emily und blickte Holly von der Seite an.

»Wenn ich es dir sage, wäre es doch keine Überraschung mehr«, antwortete Holly und lächelte dabei. »Was meinst du denn, wohin ich euch bringe?«

»In dein Café? Gibt es auch schon Kuchen?«

»Leider sind wir noch nicht so weit.« Sie lächelte das Mädchen an. »Aber ich wollte euch gerne zeigen, wie der Stand der Bauarbeiten ist.«

Da hatten sie das Café auch schon erreicht. Emily stürmte voran, öffnete die Tür und blickte erwartungsvoll hinein. Holly hörte sie quietschen und sah sie im Innern des Cottage verschwinden.

Holly und Shannon lächelten sich an und folgten dem Mädchen. Auf dem einzigen Tisch, der bereits aufgestellt war, prangte eine Einhorntorte, die Declan gestern gebacken hatte, in ihrer ganzen Regenbogen-Pracht. Der Tisch war bereits gedeckt, es fehlten nur die Gäste.

»Wie schön, wie wunderschön!« Emily hüpfte vor Begeisterung auf und ab. »Hast du die gebacken?«

»So etwas kann ich nicht«, musste Holly eingestehen. »Du wirst es nicht glauben, aber die ist von Declan Boscawen, dem Banker.«

»Warum sind hier so viele Teller? Wir sind doch nur drei?« Emily war wirklich ein aufmerksames Kind.

»Nun, einen Moment wirst du dich gedulden müssen«, sagte Shannon mit einem Lächeln. »Ich sage dir doch immer, Geduld ist eine Tugend.«

Emily zog die Nase kraus und verriet damit deutlich, was sie von den Worten ihrer Mutter hielt.

»Möchte jemand Tee, Kaffee oder Saft?« Holly beobachtete glücklich, wie selbstverständlich Shannon hinter den Tresen getreten war und nun die funkelnde Kaffeemaschine anwarf. »Ist es okay, Holly?«

»Fühl dich wie zu Hause. Einen Cappuccino, bitte.« Holly war ganz froh, dass Shannon diese Aufgabe übernahm, denn sie war etwas nervös, ob ihre Idee ein Erfolg würde.

»Bitte schön, die Damen, ein Cappuccino und ein Apfelsaft.« Shannon servierte ihnen formvollendet die Getränke. »Emily, nimm Platz.«

Das Mädchen stand immer noch starr vor Bewunderung vor der Einhorntorte. Die Tür zum Gastraum öffnete sich und mit Isla, Scott und Cooper kam ein Schwall guter Laune ein.

»Hey«, sagten sie. »Was für eine unglaubliche Torte. Wer immer sie verbrochen hat, du sollest sie einstellen, Holly.«

Mit einem breiten Grinsen setzte sich Cooper neben Holly und wandte ihr sein attraktives Gesicht zu: »Das wird ein wunderschönes Café, weißt du.«

»Das glaube ich auch.« Holly spürte einen Anflug von Traurigkeit, als sie daran dachte, dass sie das Café und Porthlynn bald verlassen würde. »Ich hoffe, dass wir alles rechtzeitig bekommen.«

»Willst du doch hierbleiben?«, fragte Emily und blickte kurz von der Torte zu Holly. Zum Glück öffnete sich in diesem Augenblick erneut die Tür und Nicholas und Eleanor kamen herein, sodass Holly nicht auf die Frage des Mädchens antworten musste. Zu ihrer Überraschung stellte sie fest, es fiel ihr schwer, eine Antwort zu geben. Inzwischen war sie alles andere als sicher, wie ihre Zukunft verlaufen würde.

Nur eines war sicher: nach New York würde sie nicht zurückkehren. In der Zeit in Porthlynn hatte Holly erkannt, dass sie durch und durch Britin war. Erst nachdem sie wieder auf ihrer Heimatinsel angekommen war, war ihr deutlich geworden, wie sehr sie ihre Heimat, die Menschen und selbst das wechselhafte Wetter vermisst hatte. Nun blieb die Frage, ob sie in eine große Stadt gehen wollte, um ihren Beruf als Architektin wieder aufzunehmen oder ob sie wirklich Besitzerin eines Katzencafés sein wollte.

»Feiern wir heute schon Richtfest?« Isla zwinkerte Holly zu.

»Nein, das ist lange vorbei.« Nicholas lächelte die Neuseeländerin an. Ein Lächeln, wie Holly es bisher noch nicht bei ihm gesehen hatte. »Richtfest feiert man bei Neubauten, nicht bei Umbauarbeiten.«

»Wir schon. Man kann machen, was man will«, entgegnete Holly spitz. »Wir feiern heute unser Richtfest.«

»Wenn du meinst.« Nicholas verdrehte die Augen. Bevor er mehr sagen konnte, platzte Declan herein, ein Tablett voller Kekse in der Hand.

»Ich bin etwas spät, aber es war eine fiese Arbeit, die Kekse zu füllen.«

»Du hast nicht wirklich …?« Nicholas starrte den Banker mit großen Augen an und Holly hätte zu gern gewusst, was sich dahinter verbarg. »Kekse, denen Glitzer aus dem A …«« – nach einem Blick auf Emily fuhr er fort – »Allerwertesten flattert.«

»Sind sie nicht großartig?« Declan stellte den Teller ab und nahm einen der regenbogenfarbenen Kekse in die Hand. Als er ihn hochhob, hinterließ das Einhorn eine Spur glitzernden

Staubs. Alle brachen in Lachen aus. Alle bis auf Emily, die vollkommen fasziniert war.

»Setz dich hin«, forderte Holly Declan auf. »Wir wollen endlich herausfinden, ob deine Torte so gut schmeckt wie sie aussieht.«

Denn seine erste Torte hatte sie nicht zu Gesicht bekommen und auch nicht probieren können, da er sie seinen Kollegen geschenkt hatte. Wegen des Kusses hatte Holly vergessen, Declan rechtzeitig aufzusuchen.

Nachdem er Platz genommen hatte, nahm sie die Bestellungen auf, die Shannon ausführte. Hand in Hand arbeiteten die beiden Frauen, bis alle am Tisch mit Getränken versorgt waren. Dann setzten sie sich auch und warteten darauf, dass Declan die Torte anschnitt.

»Uiii, wie schön«, flüsterte Emily, als Declan ihr das erste Stück auf den Teller legte. Holly musste dem Kind voll und ganz zustimmen, denn die Torte war wirklich einzigartig. Sie war nicht nur außen bunt, sondern schimmerte innen auch in allen Regenbogenfarben und – das war das Beste überhaupt – wenn man sie bewegte, fiel Glitzer von ihr auf den Teller, so wie bei den Keksen.

Holly musterte Declan. Ob sie ihn überreden könnte, ab und zu mal die Torte für das Katzencafé zu backen?

Es wurde ein wunderbarer Nachmittag. Die Torte sah nicht nur großartig aus, sondern schmeckte frisch und cremig und süß, so wie eine Torte schmecken sollte. Angeregt plauderten alle miteinander und Holly bekam das Gefühl, das Café könnte ein Erfolg werden.

In dem Moment stand Nicholas auf und kam auf sie zu.

»Jetzt?«, flüsterte er Holly zu. Sie nickte und sein Blick glitt zu Emily, die nichts ahnte. Und genauso sollte es bleiben. Nicholas stand auf und auch Eleanor erhob sich. »Tut uns leid, wir haben noch einen Termin.«

»Bleibt doch noch ein bisschen, ich habe gerade frischen Tee gekocht«, spielte Shannon mit.

»Vielleicht später«, vertröstete Eleanor sie. Die beiden verschwanden und Emily musterte den Kuchen mit begehrlichem

Blick.

»Nimm dir noch ein Stück«, forderte Isla sie auf. »Ich bin pappsatt und kann nichts mehr essen.«

»Darf ich, Mum?« Das Kind sah Shannon bittend an.

»Aber nur ein kleines, sonst hast du wieder keinen Hunger zum Abendessen.«

»Kannst du mir bitte ein kleines abschneiden, Holly?«

Holly tat wie gebeten, und lauschte, ob Nicholas und Eleanor bereits zurückgekehrt waren, doch es blieb ruhig. Also ließ sie sich Zeit mit dem Kuchen, verlangte dann einen Cappuccino von Shannon, um den Nachmittagskaffee in die Länge zu ziehen. Da auch alle anderen eingeweiht waren, zogen sie mit, aber irgendwann begann Emily, unruhig herumzuzappeln. Glücklicherweise hörte Holly in dem Moment die Türen klappern. Nun konnten es nur noch Minuten sein, bis sie das Mädchen überraschen konnten.

»Emily, was für eine Torte würdest du dir wünschen?«, fragte Holly, um das Kind abzulenken. »Wir machen eine Umfrage unter unseren Gästen, damit wir später genau das anbieten können, was sie sich wünschen.«

»Das Einhorn«, platzte Emily sofort heraus und verzog nachdenklich ihr Gesicht. »Und eine mit Schokolade und *Scones*.«

Bevor Holly sich noch etwas ausdenken musste, streckte Nicholas den Kopf zur Tür herein: »Wir sind so weit.«

Holly erhob sich und sagte: »Ich möchte euch alle bitten, mit mir zu kommen, um unsere ersten Gäste zu begrüßen.«

»Noch mehr Gäste?« Emily legte den Kopf schief wie ein kleiner Vogel.

»Kommt mit nach nebenan, dann wirst du sie kennenlernen.«

Nicholas und die Surfer hatten gemeinsam alles gegeben, um den Katzenraum früher fertig zu stellen, als ursprünglich geplant war. Das war Hollys Idee gewesen, nachdem Shannon ihr berichtet hatte, wie sehr Emily in der Schule litt. Sie hatte überlegt, dass es den Katzen gewiss auch guttun würde, sich schon vorher einzugewöhnen, bevor die ersten Gäste kamen und sie streicheln wollten. Eleanor hatte sich bereit erklärt, in eines der beiden kleinen Zimmer oben zu ziehen, um die Katzen vor Ort zu betreuen. Auf ihrem Bauernhof hatte sie mit Jake einen kundigen Helfer, der ohnehin die körperlich schwere Arbeit allein stemmte. Aber – das war Holly klar geworden – sie würde jemanden brauchen, der dauerhaft über dem Café wohnte. Jemanden, der für Lieferanten ansprechbar war, und dafür sorgte, dass die Katzen nachts nicht alleine waren.

Im Internet hatte sie gelesen, Katzen hätten kein Problem damit, aber die Vorstellung, die Tiere unbeaufsichtigt zu lassen, gefiel Holly einfach nicht. Was war, wenn eine der Katzen erkrankte und man sie erst morgens entdeckte? Das war eine Verantwortung, die Holly nicht auf ihren Schultern tragen wollte. Aber darüber konnte sie später nachdenken, jetzt ging es erst einmal darum, Emilys Probleme – hoffentlich – in den Griff zu bekommen.

Holly ging voran, der Rest folgte ihr in einer geraden Reihe, was sie zum Lachen brachte. Das war so typisch britisch, man stellte sich brav hintereinander und drängelte sich nicht wild durch, selbst wenn es um so etwas ging wie die Begrüßung von Gästen.

Sie öffnete die Tür zum Katzenraum und sagte laut: »Tatata, ich präsentiere die ersten Bewohner von Lindas Katzenheim.«

»Wir brauchen einen schmissigeren Namen«, brummelte Nicholas aus dem Hintergrund, aber sie ließ sich nicht ärgern.

»Der kommt später und du malst dann ein pfiffiges Schild.« Holly lächelte ihn an, bevor sie Emily ansah. Wie Holly und Shannon es gehofft hatten, stürmte das Mädchen sofort in den Raum und auf die Katzen zu. Eleanor hatte ganz unterschiedliche Samtpfoten ausgewählt: ein schwarzes und ein schwarzweißes Kätzchen in dem Alter, wo die Tiere einfach unfassbar niedlich waren. Neugierig tapste das schwarz-weiße auf Emily zu und sah sie erwartungsvoll an. Zwei schlicht graugetigerte Katzen hatten es sich auf dem höchsten Platz gemütlich gemacht und funkelten sie von oben herab an. Sie schienen nicht wirklich daran interessiert zu sein, Menschen kennenzulernen, aber vielleicht brauchten sie nur etwas Zeit.

Die fünfte schließlich war eine kräftige weiß-graue Katze mit runden Augen. Ihr Fell sah kuschelig aus und sie kam schnurstracks, den Schwanz hoch erhoben, auf Holly zu.

»Wer bist du?« Holly ging in die Knie und streckte die Hand aus. »Du bist ja eine Süße.«

»Knapp daneben«, sagte Eleanor. »Es ist ein Kater und er ist oft mies gelaunt. Also pass auf deine Finger auf.«

Als wollte er beweisen, wie recht sie hatte, schlug der Kater in dem Moment zu. Glücklicherweise war Holly vorgewarnt und entkam der Attacke ohne Schaden.

»Pech gehabt, Dicker.« Sie streckte dem Kater die Zunge heraus, was bei allen anderen zum Lachen führte.

»Darf ich vorstellen, Emily, das sind Midnight und Merlin; oben liegen Smokey und Dandelion und der Kater hat noch keinen Namen, weil wir bisher keinen passenden finden konnten.«

Eleanor hob das schwarz-weiße Kätzchen hoch und legte es vorsichtig in Emilys Arme. »Pass auf und stütze es ab, wenn du es auf dem Arm hast.«

Emily streichelte das Kätzchen, so behutsam, als wäre es aus kostbarstem Kristall.

»Mama darf ich Merlin jeden Tag besuchen? Sie mag mich.«

Bevor Shannon antworten konnte, fuhr Eleanor fort: »Emily, ich habe eine ganz große Bitte an dich.« So wie Holly, Shannon und sie es besprochen hatten. »Die Kleinen sind es gewöhnt, dass ich ihnen jeden Tag etwas vorlese, sonst können sie nicht einschlafen. Aber ich habe einfach im Moment zu viel zu tun. Könntest du das für mich übernehmen?«

Emily begann so stark zu zittern, dass sie beinahe das Kätzchen fallengelassen hätte. Ihr Gesicht lief rot an und ihre Augen glänzten verdächtig.

Da griff Holly ein: »Emily, du entscheidest, wann du ihnen vorliest und was du ihnen vorliest und von uns Erwachsenen ist dann keiner dabei. Wir müssen unsere Erwachsenensachen erledigen.«

Einen Moment herrschte Schweigen und es erschien Holly, dass alle Freunde den Atem anhielten. Wohl in Sorge, dass sie die arme Kleine mit ihrem Ansinnen überforderten. Dann erhellte sich Emilys Gesicht: »Ich ganz allein, wirklich? Und ich darf lesen, was ich will?«

»So ist es gedacht.« Eleanor nickte bestätigend.

»Darf ich, darf ich?«, bestürmte Emily ihre Mutter.

»Aber erst, wenn du deine Hausaufgaben gemacht hast.«

»Ja, ja, ja.«

»Dann lassen wir euch mal allein, damit ihr euch besser kennenlernen könnt«, sagte Holly, aber Eleanor schüttelte den Kopf und meinte: »Ich behalte das alles noch ein bisschen im Auge. Wir wollen nicht, dass der Graue Emily etwas tut.«

Warum hat sie diese Katze dann mitgebracht, fragte sich Holly. Dann fiel ihr ein, das Café sollte der Vermittlung schwieriger Fälle dienen; Katzen, die nicht sofort wegen ihrer Niedlichkeit und Freundlichkeit Familien fanden, die sie wollten. Trotzdem hätte Holly sich gewünscht, dass ihre ersten Kandidaten eher einfach zu handhaben wären. Aber man wuchs ja bekanntlich an seinen Aufgaben.

KAPITEL 20

»Lasst uns nach Truro fahren, um die Tapeten für eure neue Wohnung auszusuchen«, schlug Holly Shannon und Emily vor. Hollys Nachbarin war überaus glücklich gewesen, als Holly ihr angeboten hatte, über dem Katzencafé einzuziehen und dort Geschäftsführerin zu werden. »Oder wollen wir es Nicholas überlassen, euer Heim einzurichten? Dann bekommt ihr höchstwahrscheinlich dunkelgrüne Tapeten.«

»Das meinst du nicht ernst«, gab Shannon vor, schockiert zu sein. »Nicholas ist ein toller Tischler, aber ich will ihn nicht als Dekorateur haben, glaube ich.«

»Dann sollten wir uns beeilen, bevor er die Entscheidungen trifft.«

»Ich wollte aber den Katzen vorlesen«, sagte Emily und schob die Unterlippe vor. »Das habe ich ihnen versprochen.«

»Wir brauchen nicht lange. Versprochen.« Holly lächelte dem Mädchen zu. Emily verbrachte jeden Nachmittag im Café und las inzwischen viel flüssiger. »Heute Nachmittag ist es ohnehin ruhiger.«

Zwei Stunden später fragte sie sich, wie sie so optimistisch hatte denken können. Die Auswahl der passenden Tapeten zog sich viel, viel länger hin als Holly erwartet hatte, denn Shannon und Emily waren stets unterschiedlicher Meinung und konnten keinen Kompromiss finden, mit dem sie beide leben wollten. Immer wieder versuchte eine der beiden, Holly auf ihre Seite zu ziehen, aber die winkte ab. »Ich muss dort nicht leben, ich weiß nicht einmal, ob ich noch in Porthlynn bin, bis ihr euch zu einem Entschluss durchgerungen habt.«

Der Verkäufer warf ihr einen verzweifelten Blick zu, aber sie zuckte nur mit den Schultern. Nachdem Emily die Tränen in die

Augen getreten waren, sah Shannon Holly verzweifelt an.

»Warum machen wir das nicht so?«, überlegte Holly laut.

»Emily, du hast die freie Auswahl bei deinem Zimmer, Shannon die freie Auswahl bei ihrem Raum und beim Wohnzimmer einigt ihr euch auf drei Muster und ich wähle das Endergebnis.«

Nun warf ihr der Verkäufer einen dankbaren Blick zu, Shannon nickte sofort begeistert, nur Emily musterte sie zweifelnd. Alle Erwachsenen hielten den Atem an, bis die Kleine endlich nickte. Nach kurzem Nachdenken wählte Emily eine Tapete aus, die Holly erstaunlich erwachsen vorkam. Sie hatte mit Einhörnern mit Regenbogenmähne und Regenbogenschweif gerechnet oder mit niedlichen Kätzchen, aber Emily hatte ein abstraktes Muster ausgesucht: ein heller Grundton, auf dem zarte blaue, rote und gelbe Pinselstriche zu sehen waren.

Shannon hingegen wählte ein wildes Muster, das Holly sich nur schwer an der Wand vorstellen konnte. Bunte Paradiesblumen und noch buntere Paradiesvögel auf einem rostroten Untergrund. Dann dauerte es noch eine Weile, bis Mutter und Tochter sich auf drei mögliche Wohnzimmertapeten geeinigt hatten. Holly schickte sie hinaus und suchte dann eine Tapete aus, von der sie hoffte, dass sie wirklich beiden langfristig gefallen würde.

»Vielen Dank für Ihre Geduld«, sagte sie zu dem Verkäufer.

»Ach, ich habe schon Schlimmeres erlebt, Darling.«

Sie nickte ihm zu, folgte ihren Freundinnen und bot ihnen an: »Was haltet ihr davon, wenn wir uns einen *Afternoon Tea* bei mir gönnen, bevor wir ins Katzencafé fahren? Das haben wir uns verdient.«

»Ich spendiere den Kuchen«, warf Shannon ein. Sie lächelte Emily zu. Mutter und Tochter wirkten wieder wie ein Herz und eine Seele, von dem Streit um die Tapeten schien nichts übrig geblieben zu sein.

Als Shannon mit ihrem alten Ford Fiesta in den Feldweg vor dem Cottage einbog, trat sie zu Hollys Überraschung hart auf die Bremsen. Holly flog nach vorne, wurde vom Sicherheitsgurt gefangen und blickte ihre Freundin erstaunt an. Dann jedoch bemerkte sie, warum Shannon eine Vollbremsung hingelegt hatte. Auf dem Platz, auf dem sonst der Fiesta parkte, stand ein anderer Wagen, ein Vauxhall. Daneben lehnte ein Mann, den Holly noch nie zuvor gesehen hatte. Was überaus ungewöhnlich für Porthlynn war. Sie hätte schwören können, dass sie jeden der Einwohner des Städtchens mindestens einmal im Leben getroffen hatte. Sicher, sie kannte nicht jeden Namen, aber bestimmt jedes Gesicht.

»Weißt du, wer das ist?«, wandte Holly sich ihrer Freundin zu. Shannon musterte den Mann, bevor sie mit dem Kopf schüttelte. »Aber ich wohne noch nicht so lange hier. Irgendwie habe ich nicht das Gefühl, dass er etwas Gutes will.«

»Das geht mir auch so.« Holly öffnete erst den Sicherheitsgurt und dann die Tür. »Aber wir können schlecht umdrehen und davonrasen wie in einem Actionfilm.«

Sie ging dem Mann entgegen, der ihr aufmerksam entgegenblickte.

»Miss Nancarrow?«

»Ja? Und Sie sind …?«

Etwas an ihm weckte düstere Befürchtungen in ihr, denn er wirkte sehr offiziell, selbst in Jeans und Polohemd.

»Mein Name ist Thomas Rundle. Ich bin vom städtischen Gesundheitsamt.«

»Oh.« Es würde eine spannende Unterhaltung werden, wenn Holly weiterhin nur einsilbige Worte als Antwort einfielen. Aber der Schreck saß einfach zu tief. Hektisch ging sie im Kopf alles durch, aber sie war sicher, Linda hatte die notwendigen Unterlagen eingereicht und die notwendigen Erlaubnisse eingeholt. Trotzdem fühlte sie sich unsicher, sie konnte mit Ämtern einfach nicht so gut umgehen. Auch in New York hatte sie das lieber ihren Kollegen überlassen.

Glücklicherweise trat Shannon an ihre Seite.

»Hallo Mister Rundle, ich bin Shannon Polglaze, das ist meine Tochter Emily.« Sie deutete auf das Mädchen, das den Beamten anlächelte. »Wir wohnen nebenan. Und wir wollen später über dem Katzencafé wohnen.«

»Erfreut, Sie kennenzulernen. Hallo, Emily.« Seine Miene wirkte deutlich freundlicher, als er das Mädchen ansah.

Shannon reckte sich. Obwohl sie kleiner war als Holly, starrte sie Mr Rundle direkt in die Augen. »Ich bin sozusagen die Geschäftsführerin vom Katzencafé. Alles, was die Baustelle betrifft, können Sie mit mir besprechen.«

»Es tut mir leid, aber wir haben eine Meldung bekommen, dass das Café die Auflagen nicht erfüllt.«

»Wir ... wir haben noch gar nicht geöffnet«, gelang es Holly schließlich hervorzubringen. »Wie können wir da Auflagen verletzen?«

»Nun, jemand hat uns angezeigt, die Katzen würden bereits jetzt in der Gaststube im Cafébereich herumtigern.« Er lächelte leicht über seinen Wortwitz. Sie erwiderte das Lächeln, obwohl sie den Witz nicht so toll fand, aber immerhin war er vom Amt.

»Das stimmt nicht.« Holly schüttelte den Kopf. »Wir haben das Café so konzipiert, dass links die Katzen und rechts die Menschen sind. Und der Kuchen ist auch rechts. Also weit weg von den Katzen.«

Am liebsten wäre sie im Boden versunken. Ihre Eloquenz im Angesicht von Überraschungen ließ zu wünschen übrig.

»Wir haben die Beschwerde erhalten, dass Sie die Tiere in die Nähe der Lebensmittel lassen«, antwortete Mr Rundle. Er hob die Hände, als täte ihm wirklich leid, was er gleich sagen würde.

»Wie Miss Nancarrow es sagte«, antwortete Shannon in einem sehr seriös wirkenden Tonfall, ganz Geschäftsführerin. »Alles entspricht exakt den Auflagen, die das Gesundheitsamt uns gestellt hat. Wenn es einen Kontakt zwischen Menschen und Katzen gibt, dann wird der von den Menschen initiiert, nicht von den Katzen.«

»Das mag sein.« Mister Rundle stieß einen kleinen Seufzer aus. »Aber Sie werden verstehen, ich muss einer Meldung nachgehen. Sonst beschwert sich jemand bei meinem Chef und dann habe ich den Ärger und Sie haben auch weiterhin den Ärger, und das wollen wir beide nicht.«

»Sicher. Gewiss.« Fieberhaft überlegte Holly, wie sie das Problem angehen könnte. »Kommen Sie doch einmal vorbei und Sie können alles in Augenschein nehmen.«

Himmel! Wenn sie das nicht verdächtig klingen ließ.

»Genau deshalb bin ich hier.« Mr Rundle lächelte. »Ich möchte Sie bitten, mich zum Café zu begleiten.«

» Jetzt?« Obwohl Holly sicher war, dass alles im Café in Ordnung war, wunderte sie sich, warum Mr Rundle es so eilig hatte. »Ist das notwendig? Wir sind noch mitten in den Umbauten.«

»Miss Nancarrow hat recht«, sprang Shannon ihr erneut zur Seite. »Wir sind gerade vom Einkaufen gekommen, meine Tochter ist müde. Sehr müde, nicht wahr, Emily?«

Das Mädchen sah sie einen Moment fragend an, dann gähnte sie. »Mum, ich bin sooo müde.«

Trotz ihrer Nervosität hätte Holly am liebsten über diese gelungene Darbietung gelacht, es erschien ihr angesichts des Manns vom Gesundheitsamt nicht besonders schlau. Da kam ihr eine Idee.

»Shannon, bring doch Emily ins Haus, und ich zeige Mr Rundle das Café. Wenn Sie einen Moment warten können, Mr Rundle?«

»Selbstverständlich. Sie werden verstehen, dass ich mir vor Ort ein Bild machen muss.« Er sah wirklich so aus, als täte es ihm leid, sie damit behelligen zu müssen. »Ich war bereits dort, aber niemand hat mir die Tür geöffnet.«

Na prima, dachte Holly, wenn sie Nicholas oder die Surfer brauchte, waren sie woanders. Dann flüsterte sie Shannon zu: »Bitte sag Nicholas Bescheid. Er kennt ihn bestimmt und kann uns beistehen.«

Zu Mr Rundle sagte sie mit fester Stimme. »Kein Problem.« Holly bemühte sich um ein Lächeln. »Ich hole den Schlüssel, dann zeige ich Ihnen alles. Es ist wirklich schön geworden.«

»Das glaube ich Ihnen gern. Es war Lindas großer Traum und es täte mir leid, ihn nicht erfüllen zu können.« Sein Lächeln war so warm, dass Holly wieder Mut schöpfte.

»Wollen Sie kurz hereinkommen?«

»Nein, nein, ich genieße den Sonnenschein.«

Ihre Hand zitterte so sehr, dass sie den Schlüssel kaum ins Schloss bekam. Nachdem es geklappt hatte, stürmte sie ins Haus, suchte den Schlüssel, der natürlich nicht auf der Kommode lag. Wo hatte sie das vermaledeite Ding nur hingelegt?

Holly spurtete in die Küche, aber auch da war er nicht. Warum war sie nur so nervös?

Endlich fiel es ihr ein: sie hatte den Schlüssel im Wohnzimmer auf den Schreibtisch gelegt. Nachdem sie ihn gefunden hatte, holte sie noch einmal tief Luft und versuchte sich zu beruhigen. Doch immer wieder kehrten ihre Gedanken zu zwei Fragen zurück: Wer hatte sie beim Gesundheitsamt angezeigt? Warum versuchte jemand, Lindas Traum zu boykottieren?

Das waren Fragen, die sie später klären konnte. Jetzt musste sie erst einmal das Café vor dem Gesundheitsamt retten. Also schnappte sie sich den Schlüssel und eilte hinaus. Als sie vor die Tür trat, wartete Shannon bereits auf sie, die freundlich mit Mr Rundle plauderte. Holly fiel ein Stein vom Herzen, dass sie der Situation nicht alleine gegenübertreten musste.

»Bitte fahren Sie voraus«, schlug Shannon Mr Rundle vor; an Holly gewandt fügte sie hinzu: »Wir folgen ihm im Auto.«

Er nickte, ging zu seinem Wagen, startete und fuhr an Shannons Auto vorbei. Dann wartete er mit laufendem Motor, Shannon und Holly stiegen ein. Holly gelang es kaum, den Sicherheitsgurt einzurasten.

»Alles wird gut, Holly«, sagte Shannon, nachdem sie losgefahren waren. »Ich habe Emily gesagt, sie soll warten, bis sie die Autos nicht mehr sieht und dann so schnell zu Nicholas rennen, wie sie kann, und ihn um Hilfe bitten.«

»Warum gehst du nicht zu Nicholas?« Holly knetete ihre Finger. Ihre Gedanken überschlugen sich.

»Weil ich dich keinesfalls alleine lassen wollte.« Shannon warf ihr einen Blick zu. »Himmel, Holly, du siehst aus, als müsstest du dich gleich übergeben.«

»So fühle ich mich auch«, antwortete sie. »Es kommt mir vor wie eine Prüfung im Studium. Da war mir auch jedes Mal schlecht.«

»Aber du hast es schließlich geschafft.« Shannon zuckte mit den Schultern. »Jetzt teilen wir uns die Verantwortung.«

»Außerdem bin ich erschüttert, dass jemand uns angezeigt hat. Haben wir uns Feinde gemacht?«

Holly wurde noch übler bei dem Gedanken, wer sie so sehr

hasste, dass er sie dem Gesundheitsamt gemeldet hatte. So ein Angriff aus dem Hinterhalt erschien ihr feige.

»Ich kann mir nicht vorstellen, es war jemand aus Porthlynn. Bestimmt ist alles ein großes Missverständnis.« Shannon bog in den *Kath Way* ein. »Mr Rundle wirkt wirklich nett.«

»Jedenfalls für einen Mann vom Gesundheitsamt.« Holly fühlte sich langsam besser. »Großartig, dass du dabei bist.«

»Holly, du hast mir eine Wohnung und einen besseren Job gegeben. «

»Gut, dann sind wir uns beide gegenseitig dankbar. Das hebt sich dann auf, nicht wahr?«

»Möglicherweise.« Shannon bremste ab. »Ich bin froh, dass wir dem Problem zu zweit begegnen.«

»Kann Mr Rundle uns wirklich die Lizenz entziehen, obwohl wir noch nicht geöffnet haben?«

Bevor Shannon antworten konnte, hatten sie das kleine Café erreicht. Holly überkam ein warmes Gefühl, als sie die hübsche, weißgestrichene Fassade sah und daran dachte, wie glücklich Linda über die Erfüllung ihres Traums gewesen wäre. Dank der gemeinsamen Anstrengungen von Nicholas, den Surfern und ihr sah das früher so heruntergekommene Cottage aus wie ein liebenswertes Café, wo man gerne für einen *Afternoon Tea* oder für Kaffee und Kuchen einkehrte und länger blieb, als man geplant hatte, weil es so gemütlich war.

Doch die Wärme wich Erschrecken, als sie entdeckte, dass Mr Rundle bereits die Haustür geöffnet hatte. Himmel! Warum war sie nicht abgeschlossen? Shannon hatte den Wagen noch nicht zum Stillstand gebracht, da war Holly schon rausgesprungen und rannte ins Café.

Als sie den Flur betrat, entdeckte sie, dass beide Türen weit offenstanden, sowohl die zum Katzenzimmer als auch die zum Gastraum. Wer war so unachtsam gewesen? Nicholas? Cooper? Scott? Isla? Nein, bei keinem von ihnen konnte Holly sich vorstellen, dass ihnen so ein gewaltiger Fehler unterlaufen würde.

»Mr Rundle, kommen Sie, ich zeige Ihnen, wo die Katzen wohnen«, rief Holly. Schnell warf sie einen Blick in den Raum und zählte zwei Katzen. Sie sandte ein Stoßgebet zum Himmel, dass die verbleibenden drei sich im hinteren Katzenbereich befänden, aber sie fürchtete, dass alles verloren war. In dem Moment, als Shannon durch die Haustür kam, betrat Mr Rundle den Gastraum.

»Soso«, sagte er und Holly und Shannon beeilten sich, zu ihm aufzuschließen. Dort bot sich ihnen ein Bild, das sie so schnell nicht vergessen würden.

»Oh nein«, stieß Holly hervor, denn der dicke graue Kater saß auf dem Tresen und wandte ihnen den Rücken zu. Als sie dachte, es könnte nicht schlimmer kommen, hob der Kater elegant sein Hinterbein und putzte sich voller Elan den Hintern.

KAPITEL 21

»Nicholas!« Die kleine Emily war so schnell gerannt, dass sie völlig außer Atem war, als sie ihn erreicht hatte. »Mum sagt, du musst dringend zum Café kommen.«

»Was ist denn passiert?« Nicholas konnte nicht glauben, dass etwas Schlimmes im beschaulichen Porthlynn geschehen sein sollte. »Ist etwas mit Holly?«

Sofort sprang er auf, bereit, alles stehen und liegen zu lassen, um Holly zur Seite zu springen. Bang blickte er Emily an, die immer noch nach Luft rang.

»Hier, Kleines, trink einen Schluck.« Nicholas goss ihr ein Glas Wasser ein, das Emily dankend annahm und in einem Zug austrank. Nun bekam sie auch noch Schluckauf. Zwischen den einzelnen Hicksern bekam sie schließlich heraus: »Katzen sollen im Gastraum sein. Jemand vom Gesundheitsamt ist da. Schnell.«

»Bleib hier und erhol dich.« Nicholas eilte zur Tür. Dort blieb er kurz stehen und rief Emily über die Schulter zu: »Wenn du gehst, zieh einfach die Tür hinter dir zu. Saft ist im Kühlschrank, Kekse sind im Hängeschrank.«

Draußen fiel er in einen schnellen Trab. Er war so überstürzt aufgebrochen, dass er nicht einmal daran gedacht hatte, sich eine Jacke überzuziehen. Ein kritischer Blick zum Himmel, der von einem trügerischen Blau war, ließ Nicholas schneller laufen. Für die Einwohner Porthlynns war so ein strahlender Himmel ein sicheres Zeichen, dass der Regen bald einsetzte. Aber das war Nicholas vollkommen egal. Jetzt galt es, Lindas Traum zu retten und Holly beizustehen.

Sollten die Katzen wirklich in den Gastraum gelangt sein, fragte er sich, während er den *Kath Way* entlangrannte. Hoffentlich war Holly taff genug, um sich aus dieser Situation herauszureden. Nicholas' Herz wurde schwer bei dem Gedanken, Lindas

Traum zu verlieren, weil irgendjemand – es konnten nur die Surfer gewesen sein – die Katzen in den Gastraum gelassen hatte. Warum sollten Hollys Freunde das tun? Ihr Lebensmodell entsprach überhaupt nicht seinem, aber sie waren pünktlich, gute Handwerker und immer fröhlich. Nein, Cooper, Scott und Isla waren das auf keinen Fall gewesen.

Warum meinte er überhaupt, dass jemand die Katzen absichtlich in den Gastraum gelassen hatte? Trug er womöglich Schuld an der Misere? Hatte er, so verstrickt in seinen Gedanken und Gefühlen, vergessen, die Türen zu schließen? Einen Moment lang fürchtete er, dass das wirklich geschehen sein konnte. Nein, das passte nicht. Er mochte zu sehr an Jodie und Holly denken, öfter als gut für ihn war, aber nicht so sehr, dass er zwei Türen offenließ. Möglicherweise – und selbst das war verschwindend gering – hätte er die zum Gastraum offengelassen, aber niemals die Tür zum Katzenzimmer.

Geschickt wich er einem Kind auf einem Dreirad aus, das aus einer Ausfahrt geschossen kam, ohne nach rechts oder links zu gucken. Nicholas eilte weiter. Er musste seine letzten Kraftreserven mobilisieren, um das flotte Tempo beizubehalten. Endlich entdeckte er das Cottage, vor dem der Rover von Mr Rundle stand. Nicholas kannte den Mann vom Gesundheitsamt als harten, aber fairen Gutachter. Hoffentlich kann Holly ihn davon überzeugen, dass alles ein Versehen war.

Nicholas zog das Tempo an und kam keuchend am Café an. »Holly? Shannon«, rief er in den Flur. »Wo seid ihr?«

»Im Gastraum.« Hollys Stimme klang hoch, als wäre sie in Panik.

Nicholas stürmte dorthin. Mit einem Blick erfasste er die Situation: Holly, Mr Rundle und Shannon hatten den grauen Kater in die Ecke gedrängt und starrten den grollenden Stubentiger an. Holly hatte anscheinend schon mehrfach versucht, den Kater zu fangen. Blutige Striemen auf ihrer Hand waren ein deutliches Zeichen, dass das Tier sich heftig gewehrt hatte.

Wieder einmal fragte sich Nicholas, warum Eleanor Rosevear ausgerechnet dieses verfluchte Biest ausgewählt hatte. Die Katze war permanent schlecht gelaunt, ließ sich gnädig dazu herab, sich kurz streicheln zu lassen und schlug dann unvermutet mit der Pfote zu. Niemand würde diesen Stubentiger adoptieren wollen.

»Die anderen sind nebenan«, flüsterte Holly und warf ihm einen schnellen Blick zu, bevor sie sich wieder der fauchenden Katze zuwandte. »Sie haben sich leicht einfangen lassen.« Nicholas bedauerte es, dass er nicht früher hergekommen war. Er hätte gern gesehen, wie sie den Katzen nachjagten. »Emily ist noch bei mir«, sagte er zu Shannon. »Sie soll sich nach dem wilden Lauf ausruhen.«

»Danke.« Sie nickte ihm zu, ließ aber die Samtpfote nicht aus den Augen. Bisher hatte der Kater noch keinen Namen, nur Spitznamen, allerdings keine freundlichen. Holly bewegte sich, der Stubentiger plusterte sich auf und starrte sie an. Das war seine Chance!

Nicholas sprang nach vorne und bevor der Kater erkennen konnte, was mit ihm geschah, hatte er ihn am Nackenfell gepackt und hochgehoben. Schwer war das Biest auch noch und schlug mit den Pfoten um sich. »Macht die Tür auf. Schnell, schnell«, rief er und rannte zum Katzenzimmer. Holly schob sich an ihm vorbei und öffnete die Tür, wobei sie darauf achtete, dass keine der anderen Katzen entkam. Nicholas setzte den Stubentiger ab, der sich rasend schnell umdrehte und ihm die Krallen über die Unterarme zog.

»Was für ein Mistviech!«, stöhnte Holly und lehnte sich gegen die Tür, nachdem sie sie geschlossen hatte. Sie sah so erschöpft aus, dass Nicholas sich versucht fühlte, sie in seinen Arm zu nehmen. Doch das erschien ihm unpassend, er wollte ihre Notlage nicht ausnutzen.

»Wie konntest du die Katzentür offenlassen?«, fauchte Holly ihn an.

Nicholas schluckte. Gut, dass er sie nicht in die Arme genommen hatte. »Alle verfluchten Türen waren offen. Auch die Eingangstür!«

»Warum gibst du mir die Schuld?« Aus dem Augenwinkel bemerkte Nicholas, dass Mr Rundle und Shannon vom Flur verschwanden und in den Gastraum flohen. »Das waren wohl eher deine Surferfreunde, die es eilig hatten, ans Meer zu kommen.«

Selbst er glaubte nicht daran, aber irgendwie musste er sich gegen Hollys Anschuldigung verteidigen.

»Quatsch, sie haben gar keinen Schlüssel. Sie können nur arbeiten, wenn du auch arbeitest oder ich sie hereinlasse. Hast du das noch nicht bemerkt?«

»Moment, wie viele Schlüssel gibt es überhaupt?«

»Einen hast du, einen hat Eleanor wegen der Katzen, einen habe ich und dann gibt es noch zwei Ersatzschlüssel im Gastraum an der Wand.« Sie schauten sich beide an und ohne ein weiteres Wort zu sagen, rannten sie nebeneinander her in den Gastraum. Es brauchte nur einen Blick, um das Fehlen eines Schlüssels zu bemerken.

»Jemand hat einen Schlüssel geklaut.« Holly schüttelte fassungslos den Kopf. »Wer macht so etwas und warum?«

»Nun, die erste Frage dürfte leicht zu beantworten sein«, mischte sich Mr Rundle ein. »Überlegen Sie, wer in den vergangenen Wochen hier gewesen ist. Einer davon muss es sein.«

»Das waren viele«, überlegte Nicholas laut. »Lieferanten, Neugierige. Sie wissen ja, wie das in Porthlynn ist. Alle schauen mal vorbei auf einen Schwatz, um herauszufinden, wie weit Lindas Café gediehen ist.«

»Aber trotzdem«, mischte Holly sich ein. »Die Idee ist gut. Wir erstellen eine Liste aller, die hier waren, und dann überlegen wir, wer davon Interesse haben könnte, dem Café zu schaden.«

»Aber wir kennen jeden hier«, sagte Shannon gedankenverloren. »Ich kann nicht glauben, dass jemand aus Porthlynn so etwas Gemeines tut.«

»An Ihnen ist eine Detektivin verloren gegangen, junge Frau«, sagte Mr Rundle zu Holly.

»Nein danke, ich bleibe lieber bei meinen Häusern.« Sie wandte sich dem Mann vom Gesundheitsamt zu. »Glauben Sie mir bitte, wir halten die beiden Bereiche des Cafés strikt getrennt. Auch für die Katzen.«

»Das glaube ich Ihnen gerne, aber ich fürchte, wir haben ein zweites Problem.«

»Jaha?« Holly zog nervös ihre Unterlippe zwischen die Zähne

und Nicholas verspürte wieder den Drang, sie in die Arme zu nehmen.

»Diese graue Katze werden Sie nicht auf Ihre Kunden loslassen? Sie ist eine Gefahr für die Menschen.« Mr Rundle schüttelte den Kopf. »Sie beide sollten die Wunden dringend mit Jod behandeln. Sind Sie gegen Tetanus geimpft?«

Holly nickte nur, sie sah unglücklich aus und Nicholas überlegte, wie er ihr nur helfen könnte. Da kam ihm eine zündende Idee. »Keine Sorge, das ist meine Katze. Mein Kater, um genau zu sein. Ich habe ihn hier sozusagen geparkt, solange ich arbeite. Wenn ich ihn zuhause alleine lasse, dreht er durch und zerlegt mir die Möbel.«

»Und hier ist er friedlich?« Mr Rundle hob eine Augenbraue, woraufhin Nicholas ihn anlächelte. »Na ja, Sie haben ja zum Glück noch nicht geöffnet. Außerdem hoffe ich, dass Sie Lindas Traum zum Leben erwecken.«

»Vielen Dank«, sagte Holly. »Den Tresen werden wir selbstverständlich desinfizieren.«

»Das will ich schwer hoffen.«

Täuschte Nicholas sich oder verbiss sich der Mann vom Gesundheitsamt ein Lachen?

Kaum hatte Mr Rundle die Tür hinter sich geschlossen, blickten sich Holly und Shannon an und brachen in lautes Lachen aus. Sie waren knapp davor gewesen, das Café nicht eröffnen zu dürfen und diese beiden kugelten sich vor Lachen?

»Ich werde das Bild niemals vergessen!« Shannon prustete so laut los, dass ihre Worte kaum verständlich waren. »Der dicke Kater auf dem Tresen – das hat sich für immer in mein Gedächtnis eingebrannt.«

»Was ist los?« Nicholas blickte von einer zur anderen und dachte nur, dass er Frauen wohl nie verstehen würde. »Könnte mir eine von euch beiden bitte mal erklären, was daran so lustig gewesen sein soll? Eine Katze auf dem Tresen, na und?«

»Eigentlich gar nichts«, erwiderte Holly, bevor sie in einen Lachanfall ausbrach, der ihr das Wasser in die Augen trieb. »Eigentlich war es der Schock meines Lebens.«

»Ich verstehe überhaupt nichts mehr.« Langsam beschlich

ihn das Gefühl, etwas sehr Wichtiges verpasst zu haben.

»Als Mr Rundle die Tür öffnete, saß *dein* Kater«, Shannon betonte das Wort, »bereits auf dem Tresen und hat sich die Kronjuwelen abgeleckt.« Erneut kicherte sie, was Holly zu einem weiteren Lachanfall animierte.

Nicholas verdrehte die Augen. »Der Kater ist kastriert; er besitzt keine Kronjuwelen mehr.«

»Das hat ihn nicht davon abgehalten, sich ausgiebig mit seinem Hintern zu beschäftigen«, platzte Holly heraus.

»Ich inspiziere mal die Schlösser,« sagte Nicholas mit einem Kopfschütteln. »Mit euch kann man im Moment nicht reden.«

Er ließ die kichernden Frauen allein und flüchtete ins Katzenzimmer. Hier prüfte er, ob das Schloss möglicherweise kaputt war. Aber – so wie Nicholas es erwartet hatte –alles war intakt. *Ein* kaputtes Schloss wäre möglich gewesen, aber dass die Türen zu beiden Zimmern gleichzeitig kaputt gingen, war zu viel des Zufalls.

Er würde es Holly und Shannon besser nicht sagen, da beide nur die spaßige Seite der Situation sahen, aber ihm bereitete es Sorgen, dass jemand in Porthlynn offensichtlich versuchte, das Katzencafé zu boykottieren. Ein paar Namen kamen ihm in den Sinn, aber er hätte ein schlechtes Gewissen, jemanden zu beschuldigen, ohne einen Beweis zu besitzen. Auf jeden Fall brauchten sie neue Schlösser, denn eingebrochen hatte anscheinend niemand.

Nicholas schloss die Katzentür hinter sich zu und ging zur Eingangstür. Hier prüfte er sicherheitshalber, ob es Spuren von Gewaltanwendung oder ähnlichem gab, aber es war nichts zu sehen. Also hatte wirklich einer der Besucher der letzten Wochen einen Schlüssel mitgehen lassen.

Als Nicholas in den Gastraum zurückkehrte, kam ihm Shannon entgegen. Sie lächelte: »Ich hole Emily bei dir ab. Danke, dass sie sich bei dir ausruhen durfte.«

»Selbstverständlich. Emily ist ein tolles Mädchen und du bist eine wundervolle Mum.« Nicholas bewunderte Shannon für das, was sie für ihre Tochter auf sich nahm. Es war großartig von

Holly, Shannon die Aufgabe der Geschäftsführung übertragen zu haben, auch wenn sie nicht die notwendige Ausbildung dafür besaß. Aber er war sicher, Shannon würde das schaffen, so kompetent, wie sie ihr Leben bewältigte.

Er wartete noch einen Moment vor der Tür und beobachtete Holly, die den Tresen mit einer Desinfektionslösung einsprühte, um allen Bakterien, die der Kater hinterlassen hatte, den Garaus zu machen. Als sie aufschaute, begegneten sich ihre Blicke. Nicholas verspürte wieder diese unglaubliche Anziehungskraft, die Holly für ihn besaß, aber er wollte und konnte ihr nicht nachgeben.

»Da sind wir gerade noch mal davongekommen.« Sie stieß ein kleines Lachen aus, das er bis in die Zehenspitzen spürte. »Schade, dass du so spät gekommen bist. Du hast echt ein Bild für die Götter verpasst.«

Als sie wieder loslachte, hätte er sie am liebsten geküsst. Stattdessen sagte er: »Warum hast du mich überhaupt geholt?« Verdammt, konnte er noch grimmiger klingen? »Sorry, so habe ich das nicht gemeint. Ich hatte nur den Eindruck, Shannon und du, ihr bewältigt das schon. Auch ohne mich.«

»Wir wussten nicht, was uns erwartet. Und ich war mir sicher, du kennst Mr Rundle.«

»Ja, ich kenne ihn. Wir hatten Glück, er ist wirklich einer der Guten und versucht, mit den Firmen zu arbeiten und nicht gegen sie.«

»Aber trotzdem«, Hollys Lächeln verschwand, »finde ich es furchtbar, dass jemand Lindas Traum zerstören will. Selbst wenn man mich nicht in Porthlynn haben will, es geht hier nicht um mich, sondern um Linda.«

Sie wirkte so traurig, dass er am liebsten sofort zu ihr hingegangen wäre, um sie in seine Arme zu nehmen, sie zu küssen und ihr zu versichern, alles würde gut. Er hatte bereits drei Schritte auf sie zu gemacht, bevor sein Kopf sich wieder einschaltete. Noch war er nicht so weit, einer neuen Liebe eine Chance zu geben. So sehr er es auch wollte.

Da er nichts sagte, sprach sie weiter: »Hast du eine Idee, wer dahinterstecken könnte?«

»Ich habe einen Verdacht«, antwortete er, »aber ich möchte niemanden beschuldigen, bevor ich mir sicher bin. Dafür ist die Anschuldigung zu groß.«

»Ja, du hast recht.« Sie nickte. »Danke, dass du gesagt hast, der graue Kater gehört dir.«

»Obwohl ich nicht den Eindruck hatte, dass Mr Rundle das geglaubt hat. Ich hätte mir auch nicht geglaubt, so wie ich gestottert habe«, musste Nicholas eingestehen.

»Ach was, für mich warst du mein Held«, platzte Holly heraus und ihre Wangen liefen rot an.

Wenn ich das nur sein könnte, dachte Nicholas, sprach es aber nicht aus.

Mittlerweile hegte er einen Verdacht, warum Eleanor ausgerechnet dieses Biest in Hollys Café untergebracht hatte. Wenn er sich richtig erinnerte, musste Holly fünf Katzen vermitteln. Wenn ihr das nicht gelang, musste sie länger in Porthlynn bleiben. Hatten die beiden alten Damen das etwa ausgeheckt? Ihm wurde warm ums Herz bei dem Gedanken.

KAPITEL 22

Vier Tage fürchtete Holly, dass ihr Widersacher einen erneuten Vorstoß unternehmen könnte, bis endlich der Schlosser kam, um die Schlösser auszutauschen. Nachts war das Café sicher, da Eleanor dort schlief, und für den Tag hatte sie mit Nicholas einen Schichtplan erstellt, damit immer jemand anwesend war. Trotz der Sicherheitsmaßnahmen zuckte Holly jedes Mal zusammen, wenn sie Schritte hörte.

»Danke.« Holly nickte dem Schlosser dankbar zu und gab dem Mann ein großzügiges Trinkgeld, weil er so kurzfristig gekommen war. So ein Desaster wie bei dem Besuch von Mr Rundle sollte nicht noch einmal passieren. Jetzt überreichte sie Nicholas und den Surfern je einen Schlüssel.

»Bitte, seid vorsichtig«, sagte sie mit ernstem Gesicht, »wir wissen nicht, wer uns boykottiert hat. Mr Rundle war wirklich nett, aber ich fürchte, ein zweites Mal toleriert er diesen Anblick einer Katze auf einem Tresen nicht.«

»Alles klar«. Cooper zwinkerte ihr zu. »Es wird nicht mehr lange dauern, dann kannst du Shannon den Job übergeben.«

»Dann mache ich drei Kreuze.« Holly stieß einen Seufzer aus, der aus tiefstem Herzen kam. »Aber bis dahin müssen wir noch so viel erledigen.«

»Das ist mein Stichwort.« Isla legte Holly drei verschiedene Flyer auf den Tisch. »Ich habe hier Entwürfe für die Einladung zur Eröffnung. Es sind nur Skizzen.«

Zu Hollys Überraschung wirkte die Neuseeländerin nervös, dabei hatte sie wirklich keinen Grund dafür. Jeder Flyer war so wunderschön, dass Holly sich kaum entscheiden konnte. Auf dem ersten Entwurf sah man ein Foto von *Scones*, mit Marmelade und *Clotted Cream*, neben einer Tasse Tee in einer wunderhübschen Porzellantasse mit Rosendekor, im Hintergrund war das Meer zu erkennen. Zwei Katzen, eine schwarze und eine weiße, die friedlich nebeneinander schlummerten und wie das Ying-Yang-Symbol aussahen, zierten den zweiten Flyer. Im Hintergrund waren Teekanne, Teetassen und Torten zu erkennen. Doch es war der dritte Entwurf, der Hollys Blick fing. Isla hatte eine Katze gezeichnet, die mit großen Augen den Betrachter anschaute und zu sagen schien:»Bitte, bitte, adoptiere mich!« Ebenfalls gezeichnet war ein gedeckter Tisch, auf dem eine Etagere mit einem *Afternoon Tea* stand, der Holly das Wasser im Mund zusammenlaufen ließ.

»Isla, die sind großartig. Du bist unglaublich talentiert.«

»Danke. Es hat mir viel Spaß gemacht, sie zu entwerfen.«

»Ich würde die Zeichnung nehmen.« Holly breitete die Blätter nebeneinander aus und sah die Männer an. »Was meint ihr?«

Cooper und Scott betrachteten alle drei Bilder, wechselten einen Blick und nickten zustimmend. Nicholas hingegen warf nur einen flüchtigen Blick darauf und sagte:»Ist egal, es werden sowieso alle kommen. Sie sind doch neugierig, was wir geschafft haben.«

»Vielen Dank für deinen konstruktiven Kommentar«, konnte Holly sich nicht verkneifen. Es kam ihr vor, als wäre er in den letzten Tagen noch mieser gelaunt geworden.

Dabei hatte es kurze Zeit so ausgesehen, als könnten sie wunderbar nebeneinander und miteinander arbeiten. Holly war ihm immer noch dankbar, dass er gegenüber Mr Rundle gelogen und behauptet hatte, der dicke, schlecht gelaunte Kater wäre seiner. Holly musste dringend mit Eleanor sprechen. Dieser Kater konnte am Eröffnungstag nicht dabei sein, denn falls er die Gäste angreifen würde, käme es zu einem Desaster.

Trotz aller Bemühungen war es keinem von ihnen gelungen, die Freundschaft des Stubentigers zu gewinnen. Egal wer ihn ansprach, wie man ihn ansprach und mit welchen Leckerchen man ihn bestechen wollte, der Kater ließ sich höchstens dazu herab, sie zu tolerieren. Je länger sie mit dem Tier zu tun hatte, desto mehr dachte Holly, Nicholas hätte gut die Wahrheit sagen können, denn er und der Kater passten perfekt zueinander. Sie mochten keine Menschen und ließen sich auch durch Freundlichkeit nicht erweichen.

Aber Holly war klug genug, das nicht laut zu sagen, denn die Nerven aller waren zum Zerreißen gespannt. Der Eröffnungstermin stand fest, aber die Arbeiten waren noch lange nicht beendet. Wie hieß das nochmal? Dieses Prinzip, dass 80 Prozent der Aufgaben in 20 Prozent der Zeit erledigt werden konnten. Irgendwas mit Pareto, überlegte Holly, und genau das hatten sie hier auch. Die meisten Arbeiten waren getan, nun lag der Teufel, wie man so schön sagte, im Detail.

Der Lieferant hatte nicht genug Holz geliefert, sodass sie einen leeren Fleck im Gastraum hatten. Die Farbe, die Isla für das Zimmer über dem Gastraum bestellt hatte, deckte nicht richtig und war außerdem viel dunkler, als Isla geordert hatte. Eines der Kätzchen hatte einen leichten Schnupfen und so ging es gerade weiter.

An manchen Tagen kam es Holly vor, als ob jeder, der sie ansprach, nur mit einem Problem zu ihr kam. Sicher, es war nicht so schlimm wie auf ihren New Yorker Großbaustellen, aber dennoch hätte sie sich gefreut, mal einen Tag Pause zu haben. Es wäre schön, einmal etwas anderes zu tun, als mit Lieferanten zu telefonieren und den Klempner zu erpressen, damit er am nächsten Tag wiederkam.

»Du siehst müde aus.« Cooper stand vor ihr und lächelte sie an. Obwohl die Surfer inzwischen bereits um 6:00 Uhr morgens mit ihren Aufgaben begannen, wirkte er glücklich und entspannt. Holly wusste nicht, ob sie ihn darum beneiden oder ihn dafür hassen sollte.

»Danke, sehr charmant.« Sie lächelte, um ihre Worte abzumildern. »Manchmal fürchte ich, wir werden nie fertig oder wir rennen sehenden Auges in ein Desaster.«

»Weißt du was?« Cooper griff nach ihren Händen. Sie fühlten sich warm und ein wenig rau an, ein angenehmes Gefühl. »Du brauchst einfach mal Entspannung, eine Pause.«

»Da werde ich nicht widersprechen.« Holly seufzte. Er hatte recht, aber wie sollte sie das schaffen? Jemand musste sich darum kümmern, dass die passende Farbe geliefert wurde und

dass der Klempner die Waschräume in Ordnung brachte.
»Komm heute mit uns ans Meer.« Cooper drückte ihre Hände sanft, aber bestimmt. »Egal wie es mir geht, egal wie schlimm es aussieht, wenn ich auf dem Wasser bin, kann ich alles vergessen und meine Seele baumeln lassen.«
Holly schüttelte traurig den Kopf. »Das glaube ich und ich würde unglaublich gerne mit dir mitgehen, aber …« Sie deutete auf die vielen Papiere, die vor ihr auf dem Tisch lagen.
»Hier, Chefin, ein Tee.« Isla tauchte hinter Cooper auf. »Er hat recht, du hilfst niemandem, wenn du dich kaputt arbeitest. Komm heute Nachmittag mit uns, das Meer wird dir guttun.«
»Lasst mich darüber nachdenken.« Holly rieb sich den schmerzenden Nacken. »Wenn ich den Maler dazu bringen kann, die Farbe umzutauschen, komme ich mit.«
»Du musst dich nicht um den Maler kümmern.« Isla lächelte siegesgewiss. »Den knöpfe ich mir vor und das wird klappen.«
»Danke dir.« Holly konnte sicher sein, dass es funktionieren würde. Sie hatte schon mehrfach erlebt, wie die Surferin ihren Charme einsetzte, um den schwierigen Handwerkern Paroli zu bieten. Die Neuseeländerin blieb stets freundlich, aber gleichzeitig so bestimmt, dass ihr Gegenüber keine Chance hatte. Holly hätte Isla zu gern auf einer ihrer Baustellen in New York erlebt.
»Dann sehen wir uns heute um drei am Strand in der Nähe von unserem Bulli.« Cooper ließ ihre Hände los, was Holly bedauerte.
»Danke, das habe ich wirklich gebraucht.« Sie nickte ihm zu und wandte sich wieder den Unterlagen zu, aber ihre Gedanken wanderten.
War es wirklich klug, heute Nachmittag surfen zu gehen? Sicher, sie mochte Cooper und er war immer gutgelaunt, eigentlich wäre er der perfekte Mann. Für eine Frau, die klüger war als Holly und nicht an ihrer Verliebtheit festhing, an einem Kerl, der ihr immer wieder zu verstehen gab, dass er nicht interessiert war. Sie schlug mit der flachen Hand auf den Tisch. Sofort rutschen einige Unterlagen herunter und fielen auf den Boden.
Sie musste endlich aufhören, Nicholas hinterherzujammern. Es blieben noch ein paar Tage, dann wäre das egal. Dann wäre

sie in London oder einer anderen Stadt, zurück in ihrem Job als Architektin. Obwohl sie nur halbherzig Bewerbungen geschrieben hatte, hatte sie zwei Einladungen zu Vorstellungsgesprächen erhalten, eines in London, eines in Newcastle.

Warum also fühlte es sich so an, als würde sie Porthlynn und Linda verraten? Mehr noch, als würde sie sich selbst verraten und sich der Möglichkeiten berauben, die sich ihr hier boten. Ja, sie hatte sich selten irgendwo so zu Hause gefühlt wie hier, aber Lindas Erbe war nicht hoch genug, dass Holly davon den Rest ihres Lebens bestreiten konnte. Außerdem mochte sie es, als Architektin zu arbeiten. Aber sie war keine Person, die ein Café betrieb, das passte nicht zu ihr.

Ein Lächeln glitt über Hollys Gesicht, als sie daran dachte, dass sie dieses Thema immerhin geklärt hatte. Shannon war so unglaublich dankbar gewesen, als Holly ihr angeboten hatte, die Geschäftsführung in Vollzeit zu übernehmen.

»Danke«, hatte Shannon gesagt, »aber das kann ich nicht annehmen. Ich habe keine Managementkenntnisse.«

»Du jonglierst drei Jobs gleichzeitig und schlägst dich mit einem Kind alleine durch«, widersprach Holly. »Mehr Management geht wohl kaum. Und was dir an Fachwissen fehlt, dafür gibt es Fernschulen.«

»Du machst das aus Mitleid?«

»Nein, weil du die Beste für den Job bist«, hatte Holly gesagt. »Emily und du, ihr tut mir einen großen Gefallen, wenn ihr in der Wohnung über dem Café einzieht.

Also hatte Shannon sich dazu bereit erklärt und sie und Emily hatten einen Teil ihrer Sachen hierhergebracht. Shannon konnte außerdem backen und würde die *Scones* zubereiten. Vielleicht konnte ihr Declan einige Kniffe und Tricks zeigen.

Holly hatte auch einen Bäcker gefunden, der sie mit Kuchen belieferte, und Declan hatte ihr versprochen, jede Woche mindestens zwei Torten beizusteuern. Alles war perfekt organisiert: die Café-Besucher würden keinen Hunger leiden müssen.

Oh nein! Holly sprang auf. Beim Stichwort Hunger war ihr eingefallen, sie stand heute auf dem Plan als diejenige, die den Katzen ihr Futter geben musste. Die Tiere warteten bestimmt schon darauf, dass es etwas zu fressen gab. Denn das hatte Holly inzwischen gelernt: Katzen legten sehr, sehr großen Wert darauf, dass ihr Futter pünktlich serviert wurde, sonst reagierten sie ungnädig. Der dicke graue Kater erwies sich als herausragend. Als sie die Tür zum Katzenraum öffnete, hörte sie Emilys klare Stimme. Glück durchflutete Holly und sie zog sich zurück. Auch wenn die Katzen grollen würden, sie mussten sich noch ein wenig gedulden. Holly tippte eine Nachricht an Shannon und konnte es kaum erwarten, bis sie die Antwort erhielt.

»Bin gleich da«, schrieb ihre Freundin und Holly eilte zur Tür, um sie abzufangen.

»Pst!« Holly legte einen Finger an die Lippen und signalisierte Shannon, leise zu sein. Auf Zehenspitzen schlichen die beiden Frauen in den Katzenraum. Durch die angelehnte Tür hörten sie klar die helle Stimme von Emily, die den Katzen aus dem Dschungelbuch vorlas. Beide Frauen blieben kurz stehen und lauschten. Ein glückliches Lächeln erblühte auf Shannons Gesicht. Sie öffnete den Mund, doch wieder zog Holly den Zeigefinger vor ihre Lippen und winkte Shannon, ihr zu folgen. Ebenso leise wie sie gekommen waren, gingen sie in den Gastraum, wo Holly ihnen beiden Cappuccino zubereitete.

»War das wirklich Emily?« Die Augen ihrer Nachbarn glänzten verdächtig, was Holly nachvollziehen konnte, denn die Kleine hatte ohne Stocken gelesen. Auch Hollys Herz fühlte sich an, als wollte es überfließen.

»Eben habe ich bemerkt, wie leicht ihr das Lesen jetzt fällt.«

»Ich …«, begann Shannon und Tränen zogen ihre Spur auf ihren Wangen. »Ich weiß nicht, wie ich dir danken kann. Es war eine wundervolle Idee.«

Dann jedoch wurde Shannons Gesicht wieder ernst. »Meinst du, es gelingt ihr auch in der Schule?

Gerne hätte Holly ihr versichert, dass von nun an alles gut würde, aber sie wusste nicht, ob das Mädchen wirklich stark genug wäre. Daher zuckte sie mit den Schultern. »Wir müssen ihr Zeit lassen und es ausprobieren, wenn sie soweit ist.«

KAPITEL 23

»Bist du schon mal gesurft?« Cooper blickte Holly forschend an. »Quatsch, ich brauch dich nicht fragen. Schließlich warst du früher oft in Porthlynn, nicht wahr?«

Das konnte ja heiter werden. Warum hatte sie sich nicht mit ihm in einem der Pubs verabredet? Was hatte sie nur geritten, sich mit einem Surfer am Meer zu treffen?

»Tut mir leid. Als ich hierherkam, war Surfen nicht hip.«

»Und du hast nie woanders auf einem Brett gestanden?« So wie Cooper das sagte, klang es, als hätte Holly noch nie geatmet oder noch nie gegessen.

»Ich habe nicht gerade die optimale Figur für so enge Neoprenanzüge.« Holly grinste und fuhr mit den Händen ihre Kurven nach. Inzwischen hatte sie sich damit arrangiert, wie sie aussah – meistens jedenfalls. »Ich liebe das Meer und liebe es zu schwimmen. Ich brauche kein Brett zwischen mir und dem Wasser.«

»Aber wie kannst du das wissen, wenn du es nicht probiert hast?« Coopers Miene war voller Erstaunen. Fast tat es Holly leid, nicht davon schwärmen zu können, wie sehr sie das Surfen liebte und dass sie sich nichts Besseres vorstellen konnte, als sich auf einem Brett aus Holz oder Polyester oder woraus auch immer ins Wasser zu stürzen. Dass sie es liebte, sich von den Wellen an Land wirbeln zu lassen, immer in Sorge, auf den Klippen zu landen.

»Aber du bist bereit, es zu probieren?« Sein Blick war der eines Hundewelpen, der um Futter bettelte. »Glaube mir, es gibt nichts Großartigeres.«

»Ich versuche immer alles.« Holly gab sich mutiger als sie sich fühlte. Wenn sie sich richtig erinnerte, war das Meer bei Porthlynn kalt, selbst im Sommer. Man musste schon hier geboren sein, um ins Wasser zu gehen. Andererseits hielten diese Neoprenanzüge die Kälte sicher ab. Aber ob sie wirklich in eins dieser engen Dinger passte? Sie konnte sich kaum etwas Peinlicheres vorstellen, als sich halb hineingezwängt zu haben und dann Hilfe dabei zu brauchen, entweder ganz hinein oder ganz heraus zu kommen.

»Komm mit.« Cooper griff nach ihrer Hand und zog sie hinter sich her. »Wir haben im Bulli ein paar Anzüge zur Auswahl.«

»Warum?« Wieso sollte jemand Neoprenanzüge in unterschiedlichen Größen in einem Van durch die Weltgeschichte chauffieren?

»Wir geben ab und zu Unterricht. Da brauchen wir natürlich eine Grundausstattung. Jemand, der das erste Mal aufs Brett möchte, kommt selten mit Ausrüstung.« Cooper grinste. »Und wenn jemand in voller Montur erscheint, sind wir erst mal skeptisch.«

»Na ja, das braucht ihr bei mir nicht zu sein.« Holly erwiderte sein Lächeln. »Ich habe nichts dabei.«

Sie folgte ihm durch die Dünen, genoss die Sonnenstrahlen und die angenehme Gesellschaft. Viel zu schnell hatten sie den VW Bus erreicht. Isla stand davor und strich Wachs auf ein Surfbrett.

»Holly, wie schön, dass du dich auf die Bretter wagen willst.« Isla schaute auf und deutete auf den Bulli. »Ich habe dir schon zwei Anzüge zur Auswahl hingelegt, einer passt bestimmt.«

»Danke, ich probiere es mal.«

»Wenn du Hilfe brauchst, ruf einfach.«

»Okay.« Holly war sich sicher, sie würde sich eher etwas ausrenken, als um Hilfe zu bitten. Zu ihrem Erstaunen ließ sich der Neoprenanzug leichter anziehen, als sie es befürchtet hatte. Sicher, sie musste sich ein bisschen zwängen und verrenken und hatte erst die Befürchtung, sie würde das Material niemals über ihre Oberschenkel bekommen, doch schließlich saß der Anzug wie angegossen. Allerdings fiel es ihr schwer, sich vorzustellen, dass dieses dünne Neopren die Kälte des Ozeans abhalten sollte. Sie hätte sich besser informieren sollen. Aber niemals vorher wäre sie auf die Idee gekommen, sich auf einem Brett ins Meer zu wagen. Für alles gibt es ein erstes Mal!

»Ich bin fertig.« Sie trat aus dem Bulli heraus.

»Der Anzug steht dir gut.« Isla stieß einen anerkennenden Pfiff aus, während Cooper sie nur mit offenem Mund anstarrte, was Holly zum Lachen brachte.

»Auf geht's, Cooper, worauf wartest du?« Holly schlenderte zu den Brettern, die neben dem Wagen aufgestapelt standen, um sich eines auszusuchen. »Welches davon ist für mich?«

»Nicht so schnell«, hielt Isla sie auf. »Welche Schuhgröße hast du?«

»Schuhgröße?« Holly musste sich verhört haben oder Isla erlaubte sich einen Surferscherz mit ihr, den Holly nicht verstand. »Soll ich im Wasser Schuhe anziehen?«

»Was nützt dir der schönste Neoprenanzug, wenn du eisige Füße hast? Denn die sind immer im Wasser.«

»41«, beantwortete Holly die Frage nach ihrer Schuhgröße. Nachdem Isla ihr das erklärt hatte, klang es vollkommen logisch.

»Die müssten passen.« Isla hielt ihr ein Paar Neoprenschuhe entgegen, die Holly nahm. Sie zwängte sich hinein und sagte: »Nun brauche ich noch ein Brett und dann geht's aber los.«

»Hier, dein Board.« Cooper reichte ihr ein Brett.

»Viel Spaß!« Isla zwinkerte Holly zu. »Und denk dran, wir fallen alle hin, die Kunst ist wieder aufzustehen.«

»Mach mir Mut«, entgegnete Holly, nahm das Board und schlenderte neben Cooper zum Strand.

»Warum eigentlich surft ihr in Cornwall?« fragte sie ihn. »Ich liebe diesen Landstrich, aber ich wäre nie auf die Idee gekommen zu surfen. Da muss es wärmere Gewässer geben, oder?«

»Der *Swell* hier ist zuverlässig«, antwortete er. Aus dem Augenwinkel bewunderte Holly, wie gut er in seinem Neoprenanzug aussah. Kraftvoll und gleichzeitig geschmeidig; seine Worte allerdings ergaben für Holly keinen Sinn.

»*Swell*? Ist das Surfer-Sprache für Wellen?«

»Fast richtig.« Cooper lächelte ihr zu. »Der *Swell* ist unser Slang für echte Wellen.«

»Echte Wellen?« Bisher war Holly nie in den Sinn gekommen, dass es auch unechte Wellen geben könnte. Welle war

Welle, oder nicht?

»Ja, man nennt es auch Dünung.«

»Aha«, sagte Holly, fühlte sich aber nicht viel schlauer. Ihr Gesichtsausdruck musste Bände sprechen, denn Cooper lächelte sie an. »Echte Wellen werden nicht vom Wind erzeugt. Stell dir vor, irgendwo auf dem großen weiten Meer entsteht ein Sturm. Der verursacht Seegang und das setzt sich fort, bis es als Welle hier in Cornwall anlandet.«

»Aha, gut.« Holly nickte. »Das habe ich verstanden. Aber warum reist man dann nicht dahin, wo der Sturm ist?«

»Weil man nicht immer sagen kann, wo er sein wird.« Aus Coopers Tonfall klang die Leidenschaft für das Surfen deutlich heraus. »Cornwall ragt ins Meer hinein und daher kommt der *Swell* aus allen Richtungen und du findest immer irgendwo eine große Welle.«

»Aber dafür ist das Wasser hier eisig.« Daran erinnerte Holly sich nur allzu gut aus ihren Sommern in Porthlynn.

»Deswegen gibt es ja die Anzüge. Du wirst merken, es wird dir nur an den Händen auffallen, wie kalt das Meer wirklich ist.« Cooper zwinkerte ihr zu. »Und die kann man ja aus dem Wasser ziehen.«

Hoffentlich, dachte Holly, denn sie hatte im Internet gesehen, wie Surfer mit den Händen paddelten.

»Ist nicht Newquay *die* Surferstadt in Cornwall?« Holly wollte Cooper zeigen, dass sie nicht gänzlich unvorbereitet an dieses Abenteuer herangegangen war. »Jedenfalls habe ich das im Internet gelesen.«

»Du und tausend andere.« Cooper hob die Schultern. »Früher mag es dort ganz schön gewesen sein. Heute jedoch ist es normalerweise schon voll und dann gibt es noch das Boardmasters Festival im August, wo man den Strand vor Menschen nicht sieht. Scott, Isla und ich, wir haben es lieber etwas einsamer und ruhig.«

Das konnte Holly nachvollziehen. Endlich waren sie am Meer angekommen. Kam es Holly nur so vor oder rollten heute größere Wellen auf sie zu, fast, als wollte die See sie dafür herausfordern, weil Holly es wagte, sich auf ein Surfbrett zu stellen?

»Ist es heute nicht etwas zu wellig?«, wandte sie sich an Cooper. »Kann man Surfen überhaupt an einem Nachmittag lernen?«

»Oh nein, es wird eine Weile dauern, bis du kein Beginner mehr bist«, antwortete Cooper. »Wir versuchen, heute nur ein bisschen Spaß zu haben und jetzt zeige ich dir, wie du mit dem Brett einen Take-Off machen kannst.«

»Wie beim Fliegen«, antwortete Holly und grinste. Was ein Take-Off allerdings mit dem Meer zu tun hatte, dafür reichte ihre Vorstellungskraft nicht aus.

»So ähnlich. Der Take-Off ist der Moment, wo du vom Liegen zum Stehen kommst. Das probieren wir jetzt am Strand.«

Hoffentlich sieht niemand, wie ich im Sand auf einem Surfbrett liege und versuche, hochzukrabbeln.

Nach Hollys siebzehntem Versuch, einen Take-Off hinzubekommen, war Cooper schließlich zufrieden. »So, und nun probieren wir das Ganze im Wasser.«

Na endlich! Holly konnte es kaum erwarten, ihre neu erworbenen Kenntnisse anzuwenden. Doch sie musste schnell feststellen, dass es zwischen dem Strand, der sich freundlicherweise nie bewegte, und Wellen, die sich gemeinerweise ständig bewegten, erhebliche Unterschiede gab. Sie hatte sich noch nicht einmal halb aufgerichtet, als die Welle sie umwarf. Holly ging unter, schluckte Wasser, kämpfte sich an die Oberfläche, hustete und hielt sich am Board fest.

»Gibst du auf?« Cooper saß entspannt auf seinem Brett. Es kam ihr vor, als ob er sie herausfordern wollte.

»Selbstverständlich nicht.« Holly krabbelte wieder auf das Board, versuchte sich aufzurichten und fiel erneut ins Wasser. Aber immerhin gelang ihr beim zehnten Versuch der erste Take-Off und sie glitt ein winziges Stück mit dem Brett durch die Wellen. Das fühlte sich so großartig an, dass sie es auf jeden Fall wiederholen wollte, doch Cooper hob abwehrend die Hände.

»Holly, deine Finger sind fast blau gefroren. Du solltest an Land gehen.«

Kaum hatte er ausgesprochen, spürte sie die Kälte und begann zu bibbern. Sie war froh, als Cooper und sie zum Strand zurückkehrten.

»Wollen wir etwas essen gehen?«, fragte Holly, erschöpft, aber glücklich. Wenn ihre Beinmuskeln nicht so zittern würden, hätte sie noch einen Versuch gewagt.

»Tut mir leid«, antwortete Cooper mit leuchtenden Augen. »Ich möchte die Wellen noch mitnehmen. Vielleicht morgen?«

»Sehr gern.« Holly schaute ihm nach, wie er sich mit seinem Brett ins Wasser stürzte und davon paddelte. Ja, Cooper war ein attraktiver Mann und deutlich freundlicher als Nicholas. Aber seine Welt war das Surfen, sein Leben war das Tingeln von einem Ort zum nächsten. Das würde nie ihre Welt werden, sie brauchte einen Platz, den sie ihr Zuhause nannte, sie brauchte mehr Sicherheit.

Wem wollte sie etwas vormachen? Sie brauchte ein Prickeln, wenn sie jemanden ansah. Wenn sie an Cooper dachte, sah sie einen wirklich heißen Mann vor sich. Aber trotzdem flatterten keine Schmetterlinge in ihrem Bauch auf, ihr Herz schlug nicht schneller. Das passierte nur bei einem, bei dem, der sie nicht haben wollte.

Nachdem sie sich umgezogen und von Isla verabschiedet hatte, schlenderte Holly am Strand entlang. Sie liebte die Abenddämmerung, wenn das Meer eine blaugraue Farbe annahm und die Gischt sich weiß auf den Klippen brach. Es gab ein ganz besonderes Licht, das man kaum mit Worten fassen konnte. Es sah aus, als wäre die Welt in einen goldenen Schimmer getaucht und viel schöner als am Tage. Eine Landzunge, die sich bei Flut nur als einzelne Klippe innerhalb der See zeigte, tauchte bei Ebbe aus dem Meer auf. Als Teenager waren sie dort oft gewesen, es war eine Mutprobe gewesen, wer sich am weitesten hinauswagte. Heute könnte sie ihren Mut beweisen, indem sie Nicholas ihre Gefühle gestand. Besaß sie wirklich genug Courage?

KAPITEL 24

Ein leichter Nieselregen fiel auf Nicholas, als er aus der Tür trat, um sich mit Jodie zu treffen. Kurz überlegte er, ob er ins Haus zurückgehen und seine Regenjacke anziehen sollte, aber dann zuckte er mit den Schultern. Der Regen würde bestimmt bald enden und außerdem war er nicht aus Zucker. Ein Blick auf die Uhr zeigte ihm, dass er zu früh für seine Verabredung dran war. Daher entschloss er sich, nicht den direkten Weg durch Porthlynn zu wählen, sondern den schöneren über die Felder. Wie Nicholas es erwartet hatte, brachen die Wolken auf und der Regen hörte auf. Eine steife Brise frischte auf und vertrieb die Wolken. Hoffentlich war das ein gutes Zeichen für sein bevorstehendes Treffen, überlegte er, während er mit großen Schritten weitermarschierte. Ehrlich gesagt, wäre er an diesem Morgen lieber im Café als am Strand, aber es hatte keinen Zweck, Jodie wieder und wieder zu vertrösten.

Um sich zu beruhigen, schloss Nicholas die Augen und sog die Luft ein. Er schmeckte den vanille-süßen Duft des Ginsters förmlich auf seiner Zunge. Erst nachdem er den Hügel erklommen hatte, sah er das blühende Ginsterfeld. Das leuchtende Gelb strahlte mit der Sonne um die Wette. Es war ein unglaublich schönes Land, in dem er lebte

Auf der Spitze des Hügels blieb er stehen, um die Landschaft zu bewundern. Woran er sich nicht sattsehen konnte, selbst nach all den Jahren in Porthlynn, war der Blick über die sanften Hügel hin zur See. Irrte er sich oder sah er am Horizont Surfer? Das brachte ihn zur Frage, ob Holly gestern eine schöne Zeit mit Cooper gehabt hatte. Nein, darüber wollte er nicht nachdenken.

Nicholas wandte seine Aufmerksamkeit wieder der Landschaft zu. An schönen Frühsommer-Tagen wie heute erstreckte sich ein azurblauer Himmel über einem etwas dunkleren Meer, die Horizontlinie war klar und man hatte das Gefühl, in eine unendliche Weite zu blicken. Davor erstreckte sich das Grün der Weiden; ein satter Farbton dank des vielen Regens, der das Gras kräftig wachsen ließ.

Niemals würde er diese einzigartige Landschaft verlassen, obwohl er es einmal überlegt hatte. Manchmal fragte er sich noch, wie lange er es wohl ausgehalten hätte ohne seine Heimat. Falls Jodie und er sich nicht vorher getrennt hätten, hätte Nicholas sie bestimmt irgendwann für Porthlynn verlassen. Oder sie wären eines von den unglücklichen Paaren geworden, die einander hassten und sich täglich verletzten.

Da erschien es ihm besser, dass es gekommen war, wie es war, auch wenn er nach der Trennung sicher gewesen war, nie wieder Glück empfinden zu können. Kurz nach dem Ende ihrer Liebe war Nicholas traurig gewesen, dann zornig, dann wieder traurig, um sich langsam mit dem Gedanken abzufinden, allein zu bleiben. Nachtragend wie Jodie war, hatte sie Skipper mitgenommen, als wollte sie sicherstellen, dass Nicholas vereinsamte.

Bei dem Gedanken ballte er die Hände zu Fäusten, aber es nutzte nichts, sollte er der Wut nachgeben. Am klügsten war es, Jodie mit kühlem Kopf gegenüberzutreten und seinem Herz zu befehlen, zu schweigen.

Der feuchte Sand knirschte unter seinen Füßen, die Sonne ließ das Meer glitzern und Nicholas beschattete seine Augen mit den Händen, um etwas sehen zu können. Sein Herz tat einen Sprung vor Freude, als er am Strand die beiden bekannten Gestalten erspähte. Skipper, der im Sand gebuddelt hatte, sah auf, erkannte Nicholas und reagierte sofort. Der kleine Corgi raste, so schnell ihn seine kurzen Beine trugen, auf Nicholas zu.

»Skip, mein Alter.« Nicholas ging in die Knie, ließ zu, dass Skipper seine sandig feuchten Pfoten auf Nicholas' Jeans abstellte, und lachte laut, während sein Hund ihm das Gesicht begeistert ableckte. »Skip, wie habe ich dich vermisst.«

Wie hatte Nicholas es nur aushalten können ohne den Hund, dessen treuherzige, immer freundliche Art jeden Tag einen Sonnenstrahl in sein Leben gebracht hatte.

»Hallo, Nicholas.« Jodie blickte zu ihm herab. Er schaute sie an, die vertrauten ebenmäßigen Gesichtszüge, der ebenso vertraute schlanke Körper. »Schön, dass du gekommen bist.«

»Jodie.« Er nickte ihr knapp zu, schob Skipper von sich weg und erhob sich. »Du trägst die Haare kürzer.«

Ihm hatte sie mit den langen Locken besser gefallen, aber auch mit dem halblangen Bob sie sie gut aus.

»Gefällt es dir?« Sie strich sich eine Haarsträhne aus der Stirn, eine Geste, die ihm nur allzu vertraut war.

»Was ist so dringend, dass du unbedingt mit mir sprechen musst?«

»Ganz der alte Nicholas. Immer sofort auf den Punkt, keine unnötigen, höflichen Fragen, wie geht's, wie steht's?« Sie seufzte, dann lächelte sie. »Lass uns ein Stück am Strand lang gehen, um der alten Zeiten willen, und damit wir sprechen können.«

Nicholas nickte und schloss sich Jodie an, als sie sich umdrehte und am Meer entlangschlenderte. Skipper jaulte vor Freude und flitzte am Strand auf und ab; immer wieder kehrte er zu Nicholas und Jodie zurück, als wollte er sich vergewissern, dass sie beide bei ihm waren. Nicholas rief den Hund zu sich, doch Skipper interessierte sich mehr für eine Welle, die an den Strand rollte. Der Hund stürzte sich mit Schwung ins Wasser, schnappte kläffend nach den anrollenden Wellen und lebte ganz im Moment. Das war etwas, um das Nicholas ihn beneidete.

Schweigend ging Nicholas neben Jodie her. Sie hatte das Treffen gewollt, also sollte sie sagen, warum sie darauf bestanden hatte, ihn zu sehen. Schließlich seufzte sie erneut, dieses Mal deutlich frustriert: »Himmel, Nicholas, musst du immer so schweigsam sein?«

Als Antwort zuckte er nur mit den Schultern und blickte stur geradeaus. Vor ihnen erstreckte sich der braune Strand, eingerahmt von rauen, dunklen Klippen, die weit ins Meer hereinragten und in früheren Zeiten die Schiffe zerschellen ließen.

»Nicholas, es tut mir entsetzlich leid, wie alles gelaufen ist.«

Er spürte, wie sie ihn von der Seite musterte. Seine Füße versanken im feuchten Sand, aber er stapfte weiter, selbst als seine Turnschuhe nass wurden und bei jedem Schritt ein seltsames

Geräusch von sich gaben. Trotzdem blieb er nahe am Meer, um nicht näher an Jodie herangehen zu müssen. Egal was sie von ihm wollte, er würde nicht ohne Skipper gehen. Es hatte keinen Zweck, sich zu streiten. Für ihn war die Sache beendet und er wünschte, Jodie sähe es genauso.

»Vielleicht haben wir von Anfang an nicht zusammengepasst und wollten es nur nicht erkennen«, sagte er schließlich, denn sie würde keine Ruhe geben.

»Nett von dir, dass du das sagst, obwohl wir beide wissen, es war meine Schuld.«

Oh, das war eine Jodie, die er nicht kannte. Kleinlaut – so hatte er sie bisher noch nicht erlebt. Aber Nicholas blieb auf der Hut, denn er fürchtete, es wäre nur eine ihrer Strategien, um das zu bekommen, was sie wollte: dieses Mal schien es überraschenderweise er zu sein.

»Lass uns nicht über Schuld reden. Es ist vorbei und wir beide hatten unseren Anteil daran.«

»Wenn du das sagst, macht mich das entsetzlich traurig.« Jodie blieb stehen und drehte sich zu ihm um. Da musste auch Nicholas anhalten und sah sie an. Ihre großen tiefblauen Augen glänzten verdächtig. »Nicholas, du warst das Beste, was mir je passiert ist, und ich habe es weggeworfen, weil ich …«

Sie beendete ihren Satz nicht, weil Skipper angerannt kam und etwas vor ihnen zu Boden fallen ließ. Er wedelte stolz mit seinem Stummelschwanz, bevor er wieder ins Meer zurückkehrte.

»Uff.« Nicholas hielt sich die Nase zu und umrundete Skippers Geschenk: Es waren zwei Stück alten Seetangs, die entsetzlich stanken, aber Nicholas war froh über die Ablenkung, damit er seine Gedanken sammeln konnte.

»Du wolltest das Leben einer Großstadt, Shopping, Kultur, schicke Restaurants, den Erfolg; ich hingegen will nicht mehr als ich habe. Ich bin glücklich in Porthlynn. Du warst es nie.«

»Mit dir war ich glücklich.«

»Nur kurz. Es ist erstaunlich, dass wir es überhaupt so lange miteinander ausgehalten haben.«

»Das sehe ich anders.« Ärger klang aus ihrer Stimme und mit

großen Schritten eilte sie davon, sodass Nicholas sich anstrengen musste, um mit ihr mitzuhalten. Ihre langen Beine hatte er immer geliebt. »So etwas wie uns findet man nur selten.«

»Du glaubst doch nicht, dass wir da wieder anfangen können, wo wir einmal waren?« Das konnte selbst sie nicht annehmen. Jodie lebte in ihrer eigenen Welt, aber ab und zu täte ihr ein Realitätscheck gut.

»Ich habe Fehler gemacht, du hast Fehler gemacht, wir haben Fehler gemacht.« Sie stapfte weiter, den Kopf gesenkt, als der kornische Wind auffrischte und ihre dunklen Locken durcheinanderwirbelte. »Das muss nicht bedeuten, dass wir keine zweite Chance verdient haben. Du, ich und Skipper.«

Nicholas ballte die Hände zu Fäusten, aber es würde weder ihm noch Skipper helfen, wenn sein Temperament mit ihm durchging. Aber er konnte sich nicht zurückhalten.

»Lass Skipper aus dem Spiel. Du nutzt den armen kleinen Kerl als Druckmittel gegen mich.«

Abrupt blieb sie stehen und schüttelte den Kopf.

»Nein, das verstehst du falsch. Ich nutze Skipper als Mittel *für uns*.« Jodie seufzte. »Das war immer dein Problem. Du denkst nur an das Gegeneinander, ich denke an unser Miteinander.«

»Dann lass Skip bei mir bleiben.«

»Er erinnert mich an unsere gute Zeit.«

»Unsere gute Zeit?« Nicholas stieß ein Schnauben aus. »Jodie, du wolltest keine Kinder. Mit mir!«

»Es tut mir wirklich leid. Ich habe es nicht so gemeint.«

Das war zu viel. Nur zu gut erinnerte Nicholas sich an den furchtbaren Tag, an dem seine Welt zusammengebrochen war.

»Das kannst du nicht schönreden.« Er benötigte unglaublich viel Kraft, um ruhig zu bleiben. »Du hast von mir verlangt, dass ich mich sterilisieren lasse! Kurz vor unserer Hochzeit!«

»Wie oft soll ich mich noch bei dir entschuldigen?« Ihr Blick wirkte gekränkt, als hätte er ihre Lebenspläne zerstört und nicht sie seine. Nicholas erkannte, dass es keinen Sinn hatte zu erklären, was er bei ihrer Forderung kurz vor der Hochzeit empfunden hatte. Ihre Bitte hatte ihn völlig unvermutet getroffen, aber er hatte überlegt, das für sie zu tun. Denn er liebte sie und war bereit, ihr jeden Wunsch zu erfüllen.

Aber er erbat sich Bedenkzeit, bevor er so eine lebensverändernde Entscheidung traf. In seiner Not wandte Nicholas sich an Linda, die ihm riet, auf sein Herz zu hören. Also ging er zu Jodie, um ihr zu versprechen, dass er sich für sie sterilisieren lassen würde. Aber dann fiel ihm eine bessere Lösung ein. Wenn sie keine Kinder wollte, sollte sie den Eingriff vornehmen lassen.

Der Blick, mit dem sie ihn ansah, zeigte ihm deutlich, dass sie *möglicherweise* keine Kinder wollte, aber *sicher* wollte sie keine mit ihm.

Das hatte ihn so tief verletzt, dass er die Hochzeit abgeblasen hatte, obwohl alles bestellt gewesen war. Nur Linda hatte er berichtet, was der Anlass dafür gewesen war. Und er hatte sich aus Porthlynn zurückgezogen, weil er es nicht ertragen hätte, jeder Menschenseele Rede und Antwort zu stehen.

»Jodie, das kann man nicht rückgängig machen«, sagte Nicholas schließlich müde.

»Ich hatte Angst.« Ihre Stimme klang leise. »Meine Freundinnen schickten mir Nachrichten aus Australien, aus New York, aus Spanien, von überall, und ich …«

»Wir hätten auch reisen können. Ich hätte dir jeden Wunsch erfüllt.«

»Ach, Nicholas, du bist der Typ Mann, der kurz nach der Heirat Vater werden will. Und dann noch ein Kind und noch eins. Du hättest dich in Porthlynn engagiert und Männersport gemacht, ich hätte mich mit den Frauen zum Kaffee getroffen. Ich kam mir vor wie lebendig begraben.«

Nun war er neugierig. »Was hat deine Meinung geändert? Porthlynn ist immer noch der gleiche Ort.«

»Aber ich bin nicht mehr die gleiche Frau.« Jodie pfiff nach Skipper, aber der Hund spielte weiter in den Wellen. »Ich war in Neuseeland, auf Island und eine Weile in Spanien.«

Wow, sie hatte die Zeit seit ihrer Trennung gut genutzt. Und was war mit Skipper, während sie auf Reisen war? Wahrscheinlich hatte sie den Hund bei ihren Eltern in Wales geparkt. Das würde erklären, warum Skip so rundlich war.

»Du bist viel rumgekommen. Es war sicher schön.«

»Aber auch sehr einsam. Nicholas, ich habe erkannt, dass ich dich immer noch liebe.« Wieder blieb Jodie stehen und blickte ihn an. Ihre schönen Augen füllten sich mit Tränen, eine einzelne glitt über ihre Wange. Jodie war die einzige Frau, die Nicholas kannte, die selbst weinend gut aussah. Aber diese Schönheit erschien ihm nicht mehr liebens- oder begehrenswert.

»Es tut mir leid, Jodie, ich habe mich neu verliebt.«

»Das kannst du mir nicht antun.« Mit einem Aufschrei warf sie sich in seine Arme.

KAPITEL 25

Inzwischen hatte Holly sich an das frühe Aufstehen gewöhnt und erwachte zehn Minuten vor dem Klingeln ihres Weckers. Trotzdem überlegte sie, im Bett zu bleiben, aber ihr Arbeitsethos siegte. Sie räkelte sich noch ein paar Minuten, bis sie endlich aufstand. Unter der Dusche ließ sie den gestrigen Nachmittag Revue passieren. Es hatte Spaß gemacht, mit Cooper zu surfen. Sie fühlte sich versucht, sich eine Zukunft vorzustellen, in der er einen großen Stellenwert hatte.

Allerdings – und es war ein gewaltiges Allerdings – gab es zwei Hindernisse: zum ersten prickelte es einfach nicht. Was Holly nicht verstand, denn Cooper war ein toller Mann, humorvoll, sexy und er konnte großartig von seinen Reisen berichten.

Zum zweiten, das hatte sie gestern erkannt, führte er ein Leben, wie sie es nicht teilen wollte. Sicher, es klang unglaublich spannend, in welchen Ländern er bereits gewesen war, welche interessanten Menschen er kennengelernt und an welchen wunderschönen Stränden er gesurft hatte. Aber Cooper war auch ehrlich genug gewesen, die weniger schönen Seiten seines Lebens zu benennen.

Er war nirgendwo sesshaft, er musste jeden Job annehmen, um über die Runden zu kommen, und die Freundschaften hielten nur, bis man weiterreiste. Holly kam es vor, als wäre Coopers Leben das Leben eines Jungen, nicht das eines erwachsenen Mannes, der sich der Verantwortung stellte. So gern sie etwas leichtsinniger gewesen wäre, so wie ihre Namensvetterin Holly Golightly, so wenig konnte sie über ihren Schatten springen. Sie gehörte zu den Menschen, die Sicherheit, einen Job und eine Zukunft brauchten, in der es mehr gab als die nächste große Welle.

Beim Zähneputzen fasste Holly einen Entschluss: Sie musste

mit Cooper reden. Er war ein toller Mann und jede andere Frau wäre glücklich, wenn er mit ihr surfen ginge, aber Holly musste eingestehen, ihr Herz war leider vergeben. Immer noch und leider an den falschen. Es wäre Cooper gegenüber unfair, ihm weiter Hoffnung zu machen, obwohl sie in einem dunklen Winkel ihres verräterischen Herzens hoffte, Nicholas würde seine miese Laune überwinden.

Als sie das Café betrat, hörte sie die Surfer bereits miteinander scherzen und arbeiten. Ihre Laune klang so gut, ihre Stimmen waren so fröhlich, dass Holly sich versucht fühlte, Cooper und seinem Leben eine Chance zu geben. Jetzt wäre die ideale Gelegenheit, sie musste nur fünf Katzen vermitteln, dann bekäme sie die 50.000 Pfund von Linda. Dafür könnte Holly sich einen coolen VW-Bus kaufen und mit Cooper, Isla und Scott auf Reisen gehen.

Holly blieb stehen und lauschte den Gesprächen. Vor ihrem inneren Auge entfaltete sich das Bild einer bunten Zukunft: sie und die drei Freunde an einem einsamen Strand, die Sonne sank in einem prachtvollen Farbenspiel am Horizont, während sie sich gemeinsam darauf vorbereiteten, sich in die Wellen zu stürzen.

Nicht einmal in ihrer Fantasie konnte Holly so ein Leben genießen. Während sie noch in den romantischen Sonnenuntergang blickte, tauchte eine gewaltige dreieckige Rückenflosse auf und raste in einem unglaublichen Tempo auf sie zu.

»Himmel, ein Hai!« Holly schüttelte den Kopf, um das Bild zu vertreiben. »Schon gut, Leben, ich habe es begriffen. Ich soll anscheinend nicht mit Cooper auf Reisen gehen.« Denn es wäre unehrlich, ihm gegenüber und vor allem auch sich selbst.

»Guten Morgen.« Sie betrat den Gastraum, in dem die Surfer heute arbeiteten und blieb beeindruckt stehen. »Unglaublich, wie schön es aussieht. Ihr solltet das zum Beruf machen.«

»Das habe ich versucht«, sagte der sonst eher schweigsame Scott mit einem Schulterzucken, »aber es gefällt mir besser, wenig zu arbeiten und Tage im Meer zu verbringen.«

»Noch haben wir Zeit dafür«, ergänzte Isla, »vielleicht später, wenn unsere Knochen nicht mehr mitmachen. Oder wenn ein Hai uns gejagt hat.«

Sie zwinkerte Holly zu. Hatte sie etwa Hollys Tagtraum gehört? Bevor Holly reagieren konnte, stand Cooper geschmeidig auf, kam auf sie zu, nahm sie in die Arme und gab ihr einen Kuss mitten auf den Mund. Holly erstarrte.

»Kann ich dich einen Moment sprechen, bitte?«

»Sicher.«

Sie zog ihn mit sich in den Nebenraum. So ein Gespräch wollte sie nicht vor Isla und Scott führen. Obwohl Holly sich alles im Kopf zurechtgelegt hatte, fiel es ihr schwer, die richtigen Worte zu finden.

»Cooper, also, ich … ich mag dich, aber …«

Himmel! Warum musste alles immer so kompliziert sein?

»Holly, es ist kein Problem.« Cooper lächelte. »Ich mag dich auch, aber mir ist schon klar, dass du in Nicholas verliebt bist.«

»Jaha?«

»Und er in dich.«

»Wie bitte?«

»Holly, das merkt jeder.« Cooper lachte laut auf. »Isla und Scott haben eine Wette darüber abgeschlossen, ob ihr zueinander findet, solange die Arbeiten im Café dauern.«

»Er ist keinesfalls in mich verliebt!«

»Doch, Holly, ganz sicher.«

Wie nett von Cooper, das zu sagen, nachdem alle in Porthlynn ihr an der Nasenspitze angesehen hatten, wie stark ihre Gefühle für Nicholas waren. Holly hätte schwören können, dieses Mal wäre sie dezenter gewesen.

»Du irrst dich. Nicholas mag niemanden, am wenigsten mich.«

»Holly. Er hat den Banker mit seinen Blicken fast getötet, als der mit diesen Einhornkeksen kam.« Cooper grinste breit. »Das hat jeder mitbekommen, nur du nicht.«

»Das war nur seine übliche schlechte Laune«, wehrte Holly ab, aber sie kam ins Nachdenken. Nicholas mochte Cooper nicht, während er Scott gegenüber relativ freundlich war. Sollte das wirklich daran liegen, dass Nicholas eifersüchtig war?

»Aus irgendeinem Grund hat Nicholas das Vertrauen in die Liebe verloren«, mischte sich Isla ein, die ihnen gefolgt war. »Oder das Vertrauen in die Frauen, das weiß ich nicht. Aber ich bin mir auch sicher, dass er dich liebt.«

»Ihr habt zu viele Liebesfilme geschaut, da geht es immer um enttäuschte Liebe«, entgegnete Holly. »Ich würde es merken, sollte Nicholas etwas für mich empfinden.«

Wo war er überhaupt, fiel ihr in dem Moment auf. Normalerweise war Nicholas der erste auf der Baustelle. Nicht auszudenken, dass der überpünktliche Mr Chegwin verschlafen hatte.

»Sprich mit ihm.« Cooper zog Holly an sich, küsste sie rechts und links auf die Wange und schob sie sanft von sich. »Rede mit ihm. Schnell, bevor er etwas Dummes tut.«

»Danke.« Sie umarmte Cooper zum Abschied, bevor sie aus dem Café stürmte. »Ihr seid großartig.«

Sie konnte nur hoffen, dass die Surfer sich nicht irrten, denn inzwischen hatte Holly eine schmerzhafte Entscheidung getroffen: Falls Nicholas sie nicht liebte, ja, nicht einmal mochte, dann würde sie Porthlynn verlassen. So sehr sie die Menschen hier schätzen gelernt hatte, so sehr sie Spaß daran hatte, das Cottage zu renovieren, sie würde es nicht ertragen, hier zu leben und ihn jeden Tag zu sehen. Vielleicht gab es die große Liebe wirklich nur einmal im Leben. Holly hatte sie mit fünfzehn getroffen und war jetzt, fünfzehn Jahre später, noch immer nicht darüber hinweg.

Selbst wenn ich mich zur Lachnummer mache, dachte Holly, ist es besser, als meine Gefühle nicht auszusprechen. Beschwingt von dem Gedanken eilte sie zu Nicholas' Haus und klingelte. Nichts! Sie klingelte erneut, aber im Haus rührte sich nichts. Eine allerletzte Chance gab sie ihm noch. Aller guten Dinge waren schließlich drei. Wenn Nicholas weder im Café noch in seiner Wohnung war, konnte er nur bei einem Kunden sein. Oder am Meer, wohin es alle Menschen aus Porthlynn zog, wenn sie nachdenken wollten.

Holly überlegte kurz, raffte ihren Mut zusammen und marschierte in Richtung Strand. Auf dem Weg kam ihr Harrison

Pascoe entgegen.

»Haben Sie Nicholas gesehen?«, fragte Holly. »Ich muss ihn dringend etwas wegen des Cafés fragen.«

»Eben war er am Strand, in der Nähe von Dinas Head. Du weißt, wo das ist?«

Es kam ihr vor, als wollte der Reitlehrer noch etwas sagen, aber sie wollte keine Zeit mehr verlieren.

»Ja. Danke. Einen schönen Tag.« Holly eilte weiter.

Am Strand angekommen entdeckte sie nur ein Paar, das dort spazieren ging, begleitet von einem Corgi, der sich immer wieder in die Wellen stürzte und nach ihnen schnappte. Der Hund musste viel Wasser im Magen haben. Als Holly sich den beiden näherte, erkannte sie Nicholas, mit einer wunderschönen, dunkelhaarigen Frau. Holly ging langsamer. Nicholas und die Frau blieben stehen, er sagte etwas und sie stürzte sich in seine Arme. Es fühlte sich an, als flögen die Schmetterlinge in Hollys Bauch ein letztes Mal auf, bevor sie starben. Wie betäubt starrte Holly die beiden an. Obwohl der Anblick sie schmerzte, konnte sie nicht wegsehen.

Ich bin zu spät, dachte sie verzweifelt. Endlich hatte sie den Mut gefunden, ihm ihre Gefühle zu gestehen und es gab bereits eine andere. Holly hob die zur Faust geballte Hand vor den Mund und biss sich in den Knöchel. Warum nur tat es so weh?

Doch was war das? Sie verengte die Augen, um deutlicher zu erkennen, was vor ihr geschah. Ja, sie irrte sich nicht. Nicholas erwiderte die Umarmung nicht. Was hatte das zu bedeuten?

Hoffnung wallte in ihr auf. Ihr wurde warm und die Schmetterlinge erwachten wieder zum Leben. Alles in ihr rief ihr zu, zu ihm zu laufen und um ihn zu kämpfen. Sie wollte losrennen, aber konnte sich nicht bewegen.

Und wenn er die Frau doch liebte? Dann wäre es megapeinlich, wenn Holly auf sie zustürmte und rief: »Nicholas, ich liebe dich!« Während Holly mit sich rang, ob sie bleiben oder gehen sollte, schob Nicholas die Dunkelhaarige von sich. Sie schlug mit den Fäusten auf seine Brust und schrie etwas, das der Wind allerdings mit sich nahm, sodass Holly es nicht verstehen konnte. Die Brünette drehte sich um, pfiff nach dem Hund, der jedoch weiter in den Wellen spielte. Da wandte sie sich ab und marschierte mit langen Schritten davon.

Holly blieb unfähig, eine Entscheidung zu treffen. Ihr Herz sehnte sich danach, zu Nicholas zu laufen und ihm ihre Liebe zu gestehen. Ihr Verstand meinte, es wäre definitiv der falsche Moment für große Gefühle. Andererseits käme sie sich komisch vor, wenn sie sich einfach umdrehte und ging. Glücklicherweise blickte der Hund auf, hüpfte aus dem Wasser und galoppierte auf sie zu, so schnell ihn seine kurzen Beine trugen. Auch wenn sie nicht mit Tieren groß geworden war, erkannte Holly, dass der Corgi zwar laut kläffte, es aber freundlich meinte. Sie beugte sich zu dem Hund hinunter, der aufgeregt an ihr hochsprang. Seine feuchten, mit Seetang und Sand behafteten Pfoten hinterließen dunkle Spuren auf ihrer Jeans. Endlich setzte er sich vor sie hin und blickte erwartungsvoll zu ihr hoch. Holly ging in die Knie, um ihn zu streicheln. Das nahm der Corgi als Signal, erneut hochzuhüpfen und ihr mit seiner feuchten Zunge durchs Gesicht zu fahren.

»Uhh.« Holly verzog das Gesicht. »Du stinkst nach Seetang und totem Fisch, und ich möchte gar nicht wissen, was noch.

Sie wandte den Kopf ab, für den Corgi der Anlass, sie weiter abzuschlecken.

»Es ist genug, Skipper.« Zum ersten Mal, seitdem Holly wieder in Porthlynn war, klang Nicholas eher belustigt als abweisend. »Das macht er normalerweise nicht.«

Er packte den Hund am Halsband und zog ihn von Holly zurück.

»Ist das nicht genau das, was Hundebesitzer immer sagen? Er will nur spielen oder das macht er normalerweise nicht.« Sie grinste. Dann wurde sie ernst. »Tut mir leid. Ich wollte dich nicht beobachten. Wer war das?«

Sein Gesicht verdüsterte sich und Holly widmete sich wieder Skipper. Der Corgi hatte sich losgerissen und versuchte, an sie heranzukommen, obwohl sie sich bemühte, sich ihn mit der Hand vom Leib zu halten.

»Skip, komm her.« Nicholas hätte auch sagen können, Skipper, mach weiter wie vorher, denn genau das tat der Corgi. »Das war Jodie, meine Verlobte.«

»Oh.« Das war etwas, was in Hollys Überlegungen nicht vorgekommen war, die Vorstellung, dass Nicholas bereits vergeben war. Sie hatte mit vielem gerechnet, dass er sie nicht mochte oder dass er ihre Liebe nicht erwiderte. Aber dass er verlobt war, war ihr nicht in den Sinn gekommen. Wie hätte es auch? Schließlich arbeiteten sie seit Wochen miteinander, und er hatte diese Jodie nicht einmal erwähnt.

»Nein, tut mir leid, meine Ex-Verlobte muss es heißen.« Nicholas seufzte. »Hat dir das wirklich noch niemand erzählt?«

»Ich habe Andeutungen gehört, dachte aber, es ist deine Angelegenheit.«

»Alles andere hätte mich auch gewundert.« Nun seufzte er wieder. »Das Aufgebot war bestellt, das Kleid gekauft, die Torte ausgesucht, alle Einladungen raus und dann habe ich die Verlobung gelöst.«

»Oh.« Warum fiel ihr im entscheidenden Moment nichts Klügeres ein? Aber es war schon ein Schock, von der Verlobung zu hören.

»Jodie hat Skipper mitgenommen und ist mit ihm verschwunden. «

»Das tut mir leid. Skipper wirkt wie ein netter Hund.«

Na prima, das war also das Schlaueste, was ihr einfiel, wenn ein Mensch von seiner unglücklichen Verlobung erzählte. Aber sie war zu überrascht davon, dass Nicholas verlobt gewesen war und die Verlobung gelöst hatte.

»Vor ein paar Wochen ist Jodie wieder aufgetaucht und heute hat sie vorgeschlagen, dass wir es noch einmal miteinander versuchen sollen.«

Holly schwieg, das musste sie erst verdauen. Es kam ihr vor, als würde ihr Herz auf- und abspringen, je nachdem was Nicholas über Jodie sagte.

»Ich habe ihr gesagt, ich will das nicht. Denn ich habe gemerkt, dass mein Herz einer anderen gehört.« Das Lächeln, das sein Gesicht erhellte, wärmte ihr Herz. Sollte es wirklich wahr sein?

»Wem?«

»Nun, ich habe mich in Lucy Wills verliebt. Darum war George so wütend.«

Holly fühlte sich, als hätte eine eisige Welle des Meeres sie voll erwischt. Ihre Beine waren wackelig und sie ließ sich in den Sand plumpsen. Langsam kroch Feuchtigkeit durch ihre Jeans, aber das war ihr gleichgültig. Er liebt eine andere – das war alles, was zählte.

»Holly, es tut mir leid. Das war nur ein Witz.« Nicholas streckte die Hand nach ihr aus. »Ich empfinde nichts für Lucy. Ich dachte, du hast es schon längst bemerkt. «

»Was?«, flüsterte sie. Ihr Herz klopfte so laut vor Aufregung, dass er es hören musste. Lauter selbst als die Wellen, die an den Strand rollten, aufgewühlt von einem kräftigen Wind, der Holly die Haare aus dem Gesicht pustete,

»Ich habe mich in dich verliebt, du Dummerchen, was denkst du denn?« Nicholas nahm sie in seine Arme und schaute sie an. Mit so viel Liebe in den Augen, dass ihr warm wurde und sie sich geborgen fühlte. Langsam näherte sich sein Gesicht dem ihren. Holly blickte ihm noch einmal tief in die Augen, bevor sie ihre schloss. Nicholas zog sie enger an sich heran und hielt sie fest, als wollte er sie nie wieder loslassen. Sie spürte seinen warmen Atem und öffnete die Lippen. Als er sie endlich küsste, fühlte es sich an, als würde die Sonne direkt über ihr aufgehen. Es prickelte von ihren Zehen bis zu den Haarspitzen. Sie spürte genau dieses Gefühl, das sie sich immer gewünscht und immer gesucht hatte. Da störte es nicht einmal, dass Skipper laut kläffend um sie herumsprang.

KAPITEL 26

Hollys Handflächen wurden feucht, als sie daran dachte, dass sie wirklich und wahrhaftig in drei Tagen das Café eröffnen wollten. Dabei kam es ihr vor, als würde ihre to-do-Liste von Tag zu Tag länger und nicht kürzer. Mit der linken Hand massierte sie ihren schmerzenden Nacken. Möglicherweise lag es an der Ablenkung durch Nicholas, dass sie weit hinter ihrem Zeitplan zurücklag. Nachdem sie einander endlich ihre Gefühle gestanden hatten, erschien alles Weitere nur folgerichtig.

Holly lächelte, als sie sich daran erinnerte, wie es war, morgens gemeinsam mit ihm aufzuwachen. Sein geliebtes Gesicht zu sehen, die vom Schlaf strubbeligen Haare, der erste Kuss am Morgen, nachdem er ihr einen Cappuccino gebracht hatte. Heute waren sie zum ersten Mal zu spät gekommen, denn aus dem gemeinsamen Duschen hatte sich mehr entwickelt.

Hand in Hand waren sie danach zum Café gegangen, wo sie von den Surfern mit neckenden Worten begrüßt wurden.

»Kann ich dir helfen?« Isla schaute zur Tür herein.

»Nur wenn du die Zeit anhalten kannst.«

Leider nein.« Isla lächelte. »Ich könnte dir einen Cappuccino bringen.«

»Danke, aber Kaffee würde mich nur noch nervöser machen«, entgegnete Holly und erwiderte ihr Lächeln. »Wie weit seid ihr? Darf ich mir endlich die Räume ansehen?«

»Lass dich überraschen«, sagte Isla und verschwand.

Kaum war Isla gegangen, kam der nächste, der Holly von der Arbeit abhielt. Aber es störte sie nicht, denn für ihn ließ sie alles stehen und liegen.

»*Ow melder.*« Nicholas stellte ihr eine Tasse Tee und einen buntgemusterten Teller mit einem noch warmen, nach Zucker und Butter duftenden Scone auf den Tisch. »Gönn dir eine

Pause.«

Holly liebte den kornischen Ausdruck für Liebling, vor allem, wenn Nicholas ihn so aussprach. Er gab ihr einen Kuss, der in Holly den Wunsch weckte, sofort die Arbeit zu unterbrechen und mit ihm in ihr kleines Cottage zu fahren. Aber leider, leider konnte sie die anderen nicht im Stich lassen.

»Setzt Du dich zu mir? Alleine eine Pause zu machen, ist langweilig.«

»Selbstverständlich. Ich bin gleich wieder da.« Nicholas verschwand und kehrte kurz darauf zurück, ein Tablett in der Hand, mit Clotted Cream, Marmelade und einem Teebecher für sich. Einem Teebecher mit dem Bild von Grumpy Cat. Das war Hollys Geschenk an ihn, um sie beide daran zu erinnern, was für ein mies gelaunter Kerl Nicholas gewesen war, als sie sich kennengelernt hatten. Inzwischen war der muffelige Nicholas verschwunden und hatte einem glücklichen, strahlenden Mann Platz gemacht, den Holly jeden Tag ein bisschen mehr liebte.

»Du bist eine Zauberin«, hatte Isla ihr zugeflüstert, als Holly und Nicholas Hand in Hand im Café angekommen waren. »Dank euch habe ich zehn Pfund gewonnen. Scott meinte, ihr beide schafft es nicht, euch vor der Eröffnung des Cafés zu finden.«

»Ehrlich gesagt«, hatte Holly zurückgeflüstert, »hätte ich Scott größere Chancen eingeräumt. Bedank dich bei Jodie und Skipper.«

Inzwischen hatte Nicholas Holly erzählt, warum er sich von Jodie getrennt hatte. Etwas, was kaum jemand in Porthlynn wusste, so dass man ihm die Schuld an der geplatzten Verlobung gab.

»Du musst es den Menschen hier sagen.« Holly war empört gewesen, dass er Verantwortung für etwas übernahm, was nicht seine Schuld gewesen war. »Jodie hat sich furchtbar verhalten.«

»Jetzt ist es gut«, hatte er gesagt und gegrinst. »Ich bin ganz froh, wenn alle mich für den Bösen halten. Dann lassen sie mich in Ruhe.«

Nach einem langen Telefonat hatte Jodie sich schließlich bereit erklärt, Skipper bei Nicholas zu lassen und der kleine

Corgi hatte sich mit allen im Café angefreundet. Sicher würde Mr Rundle vom Gesundheitsamt es mit Argusaugen betrachten, sollte ein Hund im kleinen Katzencafé herumlaufen. Daher würde Skipper in einem der hinteren Räume bleiben, sobald sie eröffnet hatten.

Nicholas setzte sich neben sie und küsste ihren Hals. Sofort durchfuhr Holly ein Gefühl wie ein Blitzschlag. Was hatte er nur an sich, dass seine Küsse sie so elektrisierten? Ach, das war vollkommen gleichgültig. Wichtig war der nächste Kuss und der nächste und noch einer.

»So gern ich weitermachen würde.« Nicholas schob sie von sich und ihr zwinkerte ihr zu, »es ist einfach zu viel zu tun.«

»Du bist unromantisch«, sagte Holly nach einem langen Kuss, »aber leider hast du recht. Können wir meine Liste noch einmal durchgehen? Ich habe Angst, etwas Wichtiges zu vergessen – und dann stehen wir plötzlich ohne Torte oder Gäste da.«

»Sicher, *ow melder.*« Nicholas zog sich einen Stuhl heran und setzte sich neben sie. Sein Duft nach Rasierwasser und Holz lenkte sie ab, aber Holly zwang sich dazu, sich auf die Punkte auf ihrer Liste zu konzentrieren.

»Emily wird lesen?«, fragte sie.

Shannon und Emily waren letzte Woche oben eingezogen und hatten sich dort gemütlich eingerichtet. Emily saß jeden Tag bei den Katzen und las ihnen Geschichten vor. Inzwischen las das Mädchen so flüssig, dass Holly sie gefragt hatte, ob sie nicht zur Eröffnung des Cafés eine Geschichte zum Besten geben wollte, idealerweise eine über Katzen, gerne auch selbst geschrieben. Emilys Augen hatten geleuchtet und sie war voller Glück und Stolz gewesen, sodass Shannon vor Freude in Tränen ausgebrochen war. Manchmal klopfte Holly auf Holz, weil sie es nicht fassen konnte, wie sich ihr Leben entwickelt hatte. Von einer einsamen, überarbeiteten Architektin in New York zu einer Frau, die Freunde und ihr Liebesglück gefunden hatte.

»Emily hat bereits die zweite Geschichte geschrieben.« Nicholas gab ihr einen schnellen Kuss. »Was steht noch auf deiner Liste?«

»Die Kuchen.«

»Declan hat uns drei Torten zugesagt, Shannon backt und Eleanor hat ihre Katzenfreundinnen verpflichtet. Das reicht garantiert.«

»Gesundheitsamt.«

»Mr Rundle kommt zur Eröffnung.«

»Flyer?«

»Sind gedruckt.«

»Internetseite?«

Das war Islas Idee gewesen. Die Neuseeländerin hatte einen Entwurf erstellt und jemanden gefunden, der ihn umsetzte. Auf der Seite wurde das Café präsentiert und die Katzen vorgestellt, die dort eingezogen waren. Nun fehlte ihnen nur noch ein Name für das Café. Linda hatte mehrere Ideen gehabt, aber war mit keiner glücklich gewesen.

»Kann online gehen. Sobald wir einen Namen haben.«

»Ich weiß, uns fällt hoffentlich noch einer ein.«

»Nicholas, kannst du bitte mal kommen?« Scott schaute zur Tür herein. »Eine Tür hängt.«

»Geh ruhig«, sagte Holly. Inzwischen fühlte sie sich etwas beruhigter. Gemeinsam mit Nicholas würde sie alles schaffen. Er gab ihr einen langen Abschiedskuss und verschwand im Café.

Was ihr noch Sorgen bereitete, war, dass sie die hinteren Räume, in denen die Surfer arbeiteten, immer noch nicht gesehen hatte. Aber inzwischen vertraute sie Isla, Cooper und Scott genug, um abzuwarten, bis die drei ihr Geheimnis lüfteten.

Holly öffnete ihr E-Mail-Programm und seufzte. Sie hatte fünfunddreißig E-Mails, am liebsten hätte sie alle ignoriert, aber vielleicht war etwas Wichtiges dabei. Zu ihrer Überraschung war eine von *Metropolitan Architecture Studio*, allerdings nicht von Chen, sondern von Gary Gallagher höchstpersönlich. Holly knetete ihre Unterlippe mit den Zähnen. Sie erwartete nichts Gutes von Gary, sondern fürchtete, dass er sie wegen Vertragsbruch verklagte. Ihm war alles zuzutrauen.

Vielleicht wäre es besser, die Nachricht zu löschen und vorzugeben, sie hätte sie nicht bekommen. Gleichzeitig war sie neugierig, was ihr früherer Chef von ihr wollte. Mit schlechten Nachrichten ist es wie mit einem Pflaster, hatte Linda immer gesagt, »schlechte Nachrichten muss man schnell annehmen, sonst tun sie nur noch mehr weh.«

Holly trank noch einen Schluck Tee und öffnete die E-Mail.

Holly,
Dylan habe ich entlassen.
Die Stelle kann deine sein.
Melde dich bis nächsten Freitag.
Gary.

Irgendwie schien er noch nicht begriffen zu haben, dass E-Mails keine Telegramme waren. Das war das Erste, was Holly in den Sinn kam, gefolgt von: Himmel! Er bietet mir ernsthaft die Junior-Partnerschaft an.

Das kam so unvermutet, dass sie überhaupt nicht wusste, was sie tun sollte. Sie saß da wie das sprichwörtliche Kaninchen vor der Schlange und starrte auf den Computerbildschirm. Vor drei Monaten war das das Ziel all ihrer Wünsche, all ihrer Bemühungen gewesen. Heute hingegen ...

Holly lächelte und fuhr das Notebook herunter. Sie war glücklich, glücklicher als je in ihrem Leben – und das würde sie niemals für Gary Gallagher und New York aufgeben.

»Nicholas«, sagte sie, aber viel zu leise. Sie räusperte sich. »Nicholas«, rief sie mit lauter Stimme. Sofort hörte sie seine Schritte.

»Was ist los? Du klingst nicht gut.« Sein besorgter Blick war so voller Liebe, dass ihr warm ums Herz wurde.

»Mein New Yorker Chef hat mir gerade die Partnerschaft angeboten.« Holly konnte es immer noch nicht glauben. »Das hatte ich mir gewünscht.«

»Ich war einmal dumm genug, dich fast zu verlieren.« Nicholas nahm ihre Hände in seine. »Das passiert mir kein zweites Mal. Wenn du nach New York gehst, Skipper und ich würden mitkommen. Wenn du uns willst.«

Er hatte kaum ausgesprochen, da brach sie in Tränen aus.

»Darling, was ist los? Bitte, sag doch etwas.«

»Ich bin so glücklich. Entschuldige, ich kann nicht anders«, schluchzte Holly. »Nein, ich will nicht wieder nach New York, ich will hierbleiben mit dir und Skipper und Shannon und Emily und Eleanor. Hier bin ich zu Hause.«

»Dann bleib. Alles weitere findet sich.« Nicholas zog sie in seine Arme und bedeckte ihr Gesicht mit Küssen, küsste ihr die Tränen weg. Dann ging er vor ihr auf die Knie.

Hollys Herz schlug schneller. Nein, das meinte er nicht wirklich; sie kannten sich doch viel zu kurz, oder?

»Holly Nancarrow«, sagte Nicolas mit Ernst in der Stimme, »ich biete dir eine Stelle als Lehrling in meiner Firma an.«

»Himmel!« Spielerisch schlug sie nach ihm. »Ich dachte, du wolltest mir einen Ring an den Finger stecken.«

»Dafür bräuchte ich Rosen und Champagner und so. Ich wollte dich eigentlich zur Eröffnung damit überraschen, dass ich dich gerne in meiner Firma hätte, aber jetzt hat das Leben mir wohl einen Streich gespielt. Holly, wenn du willst, kannst du gemeinsam mit mir arbeiten.«

Mit Holz arbeiten anstatt mit Beton und Stahl? Mit den Händen arbeiten und nicht mehr mit dem Computer? War es das, was sie wollte? Gemeinsam mit Nicolas zu arbeiten, gemeinsam mit ihm etwas bauen, etwas Schönes entstehen zu lassen − ja, das war es, was sie sich wünschte. Und wer wusste schon, was die Zeit brachte. Vielleicht würde sie in zwei oder drei Jahren, vielleicht aber auch erst in zehn Jahren, vielleicht auch nie wieder als Architektin arbeiten.

Eines hatte Holly in Cornwall gelernt: das Leben gelassener zu sehen und das Glück auf sich zukommen zu lassen.

»Selbstverständlich will ich dein Lehrling sein, Nicholas Chegwin«, entgegnete sie mit tiefem Ernst. »Ich hoffe, wir werden uns nicht ständig streiten.«

»Das kann ich mir nicht vorstellen. Und selbst wenn, werden es großartige Streits, da bin ich mir sicher.« Aus seinen Augen sprach so viel Liebe, dass Holly sich gewärmt und glücklich fühlte. Er küsste sie. Erst sanft, dann fordernd. Seine Hände strichen über ihren Rücken und wanderten weiter.

Holly schob ihn von sich. »Nicht jetzt. Du weißt, dass ich das auch will, aber ich muss noch so viel organisieren.«

Er zog eine schmollende Miene und sagte schließlich: »Aber pünktlich um fünf ist Feierabend?«

»Darauf kannst du dich verlassen.«

»Im Notfall trage ich dich hier raus.« Er zwinkerte ihr zu.

»Ich hoffe, das ist dann auch so, wenn du Chef wirst«, erwiderte Holly und zwinkerte ihm ebenfalls zu. Ihr Herz floss über vor Glück. Wieso nur hatte sie selbst sich so lange von diesem wunderschönen Fleckchen Erde ferngehalten? Nur weil ihr damals etwas Dummes passiert war und sie gedacht hatte, das ganze Städtchen würde über sie lachen. Bisher hatte Nicolas es nicht angesprochen und auch Holly hatte darüber geschwiegen, aber immer wieder tauchte es auf und sie konnte es nicht ganz vergessen. Je länger sie darüber schwieg, desto gewaltiger kam es ihr vor.

»Woran denkst du?« fragte Nicolas, als sie abends gemeinsam im Bett lagen. Er kringelte eine Locke ihres Haares um seinen Zeigefinger. »Du hast wieder diesen Blick.«

Holly kuschelte sich in seinen Arm, strich mit ihrer Hand über sein Kinn, die Bartstoppeln kitzelten sie. Nachdem sie wieder zu Atem gekommen war, fragte sie ihn: »Welchen Blick?«

»Den du immer hast, wenn du über etwas Unerfreuliches nachdenkst, wie Verhandlung mit dem Klempner oder Jodie oder ich weiß es nicht.« Er lachte leise. »Oder über George Wills.«

Sie seufzte. »Ich habe ein bisschen Sorge, dass irgendjemand bei der Eröffnung von damals spricht.«

»Holly, das ist so lange her.« Er gab ihr einen sanften Kuss.

»Ich weiß, aber ...«

»Glaub mir, *ow melder*, du bist nicht das einzige Mädchen, dem so etwas passiert ist. Inzwischen gibt es selbst im beschaulichen Porthlynn einen Nacktbadestrand.«

»Also war ich eine Vorreiterin«, versuchte Holly die ganze Sache mit Humor zu nehmen, aber immer wieder tauchte dieses Bild vor ihren Augen auf. Wie stolz sie gewesen war, dass sie abgenommen hatte, so stolz, dass sie sich einen knallroten Bikini gekauft hatte, den sie allen Jugendlichen vorführen wollte.

Natürlich sollte ihr Bikini vor allem auf einen Jungen Eindruck machen, auf Nicholas.

Sie hatte sich vorher ausgemalt, wie es aussehen würde, wie sie elegant am Strand entlanglaufen würde, auf die Jugendlichen zu, und vorgeben würde, es wäre nichts Besonderes. Doch leider hatte ihr Fuß sich in einem Stück Seetang verheddert, sie war gestolpert, hatte versucht, sich zu halten und da war ihr Bikini Oberteil gerissen. Das an sich war schon schlimm genug gewesen, aber sie konnte sich nicht einmal bedecken, denn sonst wäre sie hingefallen. Also hatte sie die Hände nach vorne gestreckt und war im Sand gelandet, in dem ihr Körper einen tiefen Abdruck hinterlassen hatte. Nachdem sie sich mühsam aufgerappelt hatte, hatte irgendein Junge gebrüllt: »Oh guckt mal, da sind Abdrücke von Melonen im Sand.«

Daraufhin war Holly zu Lindas Cottage gelaufen, hatte ihre Sachen gepackt und sich geschworen, nie wieder nach Porthlynn zurückzukehren.

Vielleicht hatte sie ein wenig überreagiert, aber Teenager durften das. Als Erwachsene sollte sie nun langsam damit abschließen können. Nun, da sie mit dem Mann, den sie liebte, darüber gesprochen hatte, erschien ihr der Vorfall nicht mehr so bedeutsam.

»Was die Surfer sich wohl ausgedacht haben?«, überlegte Holly, um das Thema zu wechseln. »Außerdem finde ich es unfair, dass du den hinteren Bereich kennst und ich nicht.«

»Lass dich überraschen.« Nicholas beugte sich über sie. Er küsste ihr Schlüsselbein, seine weichen Lippen liebkosten die Stelle, die so empfänglich für seine Berührungen war. Holly schloss die Augen und verlor sich in ihren Gefühlen.

KAPITEL 27

Wo war nur die Zeit geblieben? Schon morgen war der Tag vor der Eröffnung. Nicholas holte tief Luft und atmete laut ein und aus. Warum war er so nervös? Schließlich war es Hollys große Feier. Aber inzwischen war alles, was sie betraf, auch für ihn wichtig. Er konnte sich kaum vorstellen, wie er je ohne sie hatte leben können. Und nun plante er, so viel gemeinsame Zeit wie nur möglich mit ihr zu verbringen. Was im Moment nicht leicht war. Obwohl Holly immer wieder betonte, dass sie das Katzen-Café abgeben würde, hatte sie sich der Eröffnung voll und ganz verschrieben.

Selbst gestern war sie mitten in der Nacht aufgesprungen, um noch etwas auf ihrer unglaublich langen und detaillierten to-do-Liste zu notieren. Nicholas hatte sich etwas überlegt, um der Frau, die er liebte, eine kleine Freude zu machen.

Er hatte seinen Plan mit allen abgestimmt. Die Surfer würden ans Meer aufbrechen, so wie jeden Nachmittag, also sollte Holly keinen Verdacht schöpfen. Shannon und Emily planten, in die Stadt zu gehen, und die Handwerker hatten bereits gestern die letzten Arbeiten abgeschlossen. Also blieben nur Holly und er im Café.

Aber erst galt es, den Vormittag zu überstehen, die letzten Organisationsaufgaben zu erledigen und gleichzeitig unauffällig die erste Überraschung in den Gastraum zu schmuggeln. Das erwies sich als einfach. Schwieriger würde es werden, Holly fern-zuhalten, damit sie die Überraschung nicht entdeckte. Sicherheitshalber schaute Nicholas nach, ob sie beschäftigt war.

»*Ow melder.*« Er öffnete die Tür und sah, wie Holly auf den Computerbildschirm starrte und dabei die Stirn runzelte. »Ist irgendetwas schief gegangen? Du siehst gestresster aus als sonst.«

»Ich fürchte, es läuft zu gut.« Sie blickte auf und lächelte. Das Lächeln, das seinen Bauch warm werden ließ und in ihm den Wunsch weckte, seine Lippen auf ihre zu pressen. Mit drei Schritten war er bei ihr, beugte sich über den Schreibtisch und küsste sie einmal, zweimal, dreimal, bis sie ihn sanft, aber bestimmt von sich schob.

»Bitte, lass das, deine Küsse bringen mich vollkommen durcheinander. Es bleibt noch so viel zu tun.« Sie sah ihn flehend an.

»Was macht dir Sorgen?«

Holly deutete auf den Bildschirm und stieß einen tiefen Seufzer aus.

»Ich bekomme Dutzende E-Mails von Menschen, die morgen unbedingt kommen wollen und fragen, ob man einen Platz reservieren muss. Haben wir wirklich genug Kuchen?«

»Haben wir.« Nicholas legte ihr die Hand an die Wange. Sie schmiegte sich hinein und schloss einen Moment die Augen. Eine Welle von Glück durchflutete ihn. »Schick die Anfragen an Shannon weiter. Sie ist die Geschäftsführerin und wird sich gern damit beschäftigen.«

»Gute Idee, danke dir. Hoffentlich ist das Schild morgen fertig.« Holly hob ihre linke Hand zum Mund, bereit, an ihren Fingernägeln zu knabbern. Als ihr Blick seinen streifte, hob sie entschuldigend die Hände. »Sorry, wenn ich nervös bin, muss ich essen oder an meinen Fingernägeln knabbern.«

»Dann hole ich dir lieber was zu essen.«

»Danke, aber mir ist übel. Mein Magen fühlt sich an, als schlägt er Purzelbäume. Und gleichzeitig habe ich Hunger. Ach, ich weiß auch nicht, es ist alles so kompliziert.«

Am liebsten hätte Nicholas sie in die Arme genommen, aus dem Büro getragen, um den Rest des Tages mit ihr im Bett zu verbringen, aber bis morgen hatte das Café Vorrang. »Das Schild kommt rechtzeitig, ich habe mit der Druckerei gesprochen. Sie sind zuverlässig, glaube mir.«

Nach einer langen Diskussion hatten Holly, Shannon und er sich schließlich auf einen Namen geeinigt, der Linda bestimmt gefallen hätte. Nicholas hatte sich etwas wie »Lindas Traum«

vorgestellt, aber eingesehen, dass Hollys Vorschlag pfiffiger klang und mehr Kunden anziehen würde.

»Danke.« Hollys Lächeln blitzte kurz auf, bevor es einem Stirnrunzeln Platz machte. »Nicholas, ich liebe dich, aber ...«

»Ich verstehe.« Er gab ihr einen schnellen Abschiedskuss.

»Ich gehe schon, kein Problem.«

Ob sie in New York auch so nervös gewesen war? Er konnte sich Holly beim besten Willen nicht in einer dieser schicken Architekturfirmen vorstellen, wo die Frauen alle Kostüme und High Heels trugen und die Männer gutgeschnittene Anzüge oder Designer-Jeans. Aber er hatte gegoogelt und einige der Bauten gesehen, für die sie mitverantwortlich war. Es waren beeindruckende, gewaltige Bauwerke, sehr modern, sehr futuristisch.

Ob Holly das nicht vermissen würde, fragte er sich. Ob ihr Porthlynn und die Tischlerei auf Dauer wirklich reichten? Fang nicht wieder an, dir zu viele Gedanken zu machen, rief er sich zur Ordnung. Die Zukunft würde ergeben, was Holly sich wünschte und wie sich ihr Zusammenleben gestaltete. Sie hatte ihm mehrfach gesagt, wie sehr sie es liebte, mit den Händen zu arbeiten und nicht immer am Computer zu sitzen. Außerdem kannte Nicholas einige Baufirmen in Cornwall, die sicher eine erfahrene Architektin einstellen würden. Wichtig war nur, dass sie ihn liebte und er diese Liebe erwiderte, alles andere würde sich finden.

Fröhlich pfeifend schlenderte er zurück in den Gastraum.

»Schnell, komm her«, flüsterte Scott und legte den Fingern vor den Mund, damit Nicholas sich nicht verriet.

»Was ist denn?«, flüsterte er.

»Jemand will Holly sprechen. Wir müssen deine Überraschung verstecken.«

»Verdammt!« Lief denn nie irgendetwas rund? Nicholas eilte Scott hinterher und gemeinsam verbargen sie das Geschenk hinter dem Tresen.

»Ich hole Holly, und du sorgst dafür, dass sie nicht hinter den Tresen guckt.« Nicholas beeilte sich, denn er konnte Stimmen hören, die immer lauter wurden.

»Holly.« Er öffnete die Tür. »Da ist jemand für dich.«

Wie ein Echo erklang Scotts Stimme.

»Holly. Hier ist jemand, der dich dringend sprechen will.« Dann brach er in so lautes Lachen aus, dass Holly und Nicholas sich nur fragend ansahen und schnurstracks in den Gästeraum liefen. Dort erspähten sie Scott, Isla und Cooper, die sich mühsam das Lachen verkniffen, sowie Lucy und George Wills, beide mit hochroten Köpfen.

»Holly. Nicholas. George hat euch etwas zu sagen«, erklärte Lucy, die ihren Mann am Arm gepackt hatte und energisch nach vorne schob, auf Holly und Nicholas zu. »Nun los, George, entschuldige dich!«

Lucy war eine zierliche Frau, die aber über mehr Kräfte verfügte, als man von der schmalen Person erwartete. George jedenfalls stolperte auf Nicholas zu.

»Es tut mir leid.« Wills studierte den Boden, als suchte er nach Fehlern Holz. »Ich habe es nicht so gemeint.«

»Wie bitte? Ich verstehe kein Wort.« Holly sah in etwa so ratlos aus, wie Nicholas sich fühlte. »*Was* haben Sie nicht so gemeint?«

George grummelte etwas, was niemand verstand. Da reckte seine Frau sich hoch, griff sich sein Ohrläppchen und zog ihn daran runter, bis er auf Augenhöhe mit ihr war. Dann holte sie einen Schlüssel aus ihrer Hosentasche, den sie Holly überreichte.

»Hier, den hat er mitgehen lassen, und er war auch derjenige, der die Katzen in die Gaststube gelassen hat. Der Idiot!« Sie zog ihn noch einmal am Ohrläppchen, bevor sie es losließ.

Nicholas zuckte zusammen, es sah schmerzhaft aus.

»Los, erkläre es ihnen.«

»Es war eine doofe Idee«, brummelte Wills.

»Warum?«, fragte Holly mit großen Augen. »Was habe ich Ihnen getan?«

»Gar nichts«, antwortete Lucy, weil ihr Ehemann den Kopf gesenkt hielt. »Mit dir hat das nichts zu tun. Der alte Dussel schiebt ständig Panik, dass wir pleitegehen. Dabei läuft der *Admiral* super. Aber er fürchtete, du wirst ihm Touristen wegschnappen. Als wären ein Café und ein Pub Konkurrenten. Ich weiß nicht, woher er das hat.«

Lucy Wills schüttelte den Kopf und gab ihrem Mann einen Schubs.

»Holly, es tut mir sehr leid.« Die Worte kamen einzeln und zäh aus seinem Mund. »Wenn wir helfen können, wir sind für Sie da. Alles wieder gut, Schatz?«

Letzteres galt Lucy, die ihre Hände in die Hüften stemmte und ihn kritisch musterte. Als sie knapp nickte, wirkte George deutlich erleichtert.

Nicholas' Blick wanderte von Holly zu Cooper, zu Scott und dann zu Isla, die alle zu Boden sahen. Ihre zuckenden Schultern verrieten sie. Holly sandte ihm einen hilfesuchenden Blick zu.

»Schon okay, es ist ja nichts Schlimmes passiert, zum Glück«, beschwichtigte Nicholas. »Danke für euer Angebot. Darauf kommen wir gerne zurück.«

»Danke. Komm, George.« Lucy drehte sich um und ihr Ehemann trabte brav hinterher. Als die beiden die Tür hinter sich schlossen, brachen alle Verbliebenen in lautes Lachen aus.

»Halleluja, mit dieser Frau verheiratet zu sein, ist bestimmt eine Herausforderung«, japste Scott unter Lachtränen. Cooper nickte bestätigend.

»Ich mag sie«, widersprach Isla.

»Ich auch«, pflichtete Holly ihr bei. Beide Frauen lachten so laut, dass sie rot anliefen und ihnen Tränen über die Wangen rollten.

»Immerhin haben wir dieses Rätsel gelöst und können uns ganz auf die Eröffnung konzentrieren, ohne Angst haben zu müssen, dass sich ein Katzenausbruch wiederholt.« Holly hielt sich den Bauch vor Lachen. »Wo sind die Deko-Artikel? Hinter dem Tresen?«

»Wir kümmern uns darum.« Scott trat ihr in den Weg. »Geh du ins Büro.«

Zum Mittagessen hatte Holly nur ein Sandwich heruntergeschlungen, das Nicholas ihr belegt und gebracht hatte. Selbst seine Küsse hatten sie nicht aus ihrer sorgenvollen Stimmung befreien können. Möglicherweise war jetzt nicht der ideale Zeitpunkt, sie zu überraschen?

Die Surfer nahmen ihm die Entscheidung ab.

»Bis morgen. Wir freuen uns«, erklang die Stimmen von Isla, Scott und Cooper, als sie die Tür hinter sich zuzogen, um zum Strand zu gehen. Dieses Mal wollte Nicholas sein Glück nicht herausfordern und wieder unvermuteten Besuch bekommen, daher schloss er hinter ihnen ab. Er schaute noch kurz ins Katzenzimmer. Nicht, dass sich eine Katastrophe anbahnte, wenn er Holly überraschte, doch die Stubentiger lagen alle verteilt und schliefen. Als er in den Raum schaute, blickten die Katzen nur kurz auf, blinzelten ihn verschlafen an und schlossen ihre Augen wieder. Alle bis auf den dicken grauen Kater, der aufstand und zur Tür watschelte, wahrscheinlich in der Hoffnung, ein Leckerli zu bekommen.

»Hier, du verfressenes Monster.« Nicholas beugte sich zu dem Tier hinab und hielt ihm eine von diesen komischen Stangen hin, auf die Katzen so wild waren. Auch wenn er es nie offen zugeben würde, irgendwie hatte dieses schlecht gelaunte Katzentier es geschafft, sich in sein Herz zu schleichen. Skipper mochte den Kater überraschenderweise auch. Noch erstaunlicher war, dass der Kater den Hund nicht angriff, während er sich mit den anderen Katzen prügelte.

Vielleicht sollte ich den Dicken adoptieren, überlegte Nicholas. Dann hätte ich drei Überraschungen für Holly, und aller guten Dinge sind schließlich drei.

»Der Gästeraum ist geschmückt.« Nicholas betrat Hollys Büro. »Willst du es dir ansehen?«

»Selbstverständlich!« Sofort sprang sie auf und wollte an ihm vorbei ins Café eilen. Aber Nicholas war schneller und zog sie in seine Arme.

»Erst einmal bekomme ich einen Kuss«, sagte er und setzte das gleich in die Tat um. »Zweitens kannst du nicht einfach so hineinstürzen.« Er holte den Schal aus seiner Tasche.

»Das meinst du nicht ernst!«

»Oh doch. Wir haben uns so viel Mühe gegeben, dich zu überraschen.« Sanft drehte er sie um, damit er ihr die Augen verbinden konnte. »Das wirst du mir doch nicht kaputtmachen.«

»Also gut. Aber ich habe nur begrenzt Zeit.« Sie lehnte sich an ihn und er küsste ihren Nacken. Dann pustete er sanft auf die Stelle. »Das kitzelt.«

»Das soll es auch.« Erneut küsste er ihren Nacken, bevor er ihre Hand nahm. »Ich führe dich hin.«

Sie nickte.

»Vorsicht Stufe«, dirigierte er sie, als sie den Gastraum erreicht hatten. Scott, Cooper und Isla hatten sich mit der Dekoration übertroffen. Luftballons mit Katzenbildern, Katzenservietten und das hübsche Geschirr mit Rosen auf weißen Tischdecken ließen den Raum strahlen. »Halt.«

»Darf ich die Augen aufmachen?« Sie griff nach dem Schal, aber er hielt ihre Hände fest.

»Atme ein«, sagte er. »Was riechst du?«

Sie ließ die Luft laut in ihre Lungen strömen und sagte dann: »Frische Farbe, Holz, Kaffee und etwas Süßes.« Sie schnupperte erneut.

»Bitte bleib stehen und lass die Augen zu.« Nicholas ging zum Tresen und nahm den Teller, den er dort bereitgestellt hatte. Er hielt ihn Holly unter die Nase. »Was riechst du jetzt?«

»Zucker, Butter, sind das Äpfel?«

»Richtig. Mund auf.« Vorsichtig löste er ein Stück von dem Kuchen, spießte es auf die Gabel und schob es ihr in den Mund. »Guten Appetit.«

»Wow, der ist lecker«, sagte Holly, nachdem sie gekaut hatte. »Mehr bitte.«

»Jetzt darfst du den Schal abnehmen.«

Er konnte den Teller gerade noch in Sicherheit bringen, so schnell, wie sie den Schal abzog.

»Komm.« Er deutete auf runden Tisch in der Mitte des Raums, den er mit dem Porzellan mit dem Rosenmuster gedeckt hatte. Eine einzelne Rose in einer Glasvase komplettierte das Bild. »Setz dich.«

Er zog den Stuhl für sie zurück und sie nahm Platz. Nicholas hielt den Atem an, als ihr Blick über das Porzellan wanderte, über die Dekoration an den Wänden und schließlich zum Apfelkuchen. Ihre Augen glänzten, ihre Unterlippe zitterte. Alle Zweifel, ob jetzt der richtige Zeitpunkt war, fielen ab.

»Gefällt es dir?«

»Oh, Nicholas, das ist alles so wundervoll. Noch viel, viel schöner, als ich es mir ausgemalt hatte.« Holly schniefte. »Du hast dich selbst übertroffen.«

»Das war ich nicht allein.« Nicholas wollte keine Lorbeeren ernten, die ihm nicht gebührten. »Deine Surfer haben hier alles dekoriert. Isla ist unglaublich kreativ.«

Holly sah sich noch einmal um und blinzelte. Tränen fingen sich in ihren Wimpern. Da beugte er sich zu ihr und küsste die Tränen weg. Sie zog ihn näher zu sich heran und öffnete ihre Lippen. Nicholas versank in einem Kuss, den er im ganzen Körper spürte. In diesem Moment gab es nur ihn und sie— und er hoffte, es würde für immer so bleiben.

»Wenn ich nicht gleich ein Stück Kuchen bekomme, verhungere ich«, wisperte Holly, nachdem sie wieder zu Atem gekommen war.

»Das will ich nicht.« Hastig stellte er den Teller vor ihr ab und stellte noch Clotted Cream dazu. Dann bereitete er einen Cappuccino für sie zu. »Bitte schön, Mylady.«

Er nahm sich auch ein Stück und setzte sich ihr gegenüber. Er liebte es, ihr beim Essen zuzusehen. Holly teilte sich mit der Gabel ein großes Stück des *Apple Pie* ab und schnupperte daran, als sie die Gabel zum Mund führte. Genießerisch schloss sie die Augen.

»Hmm, Zimt. Lecker!« Sie öffnete die Augen und strahlte ihn an. »Hat Shannon den Kuchen gebacken? Sag ihr, er ist großartig.«

»Der ist von mir. Ein Rezept meiner Mutter.«

»Du kannst backen?«

»Declan ist nicht der einzige Mann, der sich auf Kuchen versteht.« Nicholas grinste breit. »Allerdings ist mein *Apple Pie* nicht so prächtig wie die Einhorntorte.«

»Ich bin auch keine fünf mehr.« Holly grinste. »Ich würde das Regenbogending jederzeit gegen deinen Kuchen eintauschen.«

»Danke.« Er beugte sich zu ihr, um sie küssen.

»Aber bei Keksen hat Declan die Nase vorn. Oder kannst du

welche backen, die Glitzer pupsen?«

»Für dich würde ich selbst das versuchen.«

»Warum wirkst du zappelig?« Sie kannte ihn einfach zu gut.

»Wenn du aufgegessen hast, zeige ich dir, woran die Surfer und ich gearbeitet haben.« Nicholas drückte die Daumen, dass es ihr gefallen würde. »Aber erst präsentiere ich … tatata.«

Er ging zum Tresen und holte das Schild hervor, das der Drucker gebracht hatte. Isla hatte es gestaltet, was ihr ausnehmend gut gelungen war. Eine elegante Katze lag auf der Seite, trug ein ägyptisch anmutendes Schmuckstück und blickte den Betrachter an. Darüber stand in geschwungenen Lettern: *Cleocatra's Café – Katzen und Tee.*

»Wie schön!« Holly sprang auf. Spielerisch boxte sie ihm auf den Oberarm. »Du hast mich belogen, als du gesagt hast, es kommt erst morgen.«

»Ich liebe Überraschungen.«

»Ich *hasse* Überraschungen.« Hollys Lächeln verriet die Wahrheit. »Jedenfalls meistens. Deine liebe ich.«

»Das hoffe ich.«

»So lecker dein Apfelkuchen auch ist, jetzt will ich endlich erfahren, was ihr vor mir geheim gehalten habt.«

»Falls das Wetter schön ist, haben wir einen kleinen Hinterhof gestaltet.« Nicolas lächelte sie liebevoll an. »Begleite mich dorthin.«

Er hielt Holly die Hand entgegen, die sie nahm und ihm folgte.

»Wann? Wie? Wieso habe ich davon nichts mitbekommen?« Erstaunen klang aus ihrem Tonfall. »Deshalb durfte ich dort nicht hin. Ihr habt mich gut mit anderen Sachen beschäftigt.«

»Wenn du es gemerkt hättest, wäre es dann noch eine Überraschung?« Nicholas konnte es kaum erwarten, ihr den Hinterhof zu zeigen. Er hatte seine ganze Liebe in das Stückchen Erde gesteckt, um Holly glücklich zu machen. »Es wird dir gefallen.«

»Da bin ich mir sicher.«

Er führte sie durch den Flur zu dem Lagerraum, bis zu der Tür, die Scott und er gemeinsam eingebaut hatten.

Nicholas öffnete sie: »Sei mein Gast.«

Er trat zur Seite und Holly schlüpfte an ihm vorbei, setzte ihren Fuß auf die Steintreppe mit drei schmalen Stufen, die auf eine winzige Terrasse führten. Auf jeder Treppenstufe saßen Porzellankatzen, die Isla ausgewählt hatte. Der Fußboden der Terrasse war aus dem grauen Stein, der so typisch für Cornwall war. Wenn das Café eröffnete, könnte man hier höchstens drei oder vier Tische aufstellen, aber mehr sollten es auch nicht sein, um den kuscheligen Eindruck nicht zu zerstören.

»Das ist so unglaublich hübsch.« Holly traten die Tränen in die Augen. »Danke.«

Vorsichtig trat sie die Stufen herab, hin zu dem kleinen runden Tisch. Auf den beiden Holzstühlen warteten bequem aussehende Kissen. Am Rand standen Grünpflanzen in Kübeln. Es war der perfekte Ort für ein Rendezvous – genau so, wie Nicholas es sich vorgestellt hatte. Irgendwann einmal würde er ihr hier den Heiratsantrag machen – da war er sich sicher!

KAPITEL 28

Holly lächelte, schüttelte Hände, verteilte Tortenstücke auf Teller, bereitete Cappuccinos und Tees zu und beantwortete Fragen nach den Katzen und dem Zweck des Katzencafés. In der Gaststube hatten sich unglaublich viele Menschen versammelt, womöglich mehr als bei Lindas Beerdigungsfeier. Viele von ihnen kannte Holly, aber einige hatte sie noch nie gesehen. Wenn nur ein Viertel dieser Menschen weiterhin ins Café käme, würde es sich tragen und Shannon und Emily ihren Lebensunterhalt sichern. Wenn nicht, besaß sie immer noch Lindas Erbschaft, von der sie eine Rücklage für das Café machen würde.

»Mach mal Pause.« Shannon kam hinter den Tresen. »Nicholas wartet dort auf dich.«

»Danke.« Holly spürte die Anstrengung und konnte es nicht erwarten, zu ihrem Liebsten zu kommen.

»Glückwunsch.« Nicholas zog sie in seine Arme und Holly lehnte sich an ihn, genoss die Sicherheit, die er ihr bot. »Die Eröffnung ist ein Erfolg.«

»Ich hätte nie gedacht, dass wir das schaffen.« Holly spürte Tränen aufsteigen, gegen die sie ankämpfte, verlor aber. Was war nur mit ihr los? Normalerweise hatte sie nicht so nah am Wasser gebaut.

»Bitte.« Nicholas reichte ihr ein Taschentuch. Eines aus Baumwolle, wie sie zu ihrer Überraschung feststellte.

»Danke«, antwortete sie und schniefte. »Du bekommst es sauber zurück.«

»Das will ich schwer hoffen.« Er grinste breit. Ihr Herz lief über vor Glück, ihn so entspannt und fröhlich zu sehen. Die Arbeit der vergangenen Tage und Wochen hatte sich auf jeden Fall für sie ausgezahlt. Als hätte er nur auf sein Stichwort gewartet, tauchte der Anwalt auf.

»Herzlichen Glückwunsch, du wirst es schaffen. Eleanor meint, die fünf Katzen werden auf jeden Fall vermittelt.« Ethan Beswetherick kam auf Holly zu und gratulierte ihr. »Komm morgen in mein Büro, dann können wir das mit den 50.000 Pfund klären. Was hast du vor? Kehrst du nach New York zurück?«

»Niemals.« Holly lächelte. »Mit dem Geld werden Nicholas und ich seine Tischlerei ausbauen, wir werden Werbung für das Café machen und ich werde in Porthlynn heimisch werden.«

Er öffnete seinen Aktenkoffer und holte einen Umschlag hervor. »Das hätte Linda sehr gefreut. Ich habe hier einen Brief für dich. Den sollte ich dir nur geben, falls du hierbleibst.«

»Oh.« Wie typisch für Linda, immer noch eine Überraschung in petto zu haben. »Danke.«

Sie nahm den Umschlag entgegen, auf dem ihr Name in Lindas eleganter Handschrift geschrieben stand. Um ihn zu lesen, brauchte sie Ruhe – davon konnte im Moment nicht die Rede sein. Sie legte das Schreiben hinter den Tresen und mischte sich wieder ins Geschehen.

Es war unglaublich, wie viele Menschen hierhergekommen waren, miteinander redeten, für den Katzenschutz spendeten und die Torten und Kuchen lobten. Holly fand den Nachmittag wundervoll und war sich sicher, dass alles genauso war, wie Linda es sich ausgemalt hatte.

Sie wollte es Nicholas sagen, da kam Eleanor auf sie zu. Auch ihre Augen glänzten verdächtig, aber sie strahlte über das ganze Gesicht. »Holly, ich danke dir. Menschen und Katzen begegnen sich und es gibt Liebe auf den ersten oder zweiten Blick.«

»Danke nicht mir, sondern Linda, es war ihre Idee und ihr Plan.« Holly zwinkerte ihr zu. »Und du hast sicher auch deinen Teil dazu beigetragen.«

»Linda war der Meinung, du könntest hier glücklicher sein als in New York.« Immerhin wirkte Eleanor ein bisschen schuldbewusst. »Ich habe ihr nur ihren letzten Wunsch erfüllt.«

»Danke dafür.« Holly lächelte. »Ohne euch hätte ich nie mein Glück gefunden.«

»Holly, es ist einfach … perfekt.« Eleanor tupfte sich mit einem spitzengesäumten Taschentuch die Augenwinkel. »Linda wäre so stolz auf dich.«

»Danke für das Lob«, flüsterte sie, »aber es gebührt auch Nicholas. Und den Surfern.«

Sie hörte Nicholas ein seltsames Geräusch ausstoßen, eine Mischung aus Seufzern und Stöhnen. Obwohl sie ihn nicht sah, war sich Holly sicher, dass er mit den Augen rollte. Sie löste sich aus Eleanors Umarmung.

»Du brauchst gar nicht so zu brummeln«, wandte Holly sich an Nicholas. »Ohne Cooper, Isla und Scott wären wir bestimmt nicht fertig geworden.«

»Die Katzen fühlen sich wohl«, warf Eleanor ein. »Der zweite Raum, in den sie sich zurückziehen können, ist einfach großartig.«

»Naja«, grummelte er, »die Surfer waren wirklich nicht schlecht.«

»Sind sie hier?«, erkundigte sich Eleanor. »Ich muss ihnen unbedingt sagen, wie glücklich wir sind.«

»Eingeladen habe ich sie.« Holly stellte sich auf die Zehenspitzen und ließ den Blick über die Menschenmenge schweifen, die zur Eröffnung des Cafés gekommen war, aber sie sah keinen von ihnen. Waren sie weitergezogen, ohne sich zu verabschieden? Holly hatte erwartet, dass sie wenigstens bis zur Eröffnung ihres Herzenstraums blieben.

Herzenstraum!

Sie konnte kaum glauben, dass sie noch vor wenigen Wochen das Café als Klotz an ihrem Bein empfunden hatte. Und nun konnte sie sich nichts Besseres vorstellen, als für immer hier zu bleiben, in dieser Kleinstadt mit ihren liebenswerten Menschen, den Freunden, die sie gefunden hatte und den Katzen, die auf Menschen warteten, bei denen sie für immer leben konnten. Holly wünschte sich, sie könnte das alles in Ruhe genießen, aber da kam schon wieder jemand auf sie zu, der etwas von ihr wünschte.

»Miss Nancarrow, haben Sie jetzt Zeit für das Interview?« Brandon Hoskin, der für *The Porthlynn Times & Echo* schrieb, hatte sie vorhin schon angesprochen, aber da hatte sie gerade Kekse verteilt und ihn auf später vertröstet.

»Ja, gern. Kommen Sie mit in die Küche, da ist es ruhiger.«
Sie winkte Nicholas zu, damit er sie in fünfzehn Minuten aus
dem Gespräch rettete. Holly mochte es nicht, im Mittelpunkt zu
stehen und Fragen zu beantworten. Aber für Linda und ihren
Traum würde sie auch das ertragen.

»Haben Sie die Kuchen gebacken? Wollten Sie immer schon
backen? Was ist Ihnen wichtiger: die Katzen zu vermitteln oder
das Café zu einem Erfolg zu führen?« Mr Hoskin – »Nennen Sie
mich Brandon« - schoss eine Frage nach der anderen ab, ohne
ihr eine Chance zum Antworten zu geben. Irgendwie wirkte er
nicht besonders glücklich mit seinem Job. »Haben Sie selbst
auch ein Haustier? Was werden Sie mit Ihrem Erbe anfangen?«

Endlich machte er eine Pause und blickte sie fragend an.

»Nein«, antwortete Holly, die beschlossen hatte, nur die Fragen zu beantworten, die ihr gefielen. »Ich kann leider nicht backen, aber ich habe wunderbare Unterstützung. Declan Boscawen, Sie kennen ihn bestimmt?« Er nickte und sie fuhr fort: »Er
hat Torten gebacken. Darin ist er übrigens großartig. Sie sollten
mit ihm reden.«

»Später vielleicht.« Brandon schrieb etwas auf einen Notiz-
block. »Wie wichtig ist es Ihnen, Katzen zu vermitteln?«

»Das Katzencafé war der Traum meiner Großtante und ich
freue mich, ihren Wunsch zu erfüllen.« Holly dachte kurz nach.
»Wir verbinden zwei wundervolle Dinge: leckere Torten und die
Vermittlung von heimatlosen Katzen.«

»Sie waren Architektin in New York. Reicht es Ihnen wirklich, ein Café in Porthlynn zu führen?«

Brandon Hoskin hatte besser recherchiert, als seine ersten
Fragen es vermuten ließen.

»Ich habe das Café aufgebaut. Nicht allein, sondern mit Hilfe
von vielen wunderbaren Menschen, denen das Wohl der Katzen
ebenso wie mir am Herzen liegt. «

»Sie versuchen, mir auszuweichen.«

»Ein wenig.« Sie lächelte. »Haben Sie den *Apple Pie* probiert?«

»Guter Versuch.« Er grinste und wirkte sympathischer. »Beantworten Sie mir wenigstens, ob sie wirklich New York gegen
Porthlynn eintauschen wollen?«

»Ich habe gerne in New York gelebt«, sagte Holly, »aber ich habe mich dort nie zu Hause gefühlt. Hier ist meine Heimat.« Aus dem Augenwinkel bemerkte sie Nicholas, der auf die Küche zusteuerte und ihr ein schnelles Lächeln und einen Luftkuss zuwarf. Sie erwiderte sein Lächeln und für einen Moment gab es nur sie beide. Die vielen redenden Menschen, der Lärm, der Geruch von Kaffee und Kuchen – all das verschwand, als sie einander in die Augen blickten. Ja, sie war angekommen und sie gedachte zu bleiben.

»Glauben Sie wirklich, dass Sie Katzen dauerhaft vermitteln werden?« Der Journalist musterte sie. »Fürchten Sie nicht, dass Menschen vorschnell handeln und es dann bereuen?«

»Das müssen Sie Eleanor Rosevear und ihre Kolleginnen fragen.« Holly schob sich an ihm vorbei. »Es tut mir leid, ich muss mich jetzt um die Gäste kümmern.«

Nicholas kam auf sie zu, er nahm ihre Hand und flüsterte ihr zu: »Am liebsten würde ich dich entführen und mit dir an den Strand flüchten.« Er gab ihr einen Kuss auf die Wange.

»Ein verführerisches Angebot, aber …« Bevor Holly ihren Satz beenden konnte, sprach Lucy Wills sie an, George wie immer im Schlepptau. Er lächelte gezwungen.

»Holly, bitte komm mit ins Katzenzimmer.« Lucy wartete nicht auf ihre Antwort, sondern drehte sich um und ging voraus. George, Holly und Nicholas folgten ihr. Vor der Tür des Katzenraums hatte sich eine Schlange gebildet, denn es durften immer nur sechs Menschen gleichzeitig zu den Samtpfoten.

Lucy ging an der Schlange vorbei und sagte zu der älteren Dame, die vor der Tür saß: »Ich bin vorangemeldet.«

»Bitte gehen Sie rein.«

Lucy winkte Holly, Nicholas und ihren Mann zu sich heran. Gemeinsam betraten sie das Zimmer.

»Bevor jemand anderes Smokey und Dandelion adoptiert, möchte ich unser Interesse anmelden. Ich wollte immer eine Katze«, sagte Lucy. George verdrehte die Augen, aber seine Ehefrau sprach einfach weiter: »Er wollte nie eine Katze. Jetzt haben wir einen Kompromiss geschlossen. Wir nehmen die beiden.«

»Bist du dir sicher?« Holly fühlte sich für die Tiere verantwortlich und wollte sie nicht in wenigen Tagen wiedersehen müssen, wenn George es sich anders überlegte.

»Hundertprozentig«, antwortete Lucy. Ihr Tonfall wurde schärfer, als sie sich an ihren Ehemann wandte: »Und du doch auch, nicht wahr, Darling?«

»Oh ja, ich freue mich schon.« Sein Gesichtsausdruck sprach Bände. Holly beobachtete skeptisch, wie er sich zu den Katzen hinunter beugte. Zu ihrer Überraschung schmiegte sich die schüchterne Dandelion an sein Bein und Georges sonst immer miesepetriges Gesicht hellte sich auf. Vielleicht gehörten die Wills und die Katzen zueinander und Holly musste mehr Vertrauen in die Menschen haben.

»Da wir gerade hier sind«, Nicholas lächelte sie an. »Ich würde den grauen Kater gern adoptieren. Wenn du einverstanden bist.«

»Was wird Skipper dazu sagen? Was wird der Kater zu Skipper sagen?«

»Sie kommen erstaunlich gut miteinander aus. Möglicherweise hält der Kater sich für einen Hund und mag daher die anderen Katzen nicht.« Nicholas hob die Schultern. »Aber ich fürchte, den Kater würde niemand wollen. Und er würde die Kunden verschrecken.«

»Gib es zu, du hast dein Herz an ihn verloren. Wahrscheinlich, weil ihr euch so ähnlich seid.« Holly zwinkerte ihm zu. »Nur werden wir seine Familiengeschichte wohl nie erfahren. Seine dunkle Vergangenheit wird für immer ein Geheimnis bleiben.«

»Das stimmt keineswegs.« Nicholas' Grinsen wurde breiter. »Ich kann mich nicht erinnern, jemals gebissen zu haben.«

»Na, da erinnere ich mich an etwas anderes.« Zu ihrer großen Freude liefen seine Wangen rot an. »Komm, lass uns in die Gaststube gehen. Emily ist gleich dran.«

Nachdem sie den grauen Kater, der immer noch keinen Namen hatte, bei einer von Eleanors Katzenfreundinnen reserviert hatten, kehrten sie Hand in Hand zurück in die Gaststube. Holly trommelte mit einem Löffel gegen ein Glas, bis sie die Aufmerksamkeit der Gäste erlangte. Sie räusperte sich und sagte: »Wir haben noch einen kleinen Programmpunkt für Sie vorbereitet. Emily Polglaze liest eine Katzengeschichte, die sie selbst geschrieben hat.« Sie deutete auf das kleine Podium, das sie für den Anlass aufgestellt hatten. »Bitte schön, Emily. Einen Applaus für die junge Autorin.«

Holly drückte fest die Daumen, dass es richtig war. Sie sorgte sich, dass die vielen Menschen, unter denen sich auch Kinder aus ihrer Klasse befanden, Emily nervös machten, doch das Mädchen setzte sich gelassen hin. Emily legte ein Heft auf den Tisch, auf dem eine Katze abgebildet war, trank einen Schluck Apfelsaft und begann, mit klarer Stimme vorzulesen.

Sicher, das Mädchen stoppte an einigen Stellen und ab und zu stotterte sie noch, aber sie wirkte viel selbstbewusster als an dem Tag, an dem Holly sie kennengelernt hatte.

»Eine tolle Idee von dir«, flüsterte Shannon ihr zu, ihre Augen strahlten vor Glück.

»Ich habe meine Momente«, antwortete Holly. Sie kämpfte gegen Tränen der Rührung an. Nachdem Emily geendet hatte, brandete tosender Applaus auf. Brandon Hoskin ging auf das Mädchen zu: »Die Geschichte hat mir so gut gefallen. Ich werde meinen Chef fragen, ob wir sie veröffentlichen können.«

Emilys Gesicht lief tiefrot an vor Stolz und sie blickte ihre Mutter fragend an. Shannon nickte und ging zu ihr.

Inzwischen waren auch Isla, Scott und Cooper aufgetaucht, die zu Hollys Überraschung in einer Runde mit George und Lucy Wills und Mr Rundle standen. Noch erstaunter war Holly, als sie alle laut auflachten. Als hätte er ihren Blick gespürt, sah Cooper auf und winkte ihr mit dem Surferzeichen zu.

»Holly, lass uns den Kater holen und verschwinden.« Nicholas' Atem strich über ihren Hals, als er in ihr Ohr flüsterte. »Du hast wirklich genug getan.«

»Ich mag den Kater irgendwie auch«, sprudelte Holly hervor, bevor sie es sich anderes überlegen konnte. »Warum ziehen wir nicht zusammen?«

»Wie bitte?« Nicholas blieb der Mund offen.

»In Lindas Cottage ist genug Platz für uns alle.« Eigentlich hatte sie ihn damit heute Abend zu Hause überraschen wollen, aber nun konnte sie nicht länger warten. »Ich kann verstehen, wenn du dein Haus nicht verlassen willst.«

»Ich habe es nur gemietet, ich hänge nicht daran.«

»Könntest du dir vorstellen, bei mir …?«

»Nein, das kann ich mir nicht vorstellen.« Ihr Herz setzte einen Schlag aus, bis er weitersprach. »Holly, ich will es unbedingt.«

»Wollt ihr heiraten?«, erklang die Stimme von Harriet Tallack, Ladenbesitzerin und Porthlynns Klatschtante, hinter ihnen. »Ich wusste es.«

»Nein, nein«, rief Holly schnell, um jeglichem Tratsch vorzubeugen. »Nicholas und ich ziehen nur zusammen.«

»Komm.« Ihr Liebster zog sie hinter sich her, damit sie entkamen, bevor noch mehr Fragen und Mutmaßungen über sie hereinbrachen. »Den Kater holen wir später.«

»Was für ein Tag.« Holly ließ sich aufs Sofa fallen. Kater und Hund waren gefüttert und lagen auf ihren Kissen und beäugten sich misstrauisch.

Nicholas zog Hollys Füße auf seinen Schoss und massierte sie. Sie spürte die Schwielen an seinen Händen, Zeichen seiner Arbeit.

»Das tut gut.«

»Du hast es dir verdient. Linda wäre stolz auf dich.«

»Himmel! Linda!« Holly entzog ihm ihre Füße und sprang auf. Zum Glück hatte sie den Brief eingesteckt, als sie den Kater abgeholt hatten. Shannon und die Katzenfrauen waren mit dem Aufräumen fast fertig gewesen und hatten Hollys halbherziges Hilfsangebot abgelehnt.

»Was ist los?« Nicholas sah sie verwirrt an. »Du erschreckst die Tiere.«

»Der Anwalt hat mir einen Brief von Linda gegeben.«

»Möchtest du allein sein, um ihn zu lesen?«

»Nein, ich möchte ihn mit dir teilen.« Sie holte das Schreiben und setzte sich wieder neben ihn auf das Sofa. Im Umschlag war nur eine Seite, die in Lindas Handschrift beschrieben war.

Meine liebe Holly,
Du wirst sicher gezweifelt haben, ob das Café das Richtige für dich ist,
aber ich war mir immer gewiss, dass du nach Porthlynn gehörst. Die
Stadt ist gut für dich. Ich hoffe, sie bringt dir das Glück, das du ver-
dienst.
Holly, ich habe dich immer für liebenswert gehalten. Im wahrsten Sinne
des Wortes: du bist es wert, geliebt zu werden und glücklich zu sein.
Ich hoffe, Nicholas wird das erkennen.
Deine Großtante Linda.
PS: Falls du eine Katze oder einen Kater adoptierst, erwarte ich, dass
du ihn oder sie Catzilla nennst. Für mich. Ich hab dich lieb.

»Catzilla also. Das passt.« Holly lächelte unter Tränen. »Linda hat mich besser gekannt als ich dachte.«

»Mich auch«, antwortete Nicholas. »Wir hätten früher auf sie hören sollen.«

»Nein, alles ist gut, wie es ist.«

Nicholas zog sie zu sich aufs Sofa. Sie spürte die Muskeln seines Bauchs, die Wärme seiner Haut und roch seinen Duft nach Holz und Meer. Er schenkte ihr einen tiefen Blick in die Augen, in dem sie sich verlor. Langsam schloss sie die Augen und öffnete die Lippen. Sein Kuss war genauso wunderbar, wie sie es erhofft hatte, und doch viel mehr. Sie spürte seine Leidenschaft, aber auch tiefe Liebe. Es gab nur sie und ihn. Genauso musste ein Kuss sich anfühlen. Fragend und tastend, aber auch voller Versprechungen und Hoffnungen auf eine gemeinsame Zukunft.

HERZLICH WILLKOMMEN IN PORTH-LYNN!

Liebe Leserinnen und Leser,

leider muss ich euch enttäuschen, denn ihr werdet eine Stadt dieses Namens nicht auf der Landkarte finden. Ich habe mir meinen Handlungsort aus meinen Lieblingsstädten und -dörfern zusammengebaut, so wie ich ihn brauchte. Porthlynn hat um die 3.500 Einwohner und liegt in der Nähe von Penzance im Südwesten Cornwalls.

Da das Städtchen in einer touristisch interessanten Gegend liegt, gruppieren sich Restaurants, Pubs und Souvenirläden um den kleinen Hafen.

Neben *The Old Admiral*, deren Inhaber Lucy und Georg Wills ihr bereits kennengelernt habt, gibt es noch *The Crowns Arms*, betrieben von Kyle und Victoria Tyack. Der Dritte im Bunde ist *The Shipwreck Inn*, in dem Caitlin Rickard hinter dem Tresen steht. Obwohl George Wills immer Sorge hat, die Konkurrenz wäre zu groß, können die Pubs sich in der Saison nicht beschweren.

Es heißt, dass Caitlin und Craig Nichols von *Our Cornish Kitchen* die besten Pasties in Porthlynn, wenn nicht sogar in ganz Cornwall backen. Auf jeden Fall ist ihr Restaurant das mit dem bodenständigsten Angebot, während Olivia und Mark Moyle von *The Restaurant at the Harbour* moderne und teure Küche anbieten. Rosie Treweek hat sich mit ihrem *The Shore Seafood* auf fangfrischen Fisch und Meeresfrüchte spezialisiert.

Bestimmt finden Shannon und Holly mit *Cleocatra's Café – Katzen und Tee* und ihren Einhornkeksen ebenfalls Fans unter Touristen und Einheimischen.

Wer auf der Suche nach den Informationen ist, liest entweder *The Porthlynn Times & Echo*, für die Brandon Hoskin schreibt, oder besucht Harriet Tallack in ihrem kleinen Laden, der neben Lebensmitteln, Getränken und Zeitschriften auch den neuesten Klatsch und Tratsch anbietet.

Wenn ihr euch hingegen sportlich betätigen wollt, besucht Harrison Pascoe in seiner kleinen Reitschule. Oder ihr geht surfen oder schwimmen, allerdings ist das Wasser meist eisig.

Der backende Banker Declan Boscawen und der schüchterne Anwalt Ethan Beswetherick gehören zu den begehrten Junggesellen Porthlynns. Möglicherweise finden sie auch noch ihr Glück.

Nicht unerwähnt lassen darf ich Mrs Symons, deren Rosen bei jeder Gartenschau mit Preisen dekoriert werden.

Falls ihr Reisetipps, Rezepte und exklusive Kurzgeschichten aus Porthlynn wünscht, lade ich euch ein, meinen Newsletter zu abonnieren. Ihn findet ihr auf meiner Internetseite: www.caralindon.de

Ich freue mich auf euch!

Liebe Grüße

Cara

REISETIPP FÜR CORNWALL: PORTHLEVEN

Das Städtchen Porthleven in Westcornwall ist eines der Vorbilder für Porthlynn – der Name hat es vielleicht schon verraten.

Obwohl Porthleven nur eine Kleinstadt ist, findet ihr dort vieles, was einen Besuch auf jeden Fall lohnenswert macht. Rund um den kleinen Fischerhafen gruppieren sich Restaurants, Pubs und Kunsthandwerkläden.

Kauft euch ein Eis und schlendert am Hafen zum Meer, um dort eine Pause einzulegen und die Ruhe zu genießen. Der Strand ist eher klein, mit vielen Klippen. Aber der Anblick über das Meer entschädigt dafür.

Ich empfehle euch auf jeden Fall, die Abenddämmerung in Porthlynn zu erleben. Es ist ein einzigartiger Anblick, wenn das Licht auf das Meer und die Klippen fällt. Nur das Tosen der Brandung und das Pfeifen des Windes sind zu hören. Die Gischt spritzt weiß auf, wenn ihr Glück habt, zieht am Horizont ein Schiff vorbei. Mehr Cornwallromantik geht kaum.

DANKSAGUNG

Jedes Buch, das ich schreibe, ist mir wichtig, aber die Geschichten, die in Cornwall spielen, liebe ich besonders. Daher gilt mein erstes Dankeschön den Leserinnen und Lesern, die den Roman ausgewählt und ihre Zeit in Porthlynn verbracht haben. Danke, denn eine Geschichte lebt erst dann, wenn sie gelesen wird.

Den Bloggerinnen, die meine Bücher unterstützen und rezensieren, kann ich gar nicht genug danken. Ohne euch würden meine Romane nicht ihre Leserinnen und Leser finden.

Meiner Lektorin Julia K. Rodeit bin ich sehr dankbar für ihren Blick für Figuren, für ihre humorvollen Anmerkungen und die Fähigkeit, inhaltliche Fehler aufzudecken.

Regina Merkel sage ich herzlichen Dank für das Korrektorat und ihre freundlichen Hinweise auf inhaltliche Fehler.

Ein riesiger Dank gebührt Simone Becher vom Book-CoverStore für das wunderschöne Cover, in das ich mich auf den ersten Blick verliebt habe. Schaut einmal auf ihrer Seite vorbei, dort sind unglaublich viele großartige Covers.

Und schließlich danke ich den Katern und der Katze, die dieses Buch begleitet haben und die Anregung für die Geschichte über ein Katzencafé gaben.

Ganz zum Schluss danke ich meinem Ehemann Matthias, der auch in der Schlussphase eines Buches gelassen geblieben ist – im Gegensatz zu mir.

CORNWALL-KÜSSE IM KLEINEN COTTAGE

(Sehnsucht nach Cornwall 2)

Die Londonerin Melissa hat genug! Ihr Chef in der Werbeagentur nutzt sie aus, ihr Freund meckert nur rum und ihre Freundinnen denken nur an die Karriere. Als ihre Patentante Eleanor Hilfe auf dem Tierschutzhof in Cornwall braucht, sieht Melissa das als Chance für einen Neuanfang.

In dem kleinen Cottage kommt sie zur Ruhe und entdeckt ihre Liebe zum Kochen wieder. Eleanor bietet ihr an, aus der alten Scheune ein Restaurant mit Hofladen zu gestalten. Melissa zögert, kann sie allein so ein Vorhaben stemmen?

Zum Glück gibt es den wortkargen Jake, der Eleanor hilft und Melissa gefällt. Wäre da nicht Brandon, der Journalist, der unbedingt eine Story über das Cottage bringen will und Melissa ständig über den Weg läuft.

Doch dann brechen Tiere aus, und der Hof und Melissas Zukunft sind in Gefahr. Wird es ihr gelingen, das Unglück abzuwenden?

CORNWALL-GLÜCK IN DER KLEINEN REITSCHULE

(Sehnsucht nach Cornwall 3)

Nachdem sie ihr Pferd Alibaba verloren hat, hat Amy dem Reiten abgeschworen und ist nach Newcastle gezogen, wo sie als Call Center Agent arbeitet. Allerdings vermisst sie ihre Familie und Cornwall.

Als sie ihre Eltern in Porthlynn besucht, erfährt Amy, dass die kleine Reitschule kurz vor der Pleite steht. Also springt sie über ihren Schatten und hilft dort aus, unterstützt vom Stallburschen Aidan, dem sie bald näherkommt.

Amys Gefühle geraten in Aufruhr, als der bekannte Springreiter Liam nach Porthlynn kommt. Vor vielen Jahren war sie unglücklich in ihn verliebt, aber jetzt scheint er an ihr interessiert.

Doch kann sie ihm wirklich trauen?